WURDACK
VERLAG

Science Fiction

In dieser Reihe sind bisher erschienen:

Deus Ex Machina

Walfred Goreng

Überschuss

Golem & Goethe

Entheete

In Vorbereitung:

Tabula rasa

Lazarus

Originalausgabe

www.wurdackverlag.de
Lektorat: Dieter Schmitt & Ernst Wurdack
Covergrafik: Ernst Wurdack
Gedruckt in Deutschland
ISBN 3-938065-16-8

Armin Rößler

ENTHEETE

Science Fiction
Roman

eins

Auldens Augen tränten.

Er sah nichts mehr. Gar nichts. Doch auf seine restlichen Sinne konnte er sich hundertprozentig verlassen. Mit traumwandlerischer Sicherheit steuerte er das Schiff aus dem Wurmloch.

Gleichzeitig tobte ein dunkler Strudel in seinem Gehirn. Die Schwärze drohte, ihn mit sich zu reißen, ihn zu verzehren. Er beachtete sie nicht, ignorierte den bedrohlich kreisenden Schlund. Aulden wusste, dass die Gefahr nur in seinen verwirrten Gedanken existierte. Eine lästige Nebenwirkung des Transans, nicht mehr. Mal vertrug er es besser, mal weniger gut. Heute jedoch überfiel ihn die Nachwirkung der Droge mit der Erbarmungslosigkeit einer Naturgewalt. Ein unerfahrener Argonom hätte sich dadurch vermutlich von seiner Aufgabe ablenken lassen. Er nicht. Denn er hatte ein klares Ziel vor Augen.

Aulden konzentrierte sich wieder auf das Schiff und dessen Umgebung. Der überlebende Lotse hatte die *Heim* inzwischen verlassen. Aulden nahm das Signal des Bootes, das sich immer weiter entfernte, und seines einsamen Insassen deutlich wahr. Natürlich würde der Lotse, sobald er auf seine Station am äußeren Rand des Wurmlochs zurückgekehrt war, seinen Artgenossen sofort Bericht erstatten. In diesem Bericht würde nur wenig enthalten sein, was für Aulden sprach. Im schlimmsten Fall blieb der Durchgang künftig für ihn und sein Schiff versperrt – dann saß er für immer in diesem gottverdammten System fest. Genau wie Chrom.

Er verdrängte die düsteren Gedanken. Später würde noch Zeit genug sein, über die Konsequenzen nachzudenken, die der Tod des zweiten Lotsen nach sich ziehen mochte. Jetzt galt es zunächst einmal, den Zielplaneten zu erreichen, sich dort mit der Situation vertraut zu machen und dann auf die Suche nach Chrom zu gehen. Er musste sie finden, das war er ihr schuldig – und sich selbst.

Die Welt vor ihm trug den Namen Enthee, so viel wusste er. Doch mehr hatte er noch nicht herausfinden können, trotz der oft grenzenlos erscheinenden Kenntnisse, über die Magister Dahn verfügte. Und was dieser Crabb von sich gab, war ohnehin nur verworrenes Zeug. Das wirre Gewäsch eines vor Angst halb Wahnsinnigen, eines Menschen, der dem Tod tief ins Auge geblickt und sich davon nie mehr erholt hatte.

Die Schwärze in Auldens Geist wurde weniger undurchdringlich, der Strudel drehte sich langsamer. Er riskierte es, behutsam die Augen zu öffnen. Aus dem All, das hatte er schon mehrfach feststellen müssen, sahen erstaunlich viele Planeten aus wie seine Heimat. Auch Enthee präsentierte sich als blau strahlende Kugel, deren Glanz lediglich von einigen Wolkenfeldern getrübt wurde, die einen restlos freien Blick auf die Oberfläche verhinderten.

Dann veränderte sich das Bild schlagartig. Aulden spürte, wie ein starkes Zittern durch seinen Körper lief. Er riss die Augen auf.

Verdammte Droge, dachte er.

Statt der Pracht, die ihn eben noch mit Freude erfüllt hatte, starrte er jetzt auf einen fast leblosen, kahlen Brocken. Viel Gestein, kalter Sand, eine karge, harte Welt, von einer dünnen Atmosphäre nur notdürftig vor den lebensfeindlichen Strahlungen aus dem All geschützt. Die Bilder, die er eben noch gesehen hatte – waren sie Sinnestäuschung? Wunschdenken? Oder nur eine böse Gaukelei der Droge?

Aulden schickte seine anderen Sinne auf die Reise. Doch er stieß auf nichts, was ihm verdächtig schien. Behutsam griff sein Geist nach den Bewohnern dieser Welt. Sofort zuckte er zurück. Was er gespürt hatte, war fremd – sehr fremd. Die Wesen, die dort unten lebten, mussten anders sein als alles, was er jemals zuvor kennen gelernt hatte. Und das war nicht gerade wenig gewesen. Er tastete sich noch einmal vor, wich nach den ersten zaghaften Kontakten aber schnell wieder aus.

So nicht. Ohne Vorbereitung, ohne sich ernsthaft mit dieser Herausforderung befasst zu haben, würde er hier nichts erreichen. Damit war Chrom auch nicht geholfen.

Chrom? Von ihr fehlte jede Spur. Aber er konnte jetzt nicht nach ihr suchen. Nicht nach diesen ersten Erfahrungen mit den Bewohnern von Enthee.

Der Argonom öffnete erneut die Augen. Der kahle Brocken grinste ihn vom Monitor her an, die blaue Kugel blieb verschwunden.

Der Tod des Lotsen? Möglich, dass meine Sinne dadurch verwirrt sind. So recht glauben mochte er aber nicht an diese Erklärung. *Ein weiteres Rätsel, das es zu lösen gilt.* Aulden hasste ungeklärte Phänomene.

Die *Heim* durchquerte das kleine, unbedeutende System mit maximaler Geschwindigkeit. Aulden zählte insgesamt vier weitere planetengroße Objekte und einige kleinere, ohne ihnen nähere Beachtung zu schenken. Der Zielplanet selbst hatte ebenfalls einen Mond. Um Enthee schwenkte das Schiff schließlich in einen Orbit ein. Das automatische

Funksignal war längst ausgesandt, die ebenso unpersönliche Antwort traf wenig später ein. Die nötigen Formalitäten klärten die künstlichen Gehirne, der Computer der *Heim* und sein Pendant auf dem Raumhafen Enthees, selbstständig. Aulden aber hatte eine Landung vorzubereiten. Er erhob sich aus dem Sessel vor der Konsole, über die er sein Schiff steuerte, so es überhaupt realer Handgriffe bedurfte.

»Hetman.«

Er rief nach dem Coparr, wie er es immer tat. Nicht zu laut, aber auch nicht so, dass es der andere hätte überhören können. Dennoch erhielt er keine Antwort. Aulden murmelte eine Verwünschung.

»Hetman?«

Der Coparr meldete sich nicht.

Hetman hatte sich auf die Spur des Mörders begeben.

Zuerst war es kein überlegtes Vorgehen, kein zielstrebiges Handeln, sondern schlicht ein Gefühl, das ihm sagte, was er zu tun hatte. Der Coparr liebte das. Er mochte diese irrationalen Momente, in denen er sich von der blanken Vernunft, die sonst sein Leben bestimmte, verabschiedete. Sein Gefühl sagte ihm, dass er den Mörder des Lotsen finden konnte.

Es leitete ihn durch das halbe Schiff. Eigentlich war sein Platz in der Zentrale, in der Nähe des Argonomen, dessen nächster Vertrauter er war. Doch das hier erschien ihm wichtiger. Es hatte einen Toten an Bord der *Heim* gegeben und Hetman war nicht bereit zu glauben, dass es sich dabei um einen Unglücksfall gehandelt hatte. Jemand hatte den Lotsen getötet. Er fühlte, dass es so gewesen sein musste.

Hetman hatte sein halbes Leben auf diesem Schiff verbracht und er fand seinen Weg fast blind. Er eilte durch lange Gänge, passierte Schotte, die sich lautlos öffneten, und wechselte, fast ohne darauf zu achten, von Deck zu Deck. Die Zentrale der *Heim* befand sich nach allgemeingültiger Vorstellung *oben* – eine reine Illusion im freien Raum, zumal die gigantische Pyramide niemals auf einem Planeten gelandet war oder dies jemals tun würde. Das Ziel des Coparrs lag auf der genau entgegengesetzten Seite, ganz unten, tief im Bauch der *Heim*. Dort waren hauptsächlich Lagerräume, in denen der Argonom alles unterbringen ließ, was er nicht sofort brauchte. Manches davon hatte er sicher längst vergessen, weil es zu unwichtig war, als dass er sich daran erinnern musste, anderes wohl bewusst aus seinen Gedanken verdrängt, weil es mit Ereignissen verknüpft war, die besser ungeschehen geblieben wären.

Irgendwo dort unten ist etwas.

Sicher konnte sich der Coparr dessen nicht sein. Aber es war die einzige, wenn auch sehr magere Spur zum jetzigen Zeitpunkt. Man hatte die Leiche des Lotsen in der Peripherie, in einer der Panoramakuppeln gefunden. Es war eine Marotte der seltsamen Vogelwesen, sich während der Passage durch ein Wurmloch bevorzugt dort aufzuhalten. Hetman konnte sich beim besten Willen nicht vorstellen, dass die Lotsen tatsächlich sehen mussten, wohin ein Schiff flog, damit sie es steuern konnten. Dafür schätzte er ihre unheimlichen geistigen Kräfte viel zu hoch ein. Sie suchten den Weg mit ihrem Gehirn – welche Sinne es auch immer bergen mochte –, nicht mit ihren Augen.

Der zweite Lotse hatte ebenfalls einen freien Blick nach draußen gewünscht, war aber nicht an der Stelle des Schiffes gewesen, an der sein Artgenosse starb. Er war sofort von dessen Tod benachrichtigt worden und hatte nur genickt, den Flug aber nicht abgebrochen. Als sie das Wurmloch verlassen hatten, forderte er, zur Leiche gebracht zu werden. Er nahm sie mit, ohne ein weiteres Wort zu verlieren. Sein Abgang machte Hetman Angst. Der Coparr wünschte sich die Lotsen nicht zu Feinden. Und er wünschte es auch dem Argonomen nicht, mit dessen Schicksal sein eigenes untrennbar verknüpft war.

Ein simpler mechanischer Lift brachte Hetman weitere vier Decks tiefer. *Hier ist es noch nicht.* Er musste tiefer hinein.

Hetman hatte aus eigenem Antrieb den Schauplatz des Mordes aufgesucht. Der Argonom war der Meinung gewesen, dass dies nicht nötig sei, doch der Coparr hatte seine Worte nicht beachtet. Das war an sich nicht ungewöhnlich: Er besaß seinen eigenen Kopf und seine eigene Meinung. Und er wusste, dass ihn der Argonom genau deshalb schätzte.

Es war ein schreckliches Bild gewesen: Der Lotse lag tot am Boden inmitten der geräumigen Aussichtskuppel, sein Kopf mit dem ockergelben Schnabel war schlaff zur Seite gesunken, die rudimentär entwickelten Flügel – ein Erbe seiner Vorfahren aus ferner Zeit, mit denen sich längst kein Angehöriger seines Volkes mehr in die Lüfte zu erheben vermochte – zitterten bei jeder Regung des Vogelwesens nervös. Kurze Zeit später war davon nichts mehr zu bemerken. Es gab keine Spuren von Blut und auch keinen anderen offensichtlichen Hinweis darauf, wie der Lotse gestorben war.

Eine Gruppe hilfloser Coparr stand unsicher herum. Sie konnten nicht mehr tun, als verwundert auf den Toten zu starren. Nur Draban war an der Arbeit. Er suchte nach Spuren, wie es seine Aufgabe war. Dass er sich in einem Zustand höchster Konzentration und wachsender Verzweiflung befand, verriet Hetman sein angespanntes Gesicht. Wo üblicherweise die Haut der Coparr in schweren Falten herabhing, war die Drabans jetzt aufs Äußerste gestrafft. Draban sah dadurch beinahe aus wie die beiden menschlichen Gäste, die seit einigen Wochen an Bord der *Heim* waren.

Oder wie der Argonom.

»Gibt es Aufzeichnungen?«, fragte er Draban. Mit Erstaunen bemerkte Hetman, dass dieser smaragdgrüne Augen hatte. Das war ihm zuvor noch nie aufgefallen.

Draban fuhr sich mit dem Linksdaumen seiner rechten Hand über den mittleren Kinnhöcker. Den Rechtsdaumen spreizte er im Neunzig-Grad-Winkel ab. Eine Geste der absoluten Ratlosigkeit.

»Es gibt sie. Aber sie bringen uns nicht weiter.« Er sog mit einem geräuschvollen Pfeifen Luft in sein plattgedrücktes Riechorgan. »Aufzeichnung ab.«

Ein bunter Strudel in allen denkbaren Farben wirbelte kurz vor den Augen der beiden Coparr, dann entfaltete sich aus ihm ein Hologramm. Es zeigte die leere Panoramakuppel. Das Eingangsschott fuhr beiseite, der Lotse stakste auf seinen langen Beinen in den Raum.

»Uhrzeit?«, unterbrach Hetman.

Das Holo erstarrte. Ein blinkendes Symbol rechts oben im Bild lieferte ihm die gewünschte Information.

»Merkwürdig«, sagte Hetman.

Draban starrte ihn verständnislos an.

»Zu diesem Zeitpunkt befanden wir uns bereits seit beinahe einer Stunde im Wurmloch. Und die beiden Lotsen bestanden darauf, sich sofort an die von ihnen gewählten Punkte begeben zu dürfen, nachdem sie ihr Boot verlassen hatten.« Nun strafften sich auch Hetmans Hautlappen: »Wer hat die beiden geführt?«

»Ich. Ich habe den anderen Lotsen zum gewünschten Ort gebracht. Auf direktem Weg.«

Hetman blickte fragend in die Runde. Aber niemand rührte sich.

»Ich will alle Aufzeichnungen sehen. Vom Zeitpunkt, an dem die Lotsen auf der *Heim* angekommen sind und ihr Boot im Hangar verlassen haben, bis zu dem Moment, an dem dieser Lotse gestorben ist und der andere hierher zu ihm ging, um seinen toten Körper zu holen. Alles. Überspiel mir die Daten in die Zentrale.«

»Natürlich.« Draban senkte den Kopf.

»Aufzeichnung fortsetzen«, befahl Hetman. Die folgenden Bilder waren eine Enttäuschung. Er sah lediglich das Vogelwesen, wie es in den Raum stakste, sich dort einige Minuten lang in aller Ruhe umsah und sich dann direkt vor dem Panoramafenster auf den harten Stahlboden niederließ. Dort verharrte der Lotse regungslos.

»Wie viel fehlt bis zum Zeitpunkt seines Todes?«

»Höchstens fünf Minuten«, antwortete Draban, ohne nachzudenken.

»Regschasch«, fluchte Hetman. Draban tippte sich mit dem Linksdaumen zustimmend an die Stirn.

Hetman verließ die Aussichtskuppel. Er hatte erst den halben Weg zur Zentrale zurückgelegt, als ihn Drabans Signal erreichte. »Was gibt es?«

»Wir haben den Weg des Lotsen rekonstruieren können«, sagte der andere.

»Und?«

»Er ist tatsächlich ohne Begleiter aufgebrochen. Niemand hatte etwas dagegen einzuwenden, da er den Weg angeblich kannte. Er ist zunächst auch wirklich in Richtung der Kuppel gegangen. Doch unterwegs blieb er plötzlich stehen. Als warte er auf etwas oder denke nach. Dann hat er seinen Weg geändert, nach unten, zu den Laderäumen.«

»Dort gibt es leider keine Kameras.«

»Wir haben keine Ahnung, was der Lotse dort angestellt hat. Er war rund eine Stunde verschwunden. Dann tauchte er wieder auf und ist zur Panoramakuppel gelaufen.«

»Danke, Draban.« Dem Coparr war ab diesem Zeitpunkt klar, was er zu tun hatte. Er würde in den Laderäumen nachsehen. Vielleicht fand er dort die fehlende Spur.

Eben war der Fels noch voller Unebenheiten gewesen, beinahe wie die Stufen einer steilen Treppe, doch jetzt hatte er sich unvermittelt in eine fast völlig glatte Wand verwandelt. Paz Nadir blickte nach oben. Ein scharfer Wind und kleine Schneeflocken peitschten ihm ins Gesicht.

»Wir müssen uns anseilen«, brummte er.

»Lass das Seil herunter«, erklang Crefeldts Stimme direkt in seinem Ohr. Nadir meinte, im Hintergrund leise Musik zu hören. Das würde gut zu dem Senso-Tech passen: Der Kerl brachte es tatsächlich fertig, diesen verdammten Berg in eisiger Kälte zu besteigen und sich dabei zu flotten Rhythmen wärmende Gedanken zu machen.

»Konzentration«, forderte Nadir.

»Noch ist es ein Spaziergang«, kam es von Crefeldt zurück. »Kein Grund zur Aufregung.«

Er hatte Recht. Die Wand war entgegen seinen Erwartungen relativ schnell durchquert, nur hier und dort lauerten tückische kleinere Schneereste auf sie, die zu festem Eis geworden waren und sich in den Spalten gesammelt hatten. Trotz des Schneegestöbers hatte Nadir keine Mühe, den giftgrünen Anzug Crefeldts auszumachen. Er meinte sogar, durch die transparente Blase, die den Kopf des Senso-Techs umhüllte, ein siegessicheres Grinsen zu erkennen.

Vielleicht sollte ich den Helm auch schließen, dachte er, als ihm der schneidende Wind erneut harte Schneekörner in die Augen trieb. Stattdessen erhöhte er mit einem Handgriff die Anzugtemperatur um zwei Grad. Von Crefeldt, der als sein Partner selbstverständlich Zugriff auf alle Daten hatte, kam ein spöttisches Lachen.

Der Weg wurde wieder etwas leichter: Es ging schräg nach rechts und um zwei dicke zerklüftete Pfeiler herum, die an Monumente aus uralter Zeit erinnerten. Ein Schneefeld schloss sich an und Nadir spürte auch durch die dick gefütterten Stiefel, wie rutschig es hier war. Er richtete seine ganze Aufmerksamkeit auf den Pfad, den er zu nehmen hatte, um den schmalen Riss in der sich anschließenden Wand zu erreichen.

»Hier geht es wieder steiler nach oben«, sagte er. Der Fels wuchs vor ihm fast senkrecht empor. »Bereit?«

»Nur zu«, kam es von Crefeldt. Aber es klang nicht mehr ganz so unbeschwert.

»Wirst du nicht müde, Max?«, stichelte Nadir nachdem sie einige Zeit schweigend geklettert waren und er nun den letzten Haken in den harten Felsen trieb.

Nur ein Keuchen antwortete ihm. Crefeldt sparte sich seinen Atem. Er musste die Anstrengung jetzt deutlich spüren, denn eigentlich konnte er die verkürzte Form seines Vornamens auf den Tod nicht ausstehen. Schon ging es schräg über einen schmalen Sims, den sie eng an den Felsen gepresst überwanden. Ein Quergang schloss sich an, der leicht nach unten fiel. Mit Hilfe eines Seils kamen sie aber sicher hindurch.

Dann blieb Crefeldt stehen und holte das Seil ein.

»Was tust du?«, fragte Nadir entsetzt. »Damit ist uns der Rückweg versperrt.«

Crefeldt lachte. »Ich habe nicht vor, unterwegs umzukehren. Zum Gipfel oder gar nicht.«

Nadir schüttelte ärgerlich den Kopf. *Verdammter Narr*, dachte er. Schweigend kämpfte er sich über eine weitere steile Felsplatte zu einem Vorsprung, auf dem er sich niederließ.

»Pause.«

Der Senso-Tech widersprach nicht.

Hier war es fast angenehm. Die Felsnase über ihren Köpfen schützte sie vor dem Schneefall und dem Wind. Mit den Sensoren des Anzugs überprüfte Nadir seine Körperwerte und stellte fest, dass alles im grünen Bereich lag. Er beschränkte die Nährstoffzufuhr auf ein Minimum, um sich nicht zu sehr zu verwöhnen.

»Weiter«, murmelte er schließlich. Crefeldt nickte nur wortlos.

Es ging in die nächste Steilwand. Beim siebten oder achten Haken passte Nadir nicht richtig auf: Als er sein Gewicht darauf verlagerte, brach dieser aus dem Felsen. Doch bevor er in die Tiefe stürzen konnte, aktivierte Nadir die Haftfunktion seiner Handschuhe und der Stiefel. Sie griffen sofort. Jetzt klebte er wie eine Spinne im Netz an der fast senkrecht nach unten abfallenden Wand.

»Konzentration«, murmelte Crefeldt unter ihm spöttisch.

»Schon gut«, sagte Nadir. »Nichts passiert.«

In diesem Moment hörte er das leise Poltern über sich. »Zurück«, schrie er. »Nach unten.«

Der Senso-Tech rettete sich unter den Vorsprung, ohne etwas abzukommen. Für Nadir wurde es knapper: Zwei kleine, aber scharfkantige Steine erwischten ihn am Kopf, ehe auch er in Sicherheit war. »Verdammt«, fluchte er. Direkt vor ihren Augen prasselte die Geröll-Lawine hernieder.

»Du solltest den Helm schließen«, sagte Crefeldt.

»Danke, Max.«

»Magellan. Mein Name ist Magellan.«

Nadir nickte nur. Er versorgte die beiden Kratzer, dann schloss er den Helm.

»Können wir?«

»Natürlich. Ich bin bereit.«

Ein Eisfeld schloss sich an die Felswand an, eine fast senkrecht nach oben führende Rinne folgte. Hier pfiffen immer wieder kleinere Steinchen von oben herab, die ihn aber nicht trafen. Crefeldt schon.

»Alles in Ordnung?«, fragte Nadir.

»Genau auf den kleinen Finger«, schrie ihm der Senso-Tech ärgerlich durch die Funk-Verbindung ins Ohr. »Er wird taub, ich kann ihn schon fast nicht mehr bewegen.«

Das war der Nachteil der Handschuhe: Sie wärmten bestens und sie hatten diese überragende Haft-Funktion. Aber sie waren nicht sonderlich robust.

Ein schmaler Kamin, die nächste Wand, ein weiteres Eisfeld. Längst hatte er die Nährstoffzufuhr wieder auf einen höheren Wert eingepegelt. Der viele Schnee irritierte seine Augen. Er fühlte, dass seine Finger immer weniger koordiniert zugriffen. *Aufpassen*, warnte er sich selbst. *Lass dich vom Berg nicht einlullen.*

Das Transan vernebelte Auldens Gedanken nicht mehr länger. Von Hetman kam keine Meldung, also schickte er seine Sinne noch einmal auf die Reise. Sie erreichten Enthee und jetzt erkannte er endgültig, dass er vorhin einer Illusion aufgesessen war. Nicht klären ließ sich allerdings, wer oder was ihm die blau strahlende Kugel vorgegaukelt hatte. War dies ein erstes Anzeichen der Gefahr, die ihm nach dem Tod des Lotsen drohte? Oder gab es dort unten auf dem tristen Planeten jemanden, der zu dieser Täuschung fähig war? Aulden konnte sich das kaum vorstellen: Es gehörte einiges Geschick dazu, die Sinne eines Argonomen derart zu verwirren.

Die Andersartigkeit der Enthee stieß ihn erneut ab. Aulden tastete weiter. Er fand eine Ansammlung von Meurg, der zweiten Population dieses Planeten. Er hoffte, hier leichteres Spiel zu haben. Die Meurg waren tatsächlich ein wenig einfacher gestrickt als ihre Nachbarn, dennoch wiesen die verwaschenen Impulse, die das einzige waren, das er von ihnen wahrnehmen konnte, eine schwer durchschaubare verwandtschaftliche Komponente zu den Enthee auf. Diese machte es dem Argonomen auch bei ihnen unmöglich, von hier oben aus in ihren Geist einzudringen.

Schließlich ertastete er auch Menschen. Es gab dort unten immer noch einige von ihnen, auch wenn der Krieg, der sie nach Enthee geführt hatte, schon vor einundzwanzig Jahren beendet worden war. Die Menschen waren für ihn wie ein offenes Buch. Dennoch fand er nichts von dem, wonach er suchte.

Chrom, dachte er. *Wo ist Chrom?*

Sie blieb verschwunden. So sehr sich der Argonom auch mühte, sie zu finden. Aber er wollte nicht glauben, dass sie tot war.

»Hetman?«

Was war nur mit dem Coparr los?

»Hetman!«

Aulden erhielt keine Antwort.

War der Lotse hier vorbeigekommen?

Hetman lauschte in sich hinein. Sein Gefühl sagte ihm, dass er noch tiefer in den Bauch des riesigen Raumschiffes vordringen musste. Er öffnete das nächste Schott. Vor ihm lag eine weitere Lagerhalle, die hoch hinauf bis unter die Decke vollgestopft war. Die verschiedensten Dinge ruhten in mächtigen Regalen, größere Gegenstände waren direkt auf dem Boden verankert. Der Coparr musterte eine massive Statue aus schwarzem Holz, die einem hässlichen Burschen nachempfunden war, doppelt so groß wie er selbst, deren Aussehen er aber keinem ihm bekannten Volk zuordnen konnte. Nicht immer gestalteten Lebewesen die Götter, die sie verehrten, nach ihrem eigenen Äußeren – es war also durchaus möglich, dass Hetman den Schöpfern der Statue auf seinen Reisen an der Seite des Argonomen begegnet war. Vielleicht lag der Zeitpunkt, an dem Aulden den Gegenstand an Bord genommen hatte, aber auch lange vor dem Beginn seiner eigenen Existenz. Auf der untersten Ebene des Regals blitzte säuberlich aufgereiht eine beeindruckende Waffensammlung, mit der man einen – vermutlich erfolgreichen – Kleinkrieg hätte führen können. Direkt neben der dazugehörigen Munition stapelten sich einige handgeschnitzte, reich verzierte Bilderrahmen, die allerdings keine Bilder enthielten. Hetman meinte sich zu erinnern, einen davon schon in den Räumen des Argonomen gesehen zu haben. Damals natürlich mitsamt einem Bild. Das musste aber schon lange zurückliegen, denn er konnte es nicht mehr mit Gewissheit sagen.

Ebenso wenig wusste er im Moment, ob der Lotse überhaupt durch diese große Halle gekommen war. Vielleicht war er auch einen ganz anderen Weg gegangen und auf etwas gestoßen, das Hetman niemals finden würde. Angesichts der ungeheuren Ausmaße der Räumlichkeiten auf der untersten Ebene – nur das Maschinendeck lag noch tiefer – erschien ihm das sogar viel wahrscheinlicher, als dass er auch nur in die Nähe dessen kam, was das Vogelwesen entdeckt hatte. *Falls er überhaupt etwas gefunden hat.* Hetman fühlte einen Moment lang Frustration. *Falls ihn nicht einfach nur eine unerklärliche Neugier nach hier unten getrieben hat, kein wirklicher Grund und kein Ziel.*

Natürlich war auch das möglich. Trotzdem vertraute Hetman weiter seinem Gefühl, auch wenn es nicht mehr so stark in ihm brannte wie zuvor. Ein schlechtes Zeichen?

»Regschasch«, fluchte er unbeherrscht, schon zum zweiten Mal an diesem Tag. Er hatte nicht aufgepasst und war über etwas gestolpert.

Sein Blick suchte nach dem Gegenstand, der ihn beinahe zu Fall gebracht hatte.

Vorsichtig hob der Coparr den silbernen Quader auf. Er betrachtete ihn misstrauisch, drehte und wendete ihn in seinen Händen. Vorsichtig tastete er das metallische Objekt ab. »Ich habe so etwas schon einmal gesehen«, murmelte Hetman leise vor sich hin.

Er drückte mit jeweils beiden Links- und Rechtsdaumen fest auf zwei Seiten des Quaders, während seine anderen sechs Finger suchend über dessen Oberfläche strichen, aber nicht die geringste Unebenheit fanden. Selbst der massive Druck seiner Daumen führte zu keinem Ergebnis. Das geheimnisvolle Objekt zeigte sich davon herzlich unbeeindruckt.

Hetman steckte es in eine der zahlreichen Taschen. Sein Gewand bauschte sich durch die Bewegung kurz auf, kam dann wieder zur Ruhe. Es reichte fast bis auf den Boden, behinderte ihn deshalb aber nicht. Er trug an Bord grundsätzlich die traditionelle Kleidung seines Ursprungsplaneten. Das, so hatte er einmal dem Argonomen erklärt, sei er der Erinnerung an sein Volk schuldig. Viele seiner Artgenossen auf der *Heim* sahen das ganz ähnlich. Der Argonom hatte ihnen zwar zweckmäßigere Kleidungsstücke angeboten, doch der Starrsinn der Coparr in dieser Hinsicht störte ihn auch nicht sonderlich. Manchmal, so hatte Hetman den Eindruck, schien ihn dieser Charakterzug sogar zu amüsieren.

Der Coparr vergaß sein Fundstück sofort wieder, als er die Halle verließ und durch das Schott in den nächsten Raum trat. Dort stand ein kleines Schiff, eine flache Kapsel, die Hetman gerade bis zur Schulter reichte. Mit ihr hatte vor vielen, vielen Jahren Magister Dahn an der *Heim* angedockt. Offensichtlich lag es nicht in seiner Absicht, das Schiff auch wieder damit zu verlassen, sonst hätte der Argonom die Kapsel nicht hierher bringen lassen, sondern sie in einem der Hangars verstaut.

Hetman schaute sich sorgfältig um. Hier standen und lagen natürlich noch eine ganze Menge anderer Gegenstände und Erinnerungsstücke, von steinernen Werkzeugen primitiver Völker bis hin zu hochentwickelten technischen Geräten. Und ganz besonders häufig waren die verschiedensten Kunstobjekte, manche prächtig, andere abgrundtief hässlich – der Argonom sammelte sie mit Leidenschaft, Hetman konnte den meisten von ihnen nicht das Geringste abgewinnen. Als er den Raum schon wieder verlassen wollte, blieb er plötzlich stehen. Er drehte sich um und vergewisserte sich: Hatte er etwas entdeckt, etwas, das ihm gerade eben sein Unterbewusstsein mitgeteilt hatte? Tatsächlich, die Luke der Kapsel stand offen.

Wieso? Er wollte nicht glauben, dass Dahn sein Schiff damals einfach achtlos zurückgelassen und nicht einmal verschlossen hatte. Das ergab keinen Sinn.

War der Lotse hier gewesen? Und – falls ja – was hatte er dann in der Kapsel des Universal-Wissenschaftlers zu suchen? Gab es an Bord der *Heim* nicht eine ganze Menge lohnendere Ziele?

Hetman näherte sich der Kapsel vorsichtig. Sein Verstand signalisierte ihm, dass er besser verschwinden sollte. Sein Gefühl jedoch sagte ihm, dass er hier richtig war. Aber es warnte ihn auch vor der Gefahr, in die er sich begab.

Ein leises Geräusch ließ den Coparr herumfahren. Er sah noch ein metallisches Aufblitzen im Licht der Deckenstrahler, dann durchfuhr ihn der Schmerz. Hetman sah mit letzter Anstrengung an sich herab. Er konnte keine Wunde entdecken. Und doch brannte es fürchterlich.

Jetzt musste Nadir Stufen ins Eis schlagen, um vorankommen zu können. Nach halber Strecke löste ihn Crefeldt ab. Durch die transparente Blase sah Nadir, dass auch ihm die Anstrengung zu schaffen machte.

Ein kleiner Überhang, wieder ein Eisfeld, das sie jetzt queren mussten, eine Rampe, erneut ein Kamin. Und mittendrin versperrte ihnen ein Zapfen den Weg, der wie eine überdimensionale Nase weit aus dem Felsen herausragte.

»Fast die letzte Schwierigkeit«, sagte Paz Nadir.

»Ich kehre nicht um«, kam es trotzig von Crefeldt. Er hatte wieder die Musik laufen, Nadir hörte den harten und schnellen Rhythmus eines Schlagzeugs.

Ein Tanz auf dem Vulkan, dachte Nadir und lachte, weil der Vergleich so unpassend war.

Zwei Mal musste er die Haft-Handschuhe einsetzen, sonst wäre er abgestürzt. Crefeldt schaffte es ebenfalls. Und sie kamen auch heil durch das folgende Feld aus extrem brüchigem Gestein, das sich immer wieder unter ihren Füßen löste. Doch bevor sie stürzen konnten, hielt das Seil sie und so blieben beide in der Wand.

Nadir wagte einen Blick nach unten. Die Tiefe, die sich direkt unter ihm eröffnete, war atemberaubend. Das Grün des Tals konnte er nur erahnen, nicht mehr sehen.

Ein paar Meter führte der Weg schräg seitwärts, dann ging es erneut steil nach oben, diesmal durch einen Riss, der aussah, als habe ihn ein riesiger Fingernagel in das Gestein geritzt. Über ihren Köpfen löste sich donnernd eine Felslawine, prasselte aber harmlos an ihnen vorbei. Der Wind war stärker geworden und drohte, sie aus dem Riss zu blasen. Aber schließlich war es geschafft. Einmal packten seine Finger noch kräftig zu, dann zog er sich über den harten Rand auf eine Art Terrasse empor.

»Der Gipfel«, sagte Crefeldt. »Dort vorne.«

»Noch … dreißig Minuten … schätze ich«, keuchte Nadir.

Vor ihnen lag ein weit ausgedehntes, aber relativ flaches Schneefeld, das sich bis zum Gipfel zog. Sie rasteten nur kurz. Die Aussicht, das Ziel bald zu erreichen, trieb sie an.

Als sie etwa die Hälfte der Strecke zurückgelegt hatten, hörte der Schneefall plötzlich auf, nur der Wind leistete ihnen noch Gesellschaft. Der Gipfel kam näher. Und endlich hatten sie ihn erreicht. Sie kletterten die letzten Meter hinauf, dann standen sie oben.

»Geschafft«, sagte Crefeldt.

»Was für ein Panorama«, erwiderte Nadir, obwohl er dafür jetzt kaum einen Blick übrig hatte. Sie lachten beide.

Dann ertönte der Gong. Ein sonores, lang anhaltendes Geräusch, das die dünne Bergluft durchschnitt.

»Das darf nicht wahr sein«, ächzte Crefeldt. »Er kann doch nicht ausgerechnet jetzt …«

»Hetman ist tot.« Draban sagte es mit unbewegter Stimme. Sein Gesicht lag schlaff in Falten. Ein deutliches Zeichen: Er hatte sich damit abgefunden, konnte nichts mehr tun.

»Tot?« Auldens Stimme donnerte aus den Lautsprechern durch die Zentrale.

»Wir haben seine Leiche unten in einem der Lagerräume gefunden. Er wollte dort einer Spur nachgehen, um den Mörder des Lotsen finden zu können.«

»Mord? Wer behauptet, dass es an Bord meines Schiffes einen Mord gegeben hat?«

»Hetman.« Draban klang ruhig und nüchtern. »Und nachdem er nun ebenfalls tot ist, bleibt mir nichts anderes übrig, als mich seiner Meinung anzuschließen. Selbst wenn der Tod des Lotsen lediglich ein bedauerlicher Unglücksfall gewesen sein sollte, ist es absolut unwahrscheinlich, dass auch Hetman ohne äußere Einflüsse so plötzlich gestorben sein soll.«

»Hetman …«, flüsterte der Argonom. »Er war mir der Treueste der Treuen. Was soll ich nur ohne ihn anfangen?«

In der Zentrale herrschte bleierne Stille. Keiner der Coparr wusste, was er sagen sollte. Den meisten von ihnen ging der überraschende Tod ihres Artgenossen ebenfalls nahe.

»Wie lange?«

Draban musste nicht lange überlegen, was der Argonom mit dieser Frage meinte. »Mindestens vier Wochen, bis die volle Einsatzfähigkeit wieder hergestellt ist.« *Und wer weiß schon, ob es dann noch der Hetman sein wird, den wir kannten* ... Aber diese Gedanken behielt er für sich.

»So lange kann ich nicht warten.« Auldens Worte kamen langsam, stockend, als koste es ihn große Überwindung. »Es hilft nichts.« Die Stimme des Argonomen gewann wieder an Stärke. »Draban. Sei du jetzt mein Hetman. Du hast die höchste Qualifikation von allen hier an Bord.«

Draban gab seine Zustimmung, indem er sich für alle sichtbar mit dem Linksdaumen an die Stirn tippte. Er verharrte noch einen Moment so, schwieg aber. Was hätte er auch sagen sollen?

»Gut«, tönte es zufrieden aus den Lautsprechern. »Es wird Zeit für die Vorbereitungen. Ein kleines Kommando wird auf Enthee landen. Der Rezip wird euch begleiten, so dass ich zu jeder Zeit eingreifen kann.«

»Ziel der Mission?«, fragte der Coparr.

»Wir müssen Chrom finden. Sie steckt irgendwo dort unten. Wo, kann ich nicht sagen, deshalb wird es vermutlich eine sehr ausgedehnte, langwierige Suche werden.«

»Chrom?«

»Sie ist … eine Argonom.«

Eine Argonom.

Trotz dieser überraschenden Eröffnung blieb Draban sachlich. »Wer wird uns noch begleiten?«

»Die beiden Menschen kommen mit, dazu dieser Crabb, der uns vielleicht noch Hinweise geben kann, auch wenn ich mit ihm keine großen Hoffnungen verbinde, und natürlich Magister Dahn.«

»Dahn?« Allen Coparr in der Zentrale war das Erstaunen deutlich anzumerken. Der Universal-Wissenschaftler verließ seine Klause praktisch niemals. Keiner von ihnen hatte je erlebt, dass er seinen Fuß auf einen Planeten gesetzt hätte.

»Er muss mit«, bestätigte Aulden. »Er ist der Einzige, der über Wissen in Bezug auf die fremden Kulturen dort unten verfügt. Ohne ihn werden wir Chrom vermutlich nie finden. Auch meinen Kräften sind Grenzen gesetzt.«

Ein Raunen ging durch die Reihen der Coparr.

»Erstaunt?«, fragte der Argonom. Draban meinte, einen Hauch von Bitterkeit aus seinen Worten herauszuhören. »Ich bin nicht allmächtig, das wisst ihr. Und das dort unten wird eine Herausforderung, wie wir alle sie bisher noch nicht erlebt haben.«

Draban brauchte eine Weile, bis er seine Fassung wiedergewonnen hatte. Er wünschte sich, Hetman wäre noch am Leben gewesen. Oder wieder. Das hätte vieles vereinfacht. Schon jetzt verfluchte er die Verantwortung, die ihm der Tod des anderen aufgebürdet hatte.

»Militär?«, fragte er schließlich.

»Shandt«, sagte Aulden. »Und zehn seiner Männer. Holt sie aus den Tanks, päppelt sie auf und macht sie bereit. Sobald sie so weit sind, bricht das Kommando auf.«

zwei

Das Erwachen gestaltete sich zäh. Die Schmerzen waren größer als im schlimmsten Alptraum, den er sich vorstellen konnte. Seine Lungen stachen, als er gierig einatmete. Er musste husten. Ein trockener, grässlicher Laut.

Cortz, rief er sich ins Gedächtnis. *Dein Name ist Cortz. Du lebst.*

Das war sein Mantra. Er wiederholte es an jedem Morgen. Damit trotzte er den Schmerzen und hatte bisher erfolgreich verhindern können, dass sie ihn endgültig übermannten. Eines Tages würde es dennoch so weit sein.

Schweiß stand auf seiner Stirn, als er sich endlich zitternd erhob. Verursacht einerseits von den furchtbaren Qualen, die ihm sein Körper jeden Morgen bescherte, aber darüber hinaus auch von der Angst, die nicht weniger schlimm in ihm tobte.

Cortz. Dein Name ist Cortz. Du lebst.

Er spürte mit jedem Tag deutlicher, dass er nicht mehr lange leben würde. Dann hatte die Qual ein Ende. Fast freute er sich darauf. Auch wenn er hin und wieder die Stimme, die sich tief aus seinem Inneren emporkämpfte, vernehmen konnte. Sie rief ihm zu, dass es da noch etwas gab, das er tun musste. Aber daraus würde nichts mehr werden. Es ging ihm inzwischen schon zu schlecht. Und in den Jahren zuvor …

Cortz. Dein Name ist Cortz. Du lebst.

Das war die nackte Wahrheit. Und viel mehr gab es auch nicht zu erzählen. Er hieß Cortz und er lebte. Noch.

Sein Blick glitt über das schäbige Bett mit dem schmutzig-grauen Laken und dem zerknüllten Kissen aus viel zu grobem Stoff, an dem er sich in der Nacht die Wangen wund rieb. Er schaute aus dem kleinen Fenster, einer schmalen Scharte in der Wand. Das milchige Glas erlaubte beinahe keinen Blick nach draußen. Unmöglich zu sagen, ob das Wetter heute besser war als gestern. Noch so einen regnerischen und bitterkalten Tag würde er kaum im Freien durchstehen. Er war mit seinen Kräften am Ende.

Cortz.

Er beendete das Mantra, da er wieder halbwegs bei Sinnen war, auch wenn es ihm deshalb noch lange nicht viel besser ging. Ein bisschen immerhin. Die Schmerzen ließen nach, der kleine Funke, der Lebenswille hieß, kehrte langsam zurück. Noch war er nicht am Ende seines

Weges angelangt. Auch wenn er manchmal wirklich glaubte, dass sich der Kampf nicht mehr lohnte. Aber dann fand er doch wieder etwas, das ihn zumindest ein klein wenig motivierte.

Er starrte immer noch durch das Fenster. War das Regen? Es schneite nicht auf dieser Welt, wenigstens hatte er das noch nicht erlebt, seit er hier war. Obwohl es bitterkalt werden konnte, manchmal schon am Tag, von den Nächten ganz zu schweigen. Kein Regen, entschied er nach einem letzten prüfenden Blick. Das war gut.

Cortz wollte sich gerade abwenden, da entdeckte er den alten Mann. Er stand wieder dort, wieder direkt an der Straßenecke, die unter seinem Fenster lag. Der Alte war ihm bereits vor einigen Tagen aufgefallen, obwohl eigentlich nichts an ihm ungewöhnlich war. Es gab viele alte Männer unter den Meurg, die nur selten Arbeit fanden und den ganzen Tag lang nichts zu tun hatten. Doch auf diesen speziellen alten Mann war Cortz seltsamerweise aufmerksam geworden. Seitdem er den Alten das erste Mal bewusst wahrgenommen hatte, was Cortz, der keine Bindungen knüpfte, meist tunlichst vermied, hatte er ihn wieder und wieder gesehen. Ihn beschlich das Gefühl, beobachtet zu werden. Das weckte Erinnerungen an seine Vergangenheit …

Als er noch einmal hinsah, war der Mann verschwunden. Das beunruhigte ihn.

Er schleppte sich zu dem Stuhl, auf dem er den größten Teil seiner Kleidung während der Nacht abgelegt hatte. Die lange, sackähnliche Toga, die er im Schlaf getragen hatte, hob er leicht an, zog die Hose hoch, die schon wieder ein neues Loch hatte, und den Gürtel eng zusammen. Auch die Socken waren zerschlissen, aber wenigstens die festen Schuhe waren in Ordnung. Es war noch gar nicht lange her, dass man sie ihm in der Fabrik als Lohn für eine Schicht gegeben hatte. Ein nützlicher Verdienst. Inzwischen, seit seinem letzten Zusammenbruch, nahmen sie ihn dort nur noch selten. Meist nur, wenn einer der Vorarbeiter, dem er in der Vergangenheit einmal einen Gefallen getan oder einen Tipp gegeben hatte, Mitleid mit ihm hatte. Objektiv betrachtet, das wusste auch Cortz, gab es eine Menge weitaus besserer Arbeiter, als er einer war.

Er zog die Schnürsenkel fest zu, dann griff er nach der Jacke, die für diese Jahreszeit viel zu dünn war. Unentschlossen zuckten seine Finger zurück. Nein. Er würde sie noch hängen lassen, bis er ging. Besser, er gewöhnte sich nicht schon jetzt an die vermeintliche Wärme. Denn dann würde es draußen umso härter werden.

Es klopfte. *Schon?*

Hatte er so lange geschlafen? War die Schwäche, die seinen Körper gefangen hielt, inzwischen bereits so groß geworden? Das Klopfen wiederholte sich, eine Spur energischer.

Cortz zog sich die wärmende Jacke an. Er schlurfte müde zur Tür und öffnete sie. Tawnken stand draußen. Die Nachtschicht war offensichtlich zu Ende. Der Meurg schien gearbeitet zu haben. Die Erschöpfung, die ihm Cortz ansehen konnte, ließ darauf schließen. Er fühlte Neid auf den anderen. Und plötzliche Angst. Wenn Tawnken auf einmal die Taschen voller Geld hatte, konnte es gut sein, dass er das Zimmer für sich allein beanspruchen würde. Solange er bezahlen konnte, bevorzugte natürlich jeder Wirt einen einzelnen Mieter. Dann würde Cortz gehen müssen, und ob er noch einmal ein ähnliches Arrangement fand, stand in den Sternen. Im Moment wäre er nicht dazu in der Lage gewesen, die notwendige Vorauszahlung, die immer verlangt wurde, zu leisten. Zumal fast alle Meurg sehr wählerisch in der Wahl ihrer Zimmergefährten waren. Als Fremder hatte er in dieser Konstellation die denkbar schlechtesten Karten.

Er bemerkte, dass ihn der Meurg abwartend anstarrte. Cortz fühlte Ärger auf den anderen in sich hochsteigen, wusste aber, dass dies ungerecht war. Schließlich stahl er Tawnken wertvolle Zeit, die der nach der harten Arbeit brauchte, um sich auszuruhen. Wenn überhaupt, dann hatte der Meurg Grund, auf ihn, auf Cortz, wütend zu sein.

»Ihr Zimmer«, presste er hervor. Tawnken trat schweigend ein. Für Cortz hieß es jetzt, den halben Tag irgendwie zu überstehen, den er außerhalb seines Raums verbringen musste. Unwahrscheinlich, dass er ausgerechnet heute Arbeit fand.

Kaum stand er auf dem Gang, schob der Meurg die hölzerne Tür schon von innen zu. Der schwache Lichtschein drang kaum noch durch den schmalen Schlitz zwischen Fußboden und Tür. Cortz fühlte sich ausgesperrt und verloren. Das ging ihm in letzter Zeit jeden Tag so und er glaubte, dass dieses Gefühl in ihm immer übermächtiger wurde. Was würde geschehen, wenn er sich aufgab?

Müde schleppte er sich durch den langen, kalten Gang. Zögernd stand er dann vor der Tür, die nach draußen führte. Er gab sich einen Ruck. Der Wind traf ihn wie ein Peitschenschlag. Regen prasselte ihm ins Gesicht. Offensichtlich hatte er sich vorhin getäuscht, als er dachte, dass es heute trocken bleiben würde.

Er sah sich um. Seine Blicke kreuzten die des alten Mannes, den er vorhin durch das Fenster gesehen hatte. Der musste inzwischen seinen

Standort gewechselt haben. Jetzt stand er an einer anderen Ecke, dem Regen schutzlos ausgeliefert. Sie starrten sich an.

Sollte er ihn ansprechen? Cortz verspürte Furcht. Es war besser, sie zu verdrängen. Deshalb entschied sich Cortz dagegen, die Konfrontation mit dem Alten zu suchen. Er senkte den Blick und marschierte los. Als er wieder aufschaute, war der Mann erneut verschwunden.

Die Armenspeisung war eine Sache, die Cortz noch immer nicht verstand. Er hatte die Meurg in den vergangenen Jahren als Einzelgänger, als extreme Individualisten, kennen gelernt. Zwar lebten abertausende von ihnen in dieser riesigen Stadt, die fast den ganzen Subkontinent Meurglys und damit eine gigantische Fläche bedeckte, dennoch gab es kaum genügend Platz, damit sich der Einzelne entfalten konnte. Die Meurg trotzten der räumlichen Enge. Sie schufen sich Freiräume, wo immer sie konnten, sie gingen einander konsequent aus dem Weg. Dieses Volk kannte keine Geselligkeit. Jeder lebte sein eigenes Leben, ohne sich um irgendjemanden zu kümmern. Jeder dachte nur an sich selbst.

Umso erstaunlicher war es für Cortz, dass die Meurg dennoch eine Art sozialer Verantwortung für diejenigen übernahmen, denen es noch ein Stück schlechter ging als der großen Masse. Niemand war hier mit Reichtum oder gar Überfluss gesegnet, auch wenn es wie überall einige Ausnahmen gab, die besser dran waren als die meisten anderen. Doch auch die lebten nicht im Luxus, sondern einfach nur ein bisschen über dem Durchschnitt. Und es gab viele, die kaum etwas oder überhaupt nichts besaßen, die sich wie Cortz und Tawnken ein Zimmer teilen mussten, um wenigstens die Hälfte des Tages ein Dach über dem Kopf zu haben. Selten genug fand einer wie Cortz Arbeit und wenn, dann nur für wenige Stunden. Der lächerlich geringe Lohn, den er dafür erhielt, falls er nicht sogar nur in Naturalien bezahlt wurde, ging fast ausschließlich an den Meurg, dem das Zimmer gehörte. Blieb ausnahmsweise einmal etwas übrig, musste er damit streng haushalten. Denn es konnte oft genug geschehen, dass er gar keine Arbeit mehr bekam und so auch keine Möglichkeit hatte, neues Geld zu verdienen. Jede Münze, die er für Essen und Trinken ausgab, fehlte ihm dann.

Es ging beileibe nicht nur Cortz so. Viele Meurg waren in einem körperlich noch schlechteren Zustand als er selbst. Die Anwerber der Fabriken beachteten sie erst gar nicht und deshalb blieb diesen Bedauernswerten nichts anderes übrig, als in Hütten, die sie selbst aus allen möglichen Materialien errichtet hatten, oder schlimmstenfalls sogar im Freien zu hausen. Wenn Cortz auf die wenig erfolgreichen letzten Tage zurückblickte, wusste er, dass es ihm bald ähnlich ergehen würde. Er war längst nur noch ein Schatten seines früheren Selbst. Ohne die Armenspeisung wäre er ohnehin längst gestorben.

Das Haus, dem er sich jetzt von der Rückseite her näherte, war in der typischen Art und Weise der Meurg erbaut worden: ein einstöckiger Flachdachbau, der nicht die geringsten architektonischen Spielereien aufwies. Hier hatte kein Sinn für Schönheit Pate gestanden, sondern nur die reine Zweckmäßigkeit. Niemand hatte beispielsweise seine Zeit damit verschwendet, dem Haus einen farbigen Putz zu verpassen. Es war aus rötlichen Steinen gemauert, in den Fugen war der graue Mörtel deutlich zu sehen. Auf der Rückseite wirkte es noch weniger einladend als vorne, da es hier keine Fenster gab, nur eine einzelne Tür, durch die, wie Cortz schon oft miterlebt hatte, jeden Morgen die Lebensmittel ins Innere gebracht wurden. Seitlich davon standen zwei große graue Tonnen, an deren Unterseiten Rollen befestigt waren. In diese Behälter wurden nach der Armenspeisung die Abfälle gekippt. War die Zeit der Essensausgabe verstrichen, gab es im Gebäude nichts mehr zu holen. Wer diese Stunden verpasst hatte, musste hungern oder sich hier hinten bedienen. Als es ihm einmal für kurze Zeit sehr schlecht gegangen war, hatte er diese Schmach auf sich nehmen müssen. Der Anblick der beiden Tonnen erinnerte ihn noch heute an den Ekel, den er damals verspürt hatte. Und an das Gefühl der Sättigung, das er trotz der Erniedrigung, wie ein Tier in den Abfällen wühlen zu müssen, empfunden hatte. Aber auch an seinen Schwur, dass er niemals wieder so tief sinken würde.

Jetzt war es möglicherweise bald wieder so weit.

Es regnete noch immer unaufhörlich in langen Bindfäden, der Wind hatte aufgefrischt und die Kälte war noch beißender geworden, so dass Cortz auf den Augenblick wartete, in dem der Regen doch in Schnee übergehen würde. Er versuchte, die tieferen Pfützen zu meiden. Die Meurg hielten nicht viel von einem ordentlichen Straßenbau, kaum ein Teil des Untergrunds war hier asphaltiert. Durch den Dauerregen der letzten Tage hatten sich die meisten Wege längst in Flächen verwandelt, die von zähem Schlamm bedeckt waren.

Cortz ging um das Gebäude herum, an der Seitenwand entlang. Drinnen brannte kein Licht, dennoch konnte er durch die schmutzigen Fenster einige Meurg erkennen, die sich schon an den langen Tafeln niedergelassen hatten und das Essen herunterschlangen. Er kam noch rechtzeitig. Ihm graute vor dem Tag, an dem Tawnken – der ganz sicher heute schon hier gewesen war – aus irgendeinem Grund nicht pünktlich eintraf, um ihn aus dem gemeinsamen Zimmer zu scheuchen.

Er erreichte die Frontseite des Hauses und ließ seinen Blick schweifen. Dort, auf der anderen Straßenseite, war er das? Cortz meinte, den alten Mann wiederzuerkennen, der ihm heute schon zwei Mal aufgefallen war. Aber er konnte nicht mit Sicherheit sagen, ob er mit dieser Vermutung richtig lag oder sich doch täuschte. Dafür fiel der Regen inzwischen zu dicht. Möglicherweise spielten ihm auch seine überreizten Nerven einen Streich. Die Tür des flachen Gebäudes war noch offen, zwei Meurg, beide in ärmliche Lumpen gekleidet, schleppten sich gerade hinein. Ein anderer, der nicht viel besser aussah, aber immerhin zufrieden wirkte, da er gegessen hatte, kam heraus. Cortz nickte ihm höflich zu, erhielt aber keine Reaktion. Er schüttelte den Kopf. Ab und an fiel er in alte Verhaltensweisen zurück, von denen er sich längst gelöst haben sollte. Niemand hier interessierte sich für ihn. Niemand in ganz Meurglys, niemand in dieser riesigen Stadt.

Draußen war es wegen des wolkenverhangenen Himmels schon recht düster gewesen, aber in dem großen Raum konnte er zunächst kaum etwas zu erkennen. Es gab keine Lichtquelle und so benötigte er einige Momente, bis er sich an das Halbdunkel gewöhnt hatte. Dann ging er zu der langen Theke an der dem Eingang gegenüberliegenden Wand, an der das Essen ausgegeben wurde. Dort reihte er sich in die Schlange der geduldig wartenden Meurg ein.

Cortz nahm eines der schmutzigbraunen Tabletts, als er am Stapel angekommen war. Er griff nach dem einzigen Besteck, das es hier gab, einem flachen Löffel, der für alle Arten von Mahlzeiten verwendet wurde. Natürlich kannten die Meurg auch Messer und spitze Gabeln. Doch hier wurden nur die Löffel mit dem stumpfen, kurzen Stiel verteilt. Mit den Messern hätten sie aufeinander losgehen können, mit den flachen Löffeln war das dagegen wenig sinnvoll. Cortz hatte schon einmal erlebt, wie sich zwei Meurg während der Armenspeisung in die Haare gekriegt hatten. Die beiden hatten aufeinander eingeprügelt, bis man sie trennte. Dann waren sie des Raumes verwiesen worden, verbunden mit dem unmissverständlichen Hinweis, dass sie nicht wieder zu kommen brauchten. Er hatte keine Ahnung, ob die Einhaltung dieses Verbots kontrolliert wurde. Aber er hatte die beiden Meurg nie wiedergesehen. Nachdenklich drehte er den Löffel in den Händen.

Die Meurg hinter der Theke sah durch ihn hindurch, als sei er Luft. Mit einer großen Kelle schöpfte sie die Suppe aus dem tiefen und breiten Behälter auf den kleinen Teller, den sie vor ihm abstellte. Daneben legte sie einen keilförmigen Brocken Masan. Mehr würde es nicht geben. Cortz wusste das, seit er sich einmal eine zweite Portion hatte holen wollen. Erst später fand er heraus, dass es sich *nicht schickte*. Einen Grund, den er verstand, konnte ihm niemand nennen, aber er hatte es akzeptiert.

Er suchte sich an einer der langen Tafeln einen Platz. Dabei achtete er darauf, keinem der Meurg zu nahe zu kommen. Schließlich stellte er das Tablett vorsichtig auf den Tisch und setzte sich. Der Holzstuhl knarrte. Cortz starrte auf den Teller. Mit zwei Fingern befühlte er das Masan. Zu hart, aber er hatte nichts anderes erwartet. Das Brot gehörte zu den Grundnahrungsmitteln der Meurg und damit zu jeder Mahlzeit. Was den Backstuben daneben geriet und nicht verkauft werden konnte, landete bei der Armenspeisung. Manchmal hatte Cortz auch schon Glück gehabt und ein Stück Masan erwischt, das sich problemlos kauen ließ. Heute nicht. Seufzend brach er einen eckigen Riemen ab und tauchte ihn die Suppe. Dann schob er sich das harte Stück Teig in den Mund und zerrieb es langsam zwischen den Zähnen.

Er griff nach dem flachen Löffel. Die Suppe war kalt, um diese Uhrzeit nichts Ungewöhnliches. Cortz erkannte aber am Geschmack, dass sie sehr nahrhaft war. Die Meurg nannten dieses Gericht Korianin. Die Körner, die seinen Hauptbestandteil bildeten, wuchsen überall, sogar wild. Aß man sie allerdings roh, verdarb man sich übel den Magen. Nur in gekochtem Zustand waren sie genießbar. Dann zerfielen die Korian-Körner zu einer dicken, breiigen Masse, die mit Wasser und Milch verdünnt wurde.

Cortz tunkte erneut einen Brocken hartes Masan in die Suppe, wartete geduldig, bis dieser sich mit Flüssigkeit vollgesogen hatte, und schob ihn dann in den Mund. Er kaute langsam. Denn es gab keinen Grund zur Eile. Er aß mit Bedacht, fast feierlich. Mit dem letzten Stückchen Masan wischte er über den Teller und fing so noch winzig kleine Reste der Suppe auf, die seinem Löffel widerstanden hatten. Mit der Zunge befeuchtete er seine Finger, tupfte die wenigen Krümel aus dem Teller und schleckte jeden Finger einzeln ab. Den allerletzten Krümel behielt er noch im Mund, balancierte ihn erst hin und her und drückte ihn dann mit der Zunge so lange von innen gegen die Zähne, bis er sich im Speichel endgültig auflöste.

Cortz schaute nur einen winzigen Moment wehmütig auf den leeren Teller. Dann nickte er stumm und zufrieden vor sich hin. Er schmatzte laut, das meurgsche Zeichen dafür, dass er die Mahlzeit beendet hatte. Kaum war er aufgestanden, nahm ein anderer seinen Platz ein, peinlichst bemüht, nicht in die Nähe eines anderen Meurg zu kommen.

Tablett und den leeren Teller stellte Cortz am Rand der Theke ab. Dann machte er sich auf den Weg zum Ausgang. Kurz vor der Tür rempelte ihn jemand an.

Es durchfuhr ihn heiß und kalt. Dies war mit einhundertprozentiger Gewissheit das allererste Mal, dass ihn ein Meurg berührt hatte. Einfach undenkbar. Ein Verstoß gegen alle guten Sitten, an die er sich in all den Jahren so mühsam gewöhnt hatte. Ein Skandal. Eine Provokation? Warum?

Oder war es einfach nur eine unverzeihliche Ungeschicklichkeit gewesen? Cortz wusste es nicht. Aber er konnte es auf keinen Fall durchgehen lassen. Sonst verlor er sein Gesicht.

Er blickte auf und erkannte den Meurg, der vor ihm stand. Dieser reichte ihm nur bis an die Schulter, was nicht ungewöhnlich war. Auch die vielen Runzeln, von denen sein wächsern bleiches Gesicht und der haarlose Schädel über und über bedeckt waren, die elliptischen Augen, die so nahe beieinander standen, dass sie fast wie eines wirkten, und die weit ausladende Kinnpartie ließen ihn wie einen völlig durchschnittlichen Meurg aussehen. Und doch war er das nicht, nicht für Cortz: Es war der alte Mann, den er heute schon mehrmals an den unterschiedlichsten Orten und an den Tagen davor regelmäßig von seinem Fenster aus gesehen hatte.

»Verzeiht meine Ungeschicklichkeit«, sagte der Meurg. »Ich stehe tief in eurer Schuld.«

Das waren die üblichen Floskeln. Cortz konnte nun fast nach Belieben über den Alten verfügen, da dieser die Schuld auf sich geladen hatte, ihn zu berühren, und dies auch noch eingestand. Der Mann war ihm nun verpflichtet. Doch was sollte er mit ihm anfangen? Der andere Weg, den nur wenige Meurg gewählt hätten, wäre, die Entschuldigung des Alten zu akzeptieren. Dann konnte dieser als freier Mann seines Weges ziehen. Und Cortz, der neugierig geworden war, würde nie erfahren, was der Alte im Schilde geführt hatte.

Cortz spitzte die Ohren. Zischelte der Meurg da zwischen den einzelnen Sätzen einige zusätzliche Worte, die offensichtlich nicht für die Ohren der Umstehenden gedacht waren? »Nicht hier«, meinte

Cortz zu verstehen, während der Mann ihn immer noch mit einem Wortschwall überschüttete.

»Die Karte.«

Welche Karte? Die Bewegung des anderen kam zu rasch, als dass sie jemand hätte wahrnehmen können. Auch Cortz bemerkte sie nur, weil er den Luftzug spürte. Er schob die rechte Hand in die Jackentasche und fühlte dort ein rechteckiges Stück Plastik. Welch großartiger Taschenspielertrick – Cortz zog den Hut vor dem Alten. Und er war neugierig, was auf der Karte stand.

»Wir … haben … gemeinsame … Bekannte.«

Hatte der Meurg das eben wirklich gesagt oder bildete er sich das nur ein?

Cortz nickte. »Es ist gut«, sagte er. »Ich verzeihe dir.«

Der andere neigte sein runzliges Haupt. »Danke, Herr«, flüsterte er. Die Menge raunte. Keiner der Meurg, die auf die Armenspeisung angewiesen waren, hätte darauf verzichtet, auf so einfache Weise Gewalt über einen anderen zu bekommen. Schließlich konnte man diesen arbeiten schicken. Das Geld, das er dabei verdiente, konnte jeder gut gebrauchen. Und brachte er nichts ein, war auch nichts verloren. Schließlich war niemand dazu verpflichtet, ihm Unterkunft oder gar Essen zu gewähren.

Der Alte ging langsam durch die Tür. Cortz war sich sicher, ihn bald wiederzusehen. Gemeinsame Bekannte? Um wen konnte es sich dabei handeln? Er kannte kaum einen Meurg mit Namen, hatte nie mit jemandem in näherem Kontakt gestanden. Ein Bekannter – aus der Vergangenheit? Aus der Zeit, bevor er hier gestrandet war? Das war beinahe unmöglich, auf jeden Fall aber völlig unwahrscheinlich.

Er schüttelte den Kopf und ging ebenfalls nach draußen. Regen und Kälte brachten ihn schnell wieder auf andere Gedanken.

Als sich Cortz zu den Meurg vor die Tore der Fabrik gesellte, wusste er, dass es heute sinnlos war. Hier standen deutlich mehr Arbeitssuchende als sonst. Wahrscheinlich hatte es bei den Maschinen wieder Ausfälle gegeben, die erst von qualifiziertem Personal behoben werden mussten. So lange brauchte man natürlich niemanden, der diese Maschinen bediente, überwachte oder die fertigen Einzelteile wegkarrte.

Die Meurg boten für ihn immer noch einen seltsamen Anblick. Keiner näherte sich dem anderen auf mehr als Armeslänge, alle hielten sie

Distanz, als seien ihre Artgenossen von einer schlimmen und vor allem ansteckenden Krankheit befallen. Cortz passte sich diesem Benehmen natürlich an. Viel praktischer wäre es gewesen, enger zusammen zu rücken, um der Kälte und dem Wind weniger Angriffsfläche zu bieten. Aber er wusste, dass er mit einem derartigen Vorschlag bei den Meurg auf taube Ohren und Unverständnis stoßen würde. Das konnte er sich sparen.

»Was sagen sie?«, fragte ein Neuankömmling, der kurz nach ihm erschien. Immerhin redeten die Meurg das Nötigste miteinander.

»Reparatur«, antwortete ein anderer.

»Dauer?«

»Unbestimmt.«

Eine für die Meurg typische Unterhaltung. Außerdem bestätigte sie Cortz' Vermutungen. Manchmal konnten die Arbeiten an defekten Maschinen sehr lange dauern. Er fragte sich, ob es Sinn machte, hier noch länger auszuharren. Andererseits gab es keinen Ort, an dem er seine Zeit sinnvoller hätte verbringen können.

Seine Finger spielten mit dem Plastikkärtchen, das sich noch immer in seiner Jackentasche befand. Er hatte es noch nicht angeschaut und würde dies auch nicht tun, bevor er nicht wieder in seiner Wohnung war. Egal, was auf der Karte stand.

Der Regen fiel weiter auf sie herab. Der Wind pfiff unbarmherzig. Langsam wurde es düster, dann dunkel. Die Nacht war angebrochen. Jetzt wurde es Zeit für Cortz, zu seiner Bleibe zurückzukehren. Bald würden hier die ersten Neuankömmlinge anrücken. Sollte die Reparatur endlich beendet sein, würde man sie bevorzugen, da sie frisch und ausgeschlafen waren und ausgeruhter als diejenigen, die den ganzen Tag in der bitteren Kälte und im Regen vor dem verschlossenen Tor ausgeharrt hatten.

Cortz seufzte. Wieder nichts verdient. Seine Lage wurde langsam dramatisch.

Er wandte sich ab und machte sich auf den Weg zurück zu seiner kleinen Wohnung. Unterwegs blickte er sich aufmerksam um. Doch von dem alten Meurg war nirgends etwas zu sehen. Offensichtlich hatte der Mann seinen Auftrag erfüllt.

Er erreichte das einstöckige Haus, das sich von außen durch nichts von den vielen anderen in dieser Stadt unterschied. Müde vom Nichtstun schlurfte er durch den dunklen Gang. Vor seiner Zimmertür hielt er inne, wartete einige Sekunden, klopfte dann kraftlos dagegen.

Die Tür schwang sofort auf, als habe Tawnken nur darauf gewartet, dass Cortz endlich kommen würde. Der Meurg wirkte ausgeruht und erfrischt. Auf Cortz machte er einen beinahe übermütigen Eindruck. Für ihn bestand kein Zweifel: So, wie es mit ihm bergab ging, seinem Tiefpunkt entgegen, befand sich Tawnken auf dem aufsteigenden Ast. Sie würden nicht mehr lange Zimmergefährten bleiben. Cortz suchte im ausdruckslosen Gesicht des anderen nach Anzeichen dafür, dass Tawnken sich dessen bewusst war. Er fand nichts, konnte sich des Gefühls aber nicht erwehren: Der Meurg wusste, was geschehen würde. Er war nicht dumm und er arbeitete zielstrebig darauf hin, seine Ziele zu erreichen. Und dazu gehörte nicht, mit einem wie Cortz noch lange eine Bleibe zu teilen.

»Ihr Zimmer«, sagte Tawnken.

Cortz nickte matt.

Der Meurg schien sich zu freuen, hinaus in die kalte, nasse Nacht zu dürfen und verschwand um die Ecke des Gangs.

Cortz trat in das Zimmer. Tawnkens Geruch hing schwer in dem kleinen Raum. Wie alle Meurg roch er nach einer seltsamen Mischung aus Gruft und einer Blumenart, die es auf dieser Welt gar nicht gab. *Segwentis*, dachte Cortz. Aber das war Vergangenheit. Er hinderte seine Gedanken gewaltsam, dorthin zurückzuschweifen.

Trotz des Gestanks verzichtete er selbstverständlich darauf, das kleine Fenster zu öffnen. Er konnte es sich nicht leisten, das Zimmer zu lüften. Die Wärme würde nicht schnell genug zurückkehren.

Erschöpft ließ sich Cortz aufs Bett sinken. Ungeschickt lösten seine Finger die Schnürsenkel, dann streifte er die Schuhe von den Füßen, indem er erst den einen Schuh hinter den anderen stemmte, danach mit den Fußzehen – die vor Kälte taub waren und von der plötzlichen Aktivität zu brennen begannen – auch den zweiten vom Fuß schob. Die Socken fielen fast von allein herab. Cortz nahm sie prüfend in die Hände. Tatsächlich – an einer Stelle entdeckte er einen zwar winzigen, aber dennoch nassen Fleck. Auch die Schuhe, die ihm lange treu gewesen waren, wurden jetzt undicht. Er würde morgen früh nach dem Loch suchen müssen, wenn es wieder heller war.

Er stand noch einmal auf, öffnete den Gürtel und ließ die Hose zu Boden gleiten. Cortz war zu müde, um sie aufzuheben und ordentlich aufzuhängen. Stattdessen zog er die Jacke aus und stand nur noch in der langen, sackähnlichen Toga da, in der er auch schlafen würde.

In der Tasche der Jacke befand sich die Karte, die ihm der alte Meurg gegeben hatte. Er fühlte noch einmal danach, griff aber nicht in die Tasche hinein. Seine Finger spielten mit dem dünnen Stoff, der die Plastikkarte von außen umgab. Eine unerklärliche Scheu hielt ihn davon ab, sie endlich herauszuziehen. So stand Cortz einige Minuten lang beinahe regungslos da. Dann gab er sich einen Ruck. Er nahm die Jacke und warf sie über die Lehne des Stuhls.

Er ließ sich aufs Bett sinken, das von Tawnkens Körper noch warm war. Nach der Karte würde er morgen sehen.

drei

Der Gong ertönte ein zweites Mal. Gleichzeitig übermittelten ihnen ihre Anzüge Auldens Botschaft. Der Argonom schien es eilig zu haben.

Magellan Crefeldt schaute enttäuscht nach unten. »Ob diese Chance jemals wieder kommt …«

»Wenn wir nicht zu langsam sind …«, antwortete Paz Nadir.

»Was dann?«

»… sollten wir die Abfahrt noch mitnehmen. So viel Zeit bleibt. Und gegen das Erlebnis hier wird die Expedition auf diesen Planeten garantiert eine gemütliche Landpartie.«

In Crefeldts Augen blitzte die Begeisterung auf. Er zog sich den flachen Tornister vom Rücken und öffnete ihn. Zwei schmale, unterarmlange Bretter kamen zum Vorschein.

»Ich bin dabei«, sagte er.

»Dann los«, meinte Nadir, der zwei identische Bretter hervorgezogen hatte. Er ließ sie zu ihrer vollen Länge von knapp anderthalb Metern ausfahren. Dann holte er zwei silbern schimmernde Aufsätze aus seinem Tornister, klappte den ersten auf, drückte ihn gegen die Oberseite des einen Bretts, wo er sofort haften blieb, und wiederholte den Vorgang dann beim anderen.

Auf dieser Seite fiel der Berg unterhalb des Gipfels eher sanft ab. Sie stiegen ein paar Meter nach unten, legten die Bretter parallel zum Hang in den Schnee und drückten ihre Stiefel auf die Aufsätze, wo diese mit einem Klicken einrasteten.

»Bereit?« Nadir grinste.

»Bereit.«

»Dann los.«

Nadir drehte sich weg vom Berg und lenkte die Skier gen Tal. Der Schnee war nicht sonderlich tief, sie nahmen sofort Geschwindigkeit auf. Er fuhr eine sanfte Kurve. Unter ihm spritzte der Schnee in die Luft.

Zu schnell, durchfuhr es Nadir. Geradeaus näherte sich ein Abgrund, der Hang und damit sein Weg führten nach rechts – doch eine Ansammlung von Felsen versperrte ihm den Blick.

Die rasiermesserscharf geschliffenen Kanten der Bretter bohrten sich tief in den Schnee, trotzdem fehlte nicht viel und er wäre über den Abgrund hinausgeschossen. Er raste um Haaresbreite vor der bedrohlich nahen Kante in seine letzte Kurve, passierte die Felsen, die seine Sicht behindert hatten – und entdeckte die nächste Piste vor sich.

Eine Sackgasse hätte jetzt gerade noch gefehlt, lachte Nadir innerlich. Doch der Spott verging ihm schnell. Denn der Hang entpuppte sich als tückisch. Es ging fast senkrecht bergab. Ein Hügel reihte sich an den nächsten, dazwischen warteten tiefe und schmale Spalten.

Nadir bremste noch einmal ab, doch sein Schwung war weiterhin viel zu groß. Die Fahrt über den ersten Hügel hob ihn beinahe aus den Skiern, er schaffte es nur mit größter Anstrengung, sein Gleichgewicht zu wahren. Mit dem Oberkörper verlagerte er seinen Schwerpunkt und die Kurve führte ihn tief in eine der Spalten. Es trieb ihm die Luft aus den Lungen.

Hinter sich hörte er ein Geräusch, das ihn an brechendes Eis erinnerte. *Crefeldt.*

Paz Nadir hatte seine Fahrt inzwischen stabilisiert und jetzt begann sich der Spaß einzustellen. Der Wind rauschte ihm um die Ohren, einzelne Schneeflocken peitschten ihm ins Gesicht und seine Skier fanden ihren Weg beinahe von allein. Nadir lugte nach seinen Kontrollanzeigen. Nein, er hatte nicht vergessen, die automatische Steuerung für die Bretter abzustellen.

Zeit, sich nach Crefeldt umzusehen.

»Ein feiner Spaß, nicht wahr?«, fragte er über Funk.

»Das werden sensationelle Bilder«, schwärmte der Senso-Tech. Natürlich. Crefeldt konnte es nicht lassen und schnitt alles mit. Nadir fragte sich einen kurzen Augenblick, wo er seine Aufzeichnungsgeräte untergebracht hatte. Die Idee, Vickers, seinen Roboter, mit auf den Trip zu nehmen, hatte er schnell verworfen, als ihm Nadir ihre Route schilderte. Der Roboter sei unersetzlich, hatte Crefeldt gesagt. Für ihn selbst galt das anscheinend nicht.

Nadir schaute wieder nach vorne. »Unser Schlussspurt steht an«, sagte er.

»Ich kann es kaum erwarten«, antwortete Crefeldt.

Nun ging es wieder teuflisch steil bergab. Crefeldt hatte offensichtlich seine eigene Vorstellung davon, wie dieser finale Abschnitt zu bewältigen war. Der Senso-Tech schoss mit enormer Geschwindigkeit an Nadir vorbei und über die Kante hinweg. Nadir sah ihn mehrere Sekunden lang durch die Luft gleiten – dann knallte Crefeldt hart auf den Boden, wurde in die Knie gepresst und über einen Hügel geschleudert. Skier und Arme ruderten wild umher. Nadir ahnte, was kommen würde.

Crefeldt schlug auf. Statt auf eine Stelle zu treffen, an der pulvriger Schnee seinen Aufprall dämpfte, landete er auf blankem Eis. Nadir konnte den Schmerz des Senso-Techs fast fühlen.

Das Eis brachte Crefeldt nicht zum Halten. Er schlitterte den Berg hinab, rutschte hilflos nach unten, noch immer viel zu schnell.

»Die Kontrollen«, sagte Nadir in sein Mikrofon. Ließ es Crefeldts Stolz nicht zu, sich aus dieser Lage mittels der Technik zu befreien?

Augenscheinlich nicht. Kurz darauf erreichte Nadir den reglos daliegenden Körper des Senso-Techs.

»Crefeldt? Max?«

Er beugte sich über seinen Gefährten. Der schlug die Augen auf.

»Verdammt.« Dann lachte er. »Was für ein Sturz. Was für ein verflucht genialer Sturz. So etwas habe ich in meinem ganzen Leben noch nicht erlebt. Die Zuschauer werden es lieben.«

Nadir schüttelte verständnislos den Kopf. »Du willst mir nicht weismachen, dass du absichtlich gestürzt bist, oder?«

Crefeldt lachte wieder. »Natürlich nicht. Ich bin ja nicht verrückt. Aber das war trotzdem ein Wahnsinns-Gefühl. Ich glaube, diese Senso-Doku würde ich mir selbst kaufen.«

»Nichts gebrochen?« Nadir ging auf Crefeldts Lieblings-Thema nicht ein.

Der andere studierte die Anzeigen seines Anzugs. »Alles in Ordnung, von ein paar kleineren Schrammen einmal abgesehen«, sagte er dann. Er fuhr sich übers Gesicht. »Autsch, das tut weh.« Ein langer Schnitt zog sich über seine rechte Backe. Die Wunde begann unter dem Ohr und endete erst knapp neben dem Mundwinkel. »Aber das wird schon wieder.«

»Dann sollten wir uns vom Berg verabschieden«, meinte Paz Nadir.

Crefeldt tippte sich spöttisch an die Stirn. »War mir ein Vergnügen«, sagte er.

Nadir nickte. Der Berg verschwand und sie standen in einer riesigen, leeren Halle. »Manchmal frage ich mich, wie viel Realität in diesen Simulationen steckt«, sagte Nadir nachdenklich.

Crefeldt wandte sich ihm zu. Der lange Schnitt auf seiner Backe war nicht verschwunden. Er deutete mit dem Finger darauf. »Simulation?«, echote er. »Ich will verdammt sein. Denk an die technischen Mittel, die dem Argonomen zur Verfügung stehen. Wir sollten nicht blauäugig sein.«

»Aulden«, sagte Nadir. »Ich hätte ihn fast vergessen. Jetzt wird es aber Zeit. Wo ist Vickers?«

Crefeldt grinste. »Auf der Suche nach brauchbarem Material. Er streunt durchs Schiff.«

»Dann solltest du ihn rufen, wenn du nicht ohne ihn nach Enthee aufbrechen willst. Ich fürchte, Aulden wird ungehalten sein, wenn wir uns noch mehr verspäten.«

»Hölle.«

Der wachhabende Offizier hatte Konsul Mazarin wecken lassen, als das riesige Schiff aus dem Wurmloch gekommen war. Die Laune des Konsuls, der nächtliche Störungen hasste wie die Pest, besserte sich auch nicht, als er die Zentrale der System-Kontrolle betrat. Der blütenweiße Pyjama, den der hagere Mann mit dem blassen Gesicht trug, passte perfekt zu dem Spitznamen, den ihm die Besatzung des Stützpunkts gegeben hatte. Sie nannten ihn das Gespenst. Genauso sah er heute Nacht auch aus.

»Ein Argonom.« Mazarin erkannte das Schiff auf den ersten Blick. Ein Raunen ging durch die Reihen der Militärs und Techniker, die hier zu dieser späten Stunde ihren Dienst versahen.

»Das musste ja so kommen.«

»Sollen wir dem Schiff die Wachflotte entgegenschicken?« Witalczuk, der das Kommando hatte, starrte den Konsul fragend an.

»Nein. Warten Sie. Ich glaube nicht, dass der Argonom feindliche Absichten hat.«

Die Daten, die über das fremde Schiff gemeldet wurden, das sich Enthee rasch näherte, waren beeindruckend. Die riesige Pyramide sprengte in ihren Dimensionen alles, was sich Menschen vorstellen konnten. Die Grundfläche war annähernd quadratisch, bei einer schier unglaublichen Seitenlänge von rund zweitausenddreihundert Metern. Die Höhe betrug ähnlich beachtliche eintausendvierhundertsiebzig Meter. Dem Konsul schwindelte, als er versuchte, das Volumen dieses Schiffes auszurechnen, um auch nur annähernd begreifen zu können, was sich darin alles verbergen konnte. *Das ist beinahe ein kleiner Mond.* Die Werte, mit denen das Schiff beschleunigte, nachdem es das Wurmloch verlassen hatte, lagen jenseits menschlicher Vorstellungskraft. *Mit einer Ausnahme habe ich so etwas noch nie gesehen*, dachte der Konsul. Und genau diese eine Ausnahme war mit Sicherheit der Grund dafür, dass der Argonom den Planeten ansteuerte. *Vorsicht*, mahnte sich Mazarin. Er durfte sich jetzt keinen Fehler erlauben, denn es würde sein letzter sein.

Seine Gedanken rasten. »Wecken Sie Hapal«, befahl er Kommandant Witalczuk. »Sagen Sie ihm, dass ich Gäste erwarte. Maximal zehn

Personen, möglicherweise einige Nicht-Menschen. Für ihre Unterbringung muss alles vorbereitet sein. Wahrscheinlich werden sie nur eine Nacht bleiben.« Hapal, der Quartiermeister, war ein guter Mann, auf ihn konnte er sich verlassen.

Konsul Mazarin dachte weiter angestrengt nach, sagte aber nichts mehr. Die Nervosität war fast mit Händen greifbar.

Über einen winzigen Chip, implantiert in seinem rechten Ohr, war Kommandant Witalczuk mit allen für seine Aufgabe relevanten Systemen verbunden. Mazarin dachte dagegen nicht daran, seine eigenen Geräte zu aktivieren. Für ihn galt es jetzt, klaren Kopf zu bewahren. Der Datenwust, der auf ihn eingeströmt wäre, hätte ihn nur von den wesentlichen Entwicklungen abgelenkt.

»Das Schiff identifiziert sich als *Heim*«, sagte Witalczuk plötzlich. »Eigner und Kapitän ist ein Argonom namens Aulden.«

Ausgerechnet, dachte der Konsul. *Ausgerechnet Aulden.* Er spürte, dass er vor Aufregung zu schwitzen begann.

Auch die Frauen und Männer in der Zentrale warfen sich erstaunte Blicke zu, flüsterten Bemerkungen und wirkten plötzlich sehr nervös. Der Name war ihnen selbst hier, *am Ende des Universums*, wie der Konsul bitter-sarkastisch gern bemerkte, gut bekannt.

»Heißen Sie ihn willkommen und fragen Sie ihn nach seinem Begehr«, wies Mazarin den Kommandanten an.

»Er bittet um Landeerlaubnis«, sagte Witalczuk.

»Für diesen Riesenkasten?«, ächzte jemand im Hintergrund.

»Eine Fähre, siebzehn Personen«, erläuterte der Kommandant.

»Beinahe eine Armee.« Mazarin pfiff durch die Zähne.

»Eine kleinere Gruppe möchte sich mit Ihnen unterhalten, Konsul.«

»Wird …« Mazarin zögerte, wurde sich dann aber bewusst, dass er sich keine Schwäche erlauben durfte. »Wird der Argonom selbst kommen?«

Witalczuk überprüfte noch einmal seine Daten. »Keine Angaben.«

»Lassen wir uns überraschen.« Der Konsul lachte gekünstelt und schaute wieder auf die Schirme. Die monströse Pyramide war inzwischen in einen Orbit um den Planeten eingeschwenkt. Mazarin drückte unruhig seinen Daumen gegen die Schneidezähne und begann, auf dem Fingernagel zu kauen. »Fordern Sie weitere Informationen über … unsere Gäste an. Sagen Sie, wir müssten das … für den Empfang wissen. Um vorbereitet zu sein.«

Witalczuk ließ sich seine Verwunderung nicht anmerken. Er gehorchte prompt. Doch die Antwort auf die unkonventionelle Nachfrage ließ auf sich warten. »Keine Angaben«, sagte er schließlich.

»Verdammte Geheimniskrämerei«, brüllte Mazarin. »Für wen hält sich dieser Kerl?«

Der Kommandant wagte es als Einziger, die folgende unheilvolle Stille zu durchbrechen. »Soll ich nachhaken?«

Der Konsul starrte noch einige Sekunden düster vor sich hin, hob dann den Blick und schüttelte den Kopf. »Sehen Sie, dort auf dem Bildschirm.«

»Ein Hangar öffnet sich«, sagte der Kommandant. »Eine Raumfähre löst sich vom Mutterschiff. Sie geht in den Landeanflug über.«

»Schicken Sie eine Truppe Ihrer Männer zum Landefeld. Sie sollen die Delegation des Argonomen zu mir bringen.« Mazarin überlegte kurz. »Und lassen Sie Lanús informieren. Sie hat sich ebenfalls bei mir einzufinden. In ...« Mazarin schaute auf die Uhr. »In exakt sechzig Minuten.«

Eben hatte er noch am Fuß Schnee und Eis bedeckter Berge gestanden, eine aufregende Kletterpartie und rasante Abfahrt durch eine faszinierende winterliche Welt hinter sich, doch jetzt befand er sich am Rand einer gigantischen Sandwüste. Paz Nadir fröstelte. Es hatte ihm auf dem Berg, den die Simulatoren des Argonomen für ihn und Crefeldt geschaffen hatten, deutlich besser gefallen. Denn hier unten war das Klima keinesfalls angenehm. Von brütender Hitze oder wenigstens sommerlichen Temperaturen, die man in unmittelbarer Nachbarschaft zu einer Wüste erwartete, keine Spur. Stattdessen war der Himmel Wolken verhangen, es regnete in Bindfäden und ein böiger Wind schnitt kalt durch die Luft. Direkt neben dem schmalen asphaltierten Landefeld lag die Wüste,

Nachdem Crefeldt und er die Simulation verlassen hatten, war alles sehr schnell gegangen. Aulden hatte sich nicht einmal mehr die Zeit genommen, Paz Nadir zu sich zu rufen. Anstelle persönlicher Instruktionen hatte er ihm ein Video-Memo geschickt, das alle seiner Ansicht nach notwendigen Informationen enthielt.

Nadir grinste. Sein alter Freund war so aufgeregt wie ein Kind gewesen, dem man das Spielzeug weggenommen hatte. Von der Würde, die den Argonomen üblicherweise auszeichnete, war nicht viel geblieben. Er zuckte mit den Achseln. Aulden wollte Chrom finden. Das erklärte seine ungewöhnliche Aufregung.

Immerhin hatte der Argonom das Heft des Handelns in Nadirs Verantwortung gelegt, so lange er nicht selbst eingreifen musste. Dem unerfahrenen Coparr Draban traute Aulden vermutlich nicht zu, auf Enthee die richtigen Entscheidungen zu treffen. Bei Hetman hätte die Sache sicher anders ausgesehen – aber offensichtlich wollte Aulden nicht so lange warten, bis die Biotanks der *Heim* seinen treuen Coparr zu neuem Leben erweckt hatten.

Paz Nadir schaute zur Fähre hinüber, aus der eben der zweite der beiden Bodengleiter ausgeladen wurde. Er nickte zufrieden. Die Fahrzeuge waren schnell, wendig und leistungsstark, optimal für ihre Aufgabe geeignet und erlaubten sowohl das Zurücklegen größerer Entfernungen auf der Suche nach Chrom als auch das gezielte Nachforschen am Boden. Außerdem waren sie innen geräumig genug, um die Gefahr eines Lagerkollers von vornherein auszuschließen. Bei der merkwürdigen Konstellation ihrer Gruppe war das ein Problem, das nicht vernachlässigt werden durfte.

Il Shandts Männer waren bereits dabei, im ersten der Gleiter ein letztes Mal alle Systeme zu überprüfen und sich an Bord einzurichten. Die Kämpfer stammten wie ihr Anführer vom Planeten Guer, einer unwirtlichen Welt mit karger Vegetation. Die meist hoch aufgeschossenen, kantigen Kerle galten als Überlebensspezialisten. Glaubte man Shandt – und Nadir hatte den wortkargen Guer bisher noch nie als Prahlhans erlebt –, hatte sich die Truppe schon in zahlreichen Einsätzen bewährt. Nadir fragte sich, ob man sie auf Enthee überhaupt brauchen oder ob die Suche nach Chrom nicht völlig friedlich und undramatisch ablaufen würde. Schließlich hatten irdische Einheiten hier einst für ein Ende der Konflikte zwischen den Eingeborenen gesorgt. Seither herrschte Ruhe.

Crefeldt näherte sich, seinen Roboter im Schlepptau. Auch wenn man es der Maschine nicht ansah, war sie ständig aktiv. Unwillkürlich schaute Nadir nach oben, um zu sehen, ob nicht über seinem Kopf eines oder mehrere von Vickers' Modulen herumschwirrten.

»Warum sollte ich ausgerechnet dich filmen lassen, Nadir?«, fragte Crefeldt spöttisch. »Hier gibt es weitaus interessantere Dinge. Die Stadt dort drüben zum Beispiel.«

Nadir gab dem Senso-Tech Recht. Aus der Luft hatten sie es gut erkennen können: die Gebäude der irdischen Garnison, von der aus Konsul Mazarin zumindest auf dem Papier diese Welt regierte und direkt südlich angrenzend die riesige Wüste. In nördlicher Richtung der menschlichen Bauten dagegen, abgetrennt durch eine Landenge, die fast einer künstlichen Brücke glich, und umgeben vom Meer befand sich eine Stadt. Das Wort riesig, das Nadir im Zusammenhang mit der Wüste in den Sinn gekommen war, taugte hier nicht als Beschreibung. Diese Ansammlung unzähliger Gebäude, alle flach gedrückt wie Flundern, war ein Moloch, der ihm Alpträume beschert hätte, müsste er dort leben. Aber Nadir wusste, dass dort lediglich die Meurg angesiedelt waren. Vermutlich würde er im Laufe ihres Aufenthalts keinen Fuß in die Stadt setzen. Die wenigen brauchbaren Informationen, die sie aus Crabb herausgekitzelt hatten, deuteten in die exakt andere Richtung.

»Ist ja gut, Max«, sagte Nadir und freute sich, dass Crefeldt verärgert zusammenzuckte. Er hasste es, wenn man seinen Vornamen – Magellan – derart verunstaltete. In den richtigen Momenten, so wie eben, war gerade das für Nadir Ansporn, es dennoch zu tun. »Das Empfangskomitee sollte jeden Augenblick eintreffen, dann machen wir uns auf den Weg zu Konsul Mazarin. Mal davon abgesehen, dass es die Höflichkeit gebietet, ihm einen Anstandsbesuch abzustatten, kann er uns vielleicht sogar weiterhelfen. Schließlich dürfte Chroms Landung damals nicht unbemerkt geblieben sein.«

»Das ist fast fünf Jahre her, nicht wahr?« Der Senso-Tech war ein kleiner Mann, nur knapp über einssechzig groß, so dass er auf manchen ein wenig drollig und vor allem harmlos wirkte. Aber er war nicht dumm. Nadir wusste, was Crefeldt damit sagen wollte.

»Dass Crabb noch am Leben ist, beweist, dass eine Spur zu Chrom existiert. Aulden lässt sich nicht auf aussichtslose Unternehmungen ein. Er sieht eine reelle Chance.«

Crefeldt nickte. »Kommen alle mit?«

»Nur Draban, Shandt, du, ich, der Rezip und Crabb. Die Guer warten hier. Nicht, dass der Konsul befürchtet, wir wollten seine Garnison einnehmen.«

»Vickers natürlich.«

»Meinetwegen auch Vickers. Der Konsul wird sich allerdings gegen deine technischen Spielereien zu wehren wissen.«

Crefeldt grinste und machte eine unschuldige Geste. »Wir sollten Dahn mitnehmen … Zur Ablenkung.«

Nadir schüttelte den Kopf. »Ich hatte gehofft, dass er uns begleitet. Aber er ist nicht bereit, Alpha-Alpha zu verlassen.« Er deutete zu der halbkugelförmigen Station hinüber, in der sich Magister Dahn einquartiert hatte. »Wichtige Messungen, sagt er.«

»Der Kerl ist mir suspekt.«

Mir auch, dachte Paz Nadir. Aulden hielt Dahn für einen brillanten Kopf. Dies hatte er dem Argonomen auch schon mehrfach bewiesen. Deshalb störte es Aulden nicht, dass Magister Dahn dem Volk der Lotsen angehörte, um das sich mehr als nur ein Geheimnis rankte. Normalerweise traf man sie außerhalb der Wurmlöcher nicht an. Warum das bei Dahn anders war, wusste nicht einmal der Argonom zu sagen.

Endlich kam eine Gruppe aus vier Soldaten, angeführt von einem Offizier, um sie abzuholen. Nadir betrachtete sie genau, während die obligatorischen Floskeln ausgetauscht wurden. *Das sind keine Top-Leute.* Enthee war längst kein Krisenherd mehr, der wichtigen Entscheidungsträgern Sorgen bereitete. Nadir entdeckte veraltete Implantate und Ausrüstungsgegenstände. Diese Männer waren hier auf dem Abstellgleis.

Er folgte ihnen, Crefeldt und Vickers an seiner Seite. Il Shandt und Draban führten Crabb zwischen sich, der von seiner Umwelt wie so oft nichts wahrzunehmen schien. Der Rezip bildete den Abschluss.

Crabbs Pechsträhne begann am Tag seiner Geburt. Womöglich gab es auch schon vor seiner Geburt eine Verkettung unglücklicher Umstände – aber es fehlte ihm zu viel an Wissen darüber, wie es überhaupt zu seiner Zeugung gekommen war. Crabbs Schicksal war auf Lahé, der »Welt der tausend Sünden«, nicht ungewöhnlich. So mancher kleine Bastard war hier auf die Welt gekommen, weil eine sentimentale Mutter es nicht übers Herz brachte, sich dieses Problems auf halbwegs elegante Art und Weise zu entledigen.

Das Waisenhaus, in dem Crabb die ersten Jahre seines Lebens verbrachte, wurde vom Staat finanziert. Erst sehr viel später erfuhr Crabb, dass die Kosten für den Unterhalt dieser Heime nur ein lächerliches Trinkgeld im Vergleich zu den Unsummen waren, mit denen die zahllosen Touristen die heimische Wirtschaft – hauptsächlich natürlich die Vergnügungsindustrie – ankurbelten. Und er hörte auch, dass die Waisenhäuser nicht zuletzt aus Imagegründen geführt wurden. Letzteres überforderte seinen Verstand aber schon zu sehr, als dass er den Sinn dahinter wirklich begriffen hätte.

Ihm gefiel es dort nicht sonderlich. Das Essen fiel meist spärlich aus, die Erzieher behandelten ihre Zöglinge streng, die Sitten unter den Kindern und Jugendlichen waren rau. Crabb, der wusste, dass er nicht so schlau wie die meisten anderen war, wurde schnell zu einer beliebten

Zielscheibe. Als Kind war er zudem ein schmächtiges Bürschlein: Bei Prügeleien zog er grundsätzlich den Kürzeren. Bis zu seinem zehnten Lebensjahr zierten sein Gesicht und seinen Körper schon mehr Narben als die meisten Berufssoldaten nach ihrem ganzen Leben.

Bei der erstbesten Gelegenheit machte Crabb sich aus dem Staub. Und keiner suchte nach ihm. Der Staat hatte seine Pflicht getan und ihm die hilfreiche Hand gereicht. Dass Crabb diese Hand ausschlug, war nun wirklich nicht Sache der Behörden. Also war er von diesem Zeitpunkt an auf sich allein gestellt.

Eines hatte Crabb im Waisenhaus gelernt: zu kämpfen. Dass er praktisch immer der Verlierer gewesen war, hielt ihn nun, in Freiheit, nicht davon ab, den Kampf erneut aufzunehmen. Es war der Kampf eines Kindes, das auf der Straße lebt. Crabb war selbst erstaunt. Das Waisenhaus hatte ihn zu einem zähen Burschen gemacht, der eine ganze Menge einstecken konnte. Und mit der Zeit lernte er auch das Austeilen. Nicht genug, damit es ihm gut ging. Aber genug, damit er überlebte.

Der Tag kam, an dem Crabb in die »Organisation« rutschte, wie das auf Lahé so schön hieß. Er hatte einen kleineren Bruch machen wollen. Dumm nur, dass er dabei einer größeren und natürlich illegalen Aktion in die Quere kam. Die anderen ließen Gnade vor Recht ergehen: Sie schossen ihn nicht einfach über den Haufen wie einen tollen Hund, sondern sie verprügelten ihn nur so, dass er hinterher an jedem einzelnen Teil seines Körpers höllische Schmerzen verspürte. Ob es kalte Berechnung war, die den Anführer der Bande dazu trieb, oder schieres Mitleid mit dem halbtoten Jungen, hatte Crabb nie erfahren: Statt ihn liegen zu lassen, nahmen ihn die Kerle mit. Natürlich schlug er ihr Angebot nicht aus. So wurde er ein winziges Rädchen innerhalb der riesigen »Organisation«.

Er hielt sich acht Jahre lang, wurde kräftiger, weil er endlich genug zu essen bekam, und wuchs zu einem gefürchteten Schläger heran. Die alten Tricks aus dem Waisenhaus kannte er immer noch, doch jetzt kam noch körperliche Stärke hinzu. Dann ging eine Aktion schief und sein Boss starb dabei. Wie, wusste niemand genau, aber es sah schlecht aus für alle, die nicht ins Gras gebissen hatten. Das war der Punkt, an dem selbst Crabb erkannte, dass er von nun an in der »Organisation« richtig schlechte Karten hatte. Also verschwand er auf Nimmerwiedersehen von Lahé.

Er verdingte sich zunächst auf einem alten Frachtraumschiff, an dem der Zahn der Zeit schon so lange nagte, dass mehr als genug Arbeit anfiel. Aber das störte Crabb nicht: Er war bereit, für seine Passage hart zu arbeiten. Als sie Tombstone, den Dunkelplaneten, erreichten und der Kapitän auf seiner Meinung beharrte, dass ihm Crabb noch Geld schulde, hieb er ihm eine Eisenstange über den Schädel. Seit diesem Zeitpunkt wurde Crabb auf zwei Planeten wegen Mordes gesucht.

Seiner weiteren Karriere war dies jedoch eher förderlich: In den einschlägigen Unterwelt-Kreisen fand sich immer ein Job für ihn. So heuerte er hier und dort an, trug noch einige auf seinen Namen ausgestellte Haftbefehle zusammen, verschwand, wenn ihm der Boden unter den Füßen zu heiß wurde, und tauchte irgendwo anders wieder auf. Crabb zählte die Welten nicht, auf die er nach und nach kam. Er merkte sich auch ihre Namen nicht, hüpfte hin und her und entfernte sich immer weiter von Lahé, seinem Heimatplaneten, dem er keine Träne nachweinte.

Dann traf er Chrom.

»Dieser Mann war schon einmal hier.« Der Konsul deutete auf Crabb, der teilnahmslos zwischen Draban und Il Shandt stand.

»Das ist richtig.« Paz Nadir entschied sich, von Anfang an mit offenen Karten zu spielen. »Er hat eine Frau namens Chrom, eine Argonom, auf diese Welt begleitet. Chrom ist seither verschwunden. Wir sind auf der Suche nach ihr.«

Mazarin schüttelte den Kopf. »Nein, nein. Er kam ganz allein hier an, allein und zu Fuß aus der Wüste. Er hat nur wirres Zeug geredet. Wir haben nichts aus ihm herausbekommen können. Und eines Tages war er plötzlich verschwunden. Würde mich interessieren, wie er das gemacht hat.«

Der Konsul schaute Crabb auffordernd an, doch der starrte nur ins Leere.

»Was wissen Sie von Chrom?«, fragte Nadir.

Mazarin zögerte. Eine Frau, die schräg hinter ihm stand, ergriff an seiner Stelle das Wort: »Vor fünf Jahren ist in einigen Kilometern Entfernung von hier, in der Wüste, eine Fähre gelandet. Die Besatzung hat keinerlei Kontakt mit uns aufgenommen. Wir haben allerdings einen Gleiter beobachten können, der tiefer in die Wüste hineingeflogen ist.«

»Und Sie sind …?«, wollte Nadir wissen.

»Jana Lanús, die Stellvertreterin des Konsuls.«

Verflucht, dachte Nadir. *Sie sieht viel besser aus, als es dieser Kerl verdient hat.*

»Was geschah dann?«, unterbrach Draban seine Gedanken. Dem Coparr konnte man die Erregung am Gesicht ansehen: Seine Haut war so straff angespannt, dass Nadir befürchtete, sie könne jeden Moment reißen.

»Unsere Spion-Kameras wurden vernichtet. Deshalb können wir nur Vermutungen anstellen. Niemand kehrte zurück. Die komplette Besatzung blieb verschwunden.«

»Das Schiff ...«, sagte Crefeldt. Vickers, sein Roboter, hielt sich treu an seiner Seite und zeichnete vermutlich alles auf.

»Explodierte.« Mazarin machte eine ausladende Handbewegung. »Das hat vier meiner Männer das Leben gekostet.«

»Einfach so?«

»Wie aus heiterem Himmel«, sagte Jana Lanús. »Ohne jede Warnung.«

»Ein Mann ist aber doch zurückgekehrt.« Nadir deutete auf Crabb. »Sie haben doch selbst gesagt, dass er aus der Wüste kam.«

Jana Lanús spitzte spöttisch die Lippen. »Er wollte nicht mit uns reden. Und dann ist er abgehauen. Oder vielmehr schien er spurlos vom Erdboden verschwunden zu sein.«

»Natürlich haben wir vermutet, dass er irgendwie mit dem Schiff in Zusammenhang stehen könnte«, sagte der Konsul. »Aber wir waren uns nicht sicher. Nachdem der Mann dann auch noch verschwand, verlor die Angelegenheit für uns an Bedeutung.«

Paz Nadir musterte die beiden. Sie waren ein seltsames Pärchen, so gut aufeinander eingespielt, dass er ihren Aussagen nicht traute. Der Konsul mittelgroß und hager, mit einem überaus blassen Gesicht, das ihn beinahe krank wirken ließ. Neben ihm die Frau, die aussah wie das blühende Leben: ebenso groß wie er, schlank, aber gut durchtrainiert. Mazarin saß bequem in einem gepolsterten Sessel. Die Frau stand hinter ihm. Ihre legere Kleidung – eine weite Hose, ein dünnes Hemd – konnte die Tatsache nicht verbergen, dass sie eine militärische Ausbildung genossen hatte und auch hier nicht als Zivilistin war. *Sie lauert auf etwas*, dachte Nadir. Trotzdem wirkte sie sehr attraktiv auf ihn. Ihrem ebenmäßigen Gesicht unter dem vollen schwarzen Haar fehlte allerdings ein Lächeln. Erst dann wäre sie wirklich hübsch gewesen.

»Was kann Chrom gesucht haben?«

Mazarin zuckte mit den Schultern. »Dort draußen ist nichts.«

»Außer den Enthee«, ergänzte Jana Lanús.

Der Konsul nickte. »Natürlich.«

Nadir seufzte. Die beiden verheimlichten etwas. »Erzählen Sie uns ein wenig über die Enthee.«

»Da gibt es nicht viel mehr, als sie aus jeder Datenbank erfahren können. Es ist ein sehr zurückgezogen lebendes Volk. Sie suchen keinen Kontakt zu uns. Und wenn wir auf sie zugehen, verkriechen sie sich. Wie … ja, wie in einem Schneckenhaus.«

»Sind sie kriegerisch?«

Warum konnte Crefeldt nicht einfach still bleiben? Nadir schickte dem Senso-Tech eine unausgesprochene Verwünschung hinüber. Er hatte etwas ganz anderes fragen wollen.

Mazarin kniff die Lippen zusammen und überlegte kurz: »Nein, nicht mehr. Zumindest nicht uns gegenüber. Seit wir den Krieg gegen die Meurg beendet haben, herrscht Ruhe. Es gibt …«

Er schaute sich nach der Frau um.

»Es gibt Rebellen«, sagte sie. »Enthee, die mit der herrschenden Ordnung nicht einverstanden sind. Uns lassen sie in Ruhe, die Meurg ebenfalls. Alle Verträge wurden eingehalten, wir haben also nichts zu beanstanden. Aber es kommt hin und wieder … zu kleineren Scharmützeln. Interne Streitigkeiten. Nichts, was uns betrifft.«

»Dort draußen ist noch etwas.« Die Stimme des Rezips hallte wie ein Donnergrollen durch den Saal und alle, auch Nadir, sahen zu ihm hinüber. *Das ist nicht mehr der Rezip. Das ist Aulden.* Die vorher so leeren und teilnahmslosen Gesichtszüge des merkwürdigen Geschöpfs waren jetzt von Entschlossenheit erfüllt. Offenbar hatte der Argonom entschieden, dass nun die Zeit gekommen war, selbst einzugreifen.

Der Konsul hatte sich aus seinem Sessel erhoben. »Wer sind Sie?«, fragte er.

»Ich bin Aulden, der Argonom«, kam es über die Lippen des Rezips. »Und ich habe Ihre Ausflüchte satt. Sagen Sie mir, was dort draußen ist. Dann sind Sie mich wieder los. Aber vorher will und werde ich Chrom finden.«

Zum ersten Mal seit ihrer Ankunft wirkte der Konsul wirklich beeindruckt. Auch die bisher so kühle Selbstsicherheit der Frau war verflogen.

»Ich weiß, was Sie meinen«, sagte sie.

Mazarin nickte. »Aber es ist völlig ausgeschlossen, dass …«

Der Rezip, der jetzt Aulden war, unterbrach ihn barsch: »Was? Was ist dort?«

»Entheete.«

vier

Cortz schaute sich die Karte auch am Morgen nicht an.

Nachdem er sein Mantra – *Cortz. Dein Name ist Cortz. Du lebst.* – hinter sich gebracht hatte, erhob er sich schwerfällig aus dem Bett, das jetzt nicht mehr nach Gruft und Segwentis roch, sondern nach ihm selbst. Er ging zum Fenster und starrte angestrengt hinaus. Von dem alten Meurg war nicht die geringste Spur zu entdecken. Cortz schüttelte den Kopf. War der Fall damit für ihn erledigt?

Sein Blick verweilte ein wenig länger auf der Jackentasche, als es unbedingt notwendig gewesen wäre.

Nicht wichtig, dachte er. Er starrte ins Leere. Mehrere Minuten lang.

Tawnken würde bald kommen. Er machte sich daran, sich anzukleiden. Heute fing er mit den zerschlissenen Socken an, dann folgten die Hose und der alte Gürtel. Er hob den rechten Schuh ans Licht. Oder war es die andere Socke gewesen, die gestern Abend den kleinen nassen Punkt aufgewiesen hatte? Cortz überlegte, aber er konnte sich nicht mehr erinnern. Er untersuchte schließlich beide Schuhe, fand aber nichts. Möglicherweise war das Loch noch zu klein. Vielleicht ließ auch seine Sehkraft nach. Entschlossen zog er die Schnürsenkel fest zusammen.

Als er die Jacke überstreifte, fuhren seine Finger – unabsichtlich? – über die Tasche mit der Karte. Sie war noch immer da. Die Berührung ließ ihn zusammenfahren, er erschrak, als sei ihm der Leibhaftige begegnet.

Es klopfte.

Ein unbestimmtes Gefühl der Furcht ließ in Cortz einen Moment lang den Wunsch aufkeimen, er könnte durch die Tür sehen. Wie spät mochte es sein? Durch das kleine Fenster war es unmöglich, am Stand der Sonne – die auch heute wieder von Wolken verborgen war – die ungefähre Tageszeit zu erahnen. *Das dort draußen muss nicht Tawnken sein*, dachte Cortz. Er hatte keine Idee, warum er gerade auf diesen Gedanken gekommen war. Aber schon die Vorstellung, dass es jemand anders sein könnte, machte ihm Angst. Zum ersten Mal seit langer Zeit schwitzte er. Er fuhr sich mit der Hand über die Stirn und konnte dort die feinen, kleinen Perlen spüren.

Es klopfte erneut.

Wessen Aufmerksamkeit hatte er erregt? Und wie? Holten ihn die Geister der Vergangenheit hier und heute ein?

Cortz verfluchte sich und seine Schwäche. Er hatte resigniert. Er hatte sich treiben lassen, sehenden Auges dem Untergang entgegen. *So weit hätte es nicht kommen müssen.* Alternativen waren da gewesen, dünn gesät zwar und mit Risiken behaftet, aber sie waren da gewesen. Er hatte sie ignoriert. Zaghaft. Ängstlich. Mutlos. Gebrochen.

Jetzt klopfte es bereits zum dritten Mal. Gleichzeitig war ein Laut zu hören, der eindeutig eine Unmutsbekundung darstellte.

Die Angst verflog. Er meinte, Tawnkens Stimme erkannt zu haben. Und falls er sich getäuscht haben sollte – was hatte er noch zu verlieren? Er sah an sich herab. *Nichts.*

Er trat vor und öffnete die Tür. Wäre Tawnken kein Meurg gewesen, wäre er ihm an die Gurgel gesprungen. So schnaufte er nur empört und unterdrückte seine berechtigte Wut.

»Verzeihen Sie«, sagte Cortz leise, beinahe unterwürfig.

»Tun Sie das nie wieder«, presste Tawnken zwischen zusammengekniffenen Lippen hervor.

»Es wird nicht mehr vorkommen.«

»Das hoffe ich.«

Tawnken wartete nicht, bis Cortz aus der Tür trat, sondern schob sich an ihm vorbei und hätte ihn dabei beinahe berührt. Ein Affront. Cortz sagte nichts, sondern nahm es einfach hin.

Er ging hinaus in den langen Gang und hinaus in die Kälte. Auch heute fiel der Regen wieder dicht vom Himmel. Er schaute sich um, konnte den Alten aber nirgends entdecken. Vielleicht würde er den Mann nie wiedersehen, wenn er nicht doch noch einen Blick auf die Karte warf.

Unterwegs sah er von weitem eine Patrouille. Er ging den beiden Menschen aus dem Weg und sie wurden glücklicherweise nicht auf ihn aufmerksam. Das hätte ihm noch gefehlt.

Nachdem er zur Armenspeisung gegangen war und seine Mahlzeit beendet hatte, stand er wieder im Regen. Niemand hielt ihn auf oder rempelte ihn an. Keiner der Meurg schien überhaupt Notiz von ihm zu nehmen, denn viele hatten sich an seinen Anblick gewöhnt. Cortz war das recht. Er wollte nur in Ruhe gelassen werden und sein Leben leben.

Instinktiv lenkte er seine Schritte in Richtung Fabrik. Auf halbem Weg beschloss er, einen kleinen Umweg zu nehmen. Höchstwahrscheinlich machte es ohnehin keinen Unterschied, wann er bei der Fabrik eintraf. Er würde sowieso wieder vor verschlossenen Türen stehen – oft zogen sich diese technischen Probleme bei den Meurg über mehrere Tage hin – oder bei der Auswahl keine Berücksichtigung finden.

Dann stand Cortz vor einem kleinen Laden, der mit allen möglichen Dingen vollgestopft war. Hier kam er öfter mal vorbei – Cpinjen, der Besitzer, war für einen Meurg fast schon ungeheuer gesprächig. Wenn Cortz sich danach sehnte, endlich wieder einmal ein paar Sätze mit jemandem zu wechseln, verschlug es ihn meist hierher. Gekauft hatte er allerdings noch nie etwas – das ließen seine bescheidenen finanziellen Verhältnisse nicht zu.

»Ich wusste, dass Sie heute kommen würden.« Cpinjens dunkle Augen leuchteten aus dem bleichen Gesicht hervor. Wie jeder Meurg achtete er darauf, dass er Cortz nicht zu nahe kam. Die Scheu dieser Spezies vor körperlicher Nähe oder gar einer Berührung hatte etwas Angsteinflößendes. Cortz fühlte sich oft, als ob er aussätzig sei.

Der alte Meurg fasste in die Innentasche der langen Kutte, die er trug, und reichte Cortz ein Buch, das schon leicht zerfleddert war. Das Bild auf der Vorderseite zeigte einen hochaufgerichteten Menschen, der die Hände erhoben hatte und in dessen Rücken Blitze vom Himmel zuckten. Cortz schlug das Buch auf und schüttelte den Kopf. »Wie soll ich das lesen? Sie wissen doch, dass ich mit Ihren Schriftzeichen nichts anfangen kann.«

Cpinjen nickte. Diese Geste hatte er sich von den Menschen abgeschaut, wie er Cortz einmal verraten hatte. »Trotzdem möchte ich es Ihnen geben.« Er sagte nicht »schenken«. Ein Geschenk war bei den Meurg eine fast schon rituelle Handlung. »Es ist sehr interessant.«

»Wovon handelt es?«, fragte Cortz höflich, obwohl ihn das nicht kümmerte.

»Nun«, antwortete Cpinjen. »Das Buch erzählt von einem großen Abenteuer. Viel wichtiger aber sind die Menschen darin, ganz besonders einer. Er ist Ihnen nicht unähnlich.«

Cortz entging nicht, dass der Meurg von »Menschen« gesprochen hatte.

»Stirbt er?«

Die Worte waren ihm spontan über die Lippen gekommen und kaum, dass er sie ausgesprochen hatte, bereute er sie bereits. Er hatte nicht vor zu sterben, so sehr der Wunsch nach dem Tod manchmal in ihm übermächtig zu werden drohte.

Der alte Meurg stieß einige bellende Laute aus, die tief aus seiner Kehle kamen. Es klang, als würde er ersticken. Cortz wusste aber, dass es sich dabei um ein Lachen handelte. Leider hörte man es hier viel zu selten. Wohl auch, weil kaum jemand in Meurglys einen Grund zur Freude hatte. Immer noch nicht, obwohl der Krieg schon so lange zurücklag.

Cpinjen beantwortete seine Frage, indem er sich mit zwei gespreizten Fingern kurz gegen die Stirn tippte. Eine unter den Meurg weit verbreitete Geste, die je nach Situation in vielfältiger Bedeutung Verwendung fand, in diesem konkreten Fall vermutlich »Finden Sie es selbst heraus« heißen mochte.

»Ich möchten Ihnen nicht die Spannung am Geschehen nehmen, falls Sie es doch eines Tages lesen sollten«, sagte der alte Meurg. »Aber es ist für das, was ich Ihnen erklären will, auch nicht von Bedeutung. Mir geht es um das Wesen dieses Menschen, nicht um sein Schicksal.«

Cortz hätte sich am liebsten von dem Händler verabschiedet. Doch es galt, die hiesige Etikette zu beachten: Ein hastiger Aufbruch seinerseits würde für Cpinjen einen nicht wieder gut zu machenden Gesichtsverlust bedeuten. Denn der andere war älter und bestimmte deshalb, wann das Gespräch begann und wann es endete. Hielt er sich nicht an die Gepflogenheiten, musste Cortz damit rechnen, dass der andere nie wieder ein Wort mit ihm sprach. Er hatte aber auch schon Geschichten gehört, in denen es zu weit dramatischeren Auseinandersetzungen gekommen war.

»Was hat es mit ihm auf sich?«, fragte er ergeben.

»Er ist ein seltsamer Mann«, sagte Cpinjen. »Er könnte stolz darauf sein, was er in früheren Tagen vollbracht hat, und er könnte sich ohne größere Anstrengungen wieder in die Position bringen, die er damals innehatte. Das wäre ganz sicher nicht nur zu seinem Besten. Doch es gibt da einen dunklen Fleck in seiner Vergangenheit. Dieser hat so tiefe Spuren in ihm hinterlassen, dass er die Sache am liebsten totschweigen möchte, ebenso wie alles, was bis zu diesem Zeitpunkt geschehen ist. Er schaut nicht zurück und lebt nur in der Gegenwart. Dabei liegt in seiner Vergangenheit der Schlüssel zur Lösung all seiner Probleme.«

Cortz war neugierig geworden. »Ein dunkler Fleck, sagen Sie. War es seine Schuld?«

Der Alte zögerte nur kurz. »Ja«, sagte er dann. »Ja, es war seine Schuld, auch wenn er es sich nicht eingestehen will.«

Er ist Ihnen nicht unähnlich, hatte der Meurg gesagt. »Sind andere durch seine Schuld zu Schaden gekommen?«, fragte Cortz.

»Natürlich«, sagte Cpinjen.

»Und er …«

»… verkriecht sich.«

Der Meurg schwieg. Aber er wandte sich nicht ab. Seine letzten Worte hallten in Cortz nach. *Er verkriecht sich.* »Er sollte handeln«, flüsterte er mehr zu sich selbst, als an den Händler gewandt.

Cpinjen nickte erneut. »Ja, das sollte er.« Dann drehte er sich um und ging in sein Geschäft hinein, ohne sich von Cortz zu verabschieden. Der stand noch einige Momente lang da und horchte in sich hinein. Er fühlte sich … leer.

Er verkriecht sich. Er sollte handeln.

Schließlich steckte Cortz das Buch ein, lief weiter und lenkte seine Schritte in Richtung Fabrik. Wie jeden Tag standen viele Meurg vor dem verschlossenen Tor. Er hörte nur mit einem Ohr hin, verstand aber doch so viel, dass man heute immerhin schon einige wenige Arbeiter genommen hatte. Das machte vielen Hoffnung.

Cortz verharrte im Regen und in der schneidenden Kälte, versunken in seine Gedanken. Zwei Mal öffnete sich das schwere Tor noch, zwei Mal war er nicht unter den Auserwählten. Als es zu dunkeln begann, machte er sich auf den Heimweg.

Er verkriecht sich. Er sollte handeln.

Cortz nahm schweigend in Kauf, dass Tawnken sich offensichtlich die Zeit zurückholte, die er ihm heute Morgen gestohlen hatte. Er klopfte und wartete wortlos so lange, bis der andere endlich herauskam. Tawnkens Miene war reglos, aber Cortz war sich sicher, dass den anderen diebische Freude erfüllte. Und wahrscheinlich würde er heute Nacht erneut Arbeit finden.

Er verkriecht sich.

Cortz war es, als höre er Cpinjens Worte wieder und wieder. Und seine eigene Antwort: *Er sollte handeln.*

Er schlief ein, von düsteren Träumen geplagt.

Am nächsten Morgen ging Cortz' erster Blick aus dem Fenster. Obwohl er wusste, dass er nichts sehen würde, wollte er sich noch einmal vergewissern. Doch der alte Meurg, der ihm die Karte gegeben hatte, blieb verschwunden.

Cortz nickte. Sein Entschluss stand fest.

In aller Ruhe zog er sich an, dann griff er in die Jackentasche und zog das Plastikkärtchen hervor. Er drehte die weiße Karte in seinen Fingern. *Rha Bujo.* Mehr stand dort nicht. *Rha Bujo.* Das war ein Straßenname. Sollte er dorthin kommen? Aber wann? Und warum?

Cortz hätte sich mehr Erklärungen gewünscht. Aber er würde an den angegebenen Ort gehen, um Antworten auf seine Fragen zu finden. Was hatte er auch zu verlieren?

Egal, wer in der Rha Bujo auf ihn wartete, er harrte dort möglicherweise schon seit zwei Tagen aus. Es war nicht unwahrscheinlich, dass derjenige – vielleicht waren es auch mehrere – nicht ewig auf ihn warten würde.

Trotzdem entschied er sich dafür, zunächst zur Armenspeisung zu gehen. Ein voller Magen konnte nicht schaden. Cortz verließ das Zimmer, noch bevor Tawnken eintraf.

Erfreut stellte er fest, dass es endlich einmal nicht regnete. Dafür war die Kälte schneidender geworden. Ein harter Winter stand bevor. Unterwegs musste er gleich zwei Mal Patrouillen ausweichen. War das Zufall? Oder gab es einen Grund dafür, dass die Menschen momentan so präsent in der Stadt waren?

Er erreichte das Gebäude, trat ein und stellte sich in die Schlange an der Essensausgabe. Heute gab es eine Kelle eines dicklichen Breis, den die Meurg Offor nannten, und dazu wurde ihm tatsächlich ein kleiner Brocken Fleisch auf den Teller gelegt. Das war etwas, das er lange nicht erlebt hatte. Langsam schob er das Fleisch zwischen die Zähne und biss nur einen winzigen Brocken ab, den er sich geruhsam auf der Zunge zergehen ließ. Natürlich war das weit davon entfernt, ein erlesen zubereitetes Mahl zu sein – dennoch schmeckte es um ein Vielfaches besser als alles, was er hier in den letzten Wochen und Monaten vorgesetzt bekommen hatte. Erst jetzt merkte Cortz, wie sehr er das einfache Essen der Meurg tief in seinem Inneren verabscheute.

Wieder draußen in der Kälte fasste er seinen Beschluss mit Bedacht und nach reiflicher Überlegung. Er würde sich heute nicht vor die Fabrik stellen, um vergeblich auf Arbeit zu warten, auch wenn er das Geld dringend brauchen konnte. Er würde in die Rha Bujo gehen. Sofort.

Meurglys war ihm längst nicht mehr unbekannt, dennoch musste Cortz unterwegs zwei Mal nach dem Weg fragen, um zu seinem Ziel zu gelangen. Die Meurg gaben ihm mürrisch und einsilbig Auskunft. Einer lief einfach weiter, ohne ihm überhaupt zu antworten. *Natürlich.*

Nicht jeder Meurg nahm den Anblick eines Menschen als selbstverständlich hin.

Sein Fußmarsch durch die riesige Stadt dauerte über eineinhalb Stunden und das, obwohl er zügig ausschritt. Die Gegend, in der sich die Rha Bujo befand, unterschied sich kaum von der, in der Cortz lebte. *Hier sieht es überall gleich aus.* Aber dann fielen ihm die Gegenden ein, in denen die Ärmsten der Armen hausten.

Die Straße – eine schmale Seitengasse – lag verlassen vor ihm. War er zu spät gekommen? Er lauschte. Nichts zu hören.

Die Häuser zu beiden Seiten hatten keine Fenster, mit einer einzigen Ausnahme auf der linken Seite. Das Glas war allerdings so trüb, dass Cortz nicht hindurchsehen konnte. Sonst waren da nur die nackten Wände, was in ihm ein Gefühl der Beklemmung verursachte. Er ging vorsichtig weiter. Das fünfte Haus auf der rechten Seite war das erste, das eine Tür besaß. Vermutlich lagen alle anderen Eingänge an der Vorderfront. Er horchte noch einmal. Nichts.

Sollte er nachsehen, ob sich die Tür öffnen lassen würde? Die Alternative hieß umzukehren. Er atmete noch einmal tief durch. Dann streckte er seine Finger aus, berührte das kalte Holz – und die Tür schwang mit einem leichten Knarren auf. Drinnen war es stockfinster

Hinter ihm schloss sich die Tür wieder – ebenso lautlos.

Cortz wartete, bis sich seine Augen langsam an die Dunkelheit gewöhnt hatten. Gleichzeitig lauschte er angestrengt. Im Haus schien sich niemand zu befinden. Er war in einem großen Raum, der alle Merkmale einer typischen Meurg-Behausung aufwies. In der Mitte stand ein großer Tisch mit einer Hand voll Stühle, an zwei Wänden waren mehrere Betten auszumachen. Cortz erkannte einige Regale, die wohl hauptsächlich mit Nahrungsmitteln gefüllt waren. Stilvolle Dekoration war den Meurg fremd. Cortz hatte sich über diese Tatsache schon mit der nüchternen Feststellung hinweggetröstet, dass ihm so auch die bizarren Ausprägungen folkloristischen Kitsches erspart blieben, die andernorts produziert wurden.

Dann ging er vorsichtig durch den Raum, blieb immer wieder stehen und betrachtete alles ganz genau. Nichts. Und er wusste, dass es weder ein Obergeschoss noch einen Keller gab. Niemand hätte einen Angehörigen dieses Volkes dazu bewegen können, ein Loch in die Erde zu graben und dann auch noch freiwillig hinabzusteigen.

Schließlich fand er ein Bett. Tastend fuhr er mit der Hand über die Oberfläche. Er ließ sich auf die Knie hinab. Ein schwerer Sack, der wahrscheinlich Kleidungsstücke enthielt, versperrte ihm die Sicht unters Bett. Cortz zog und schob ihn mühsam beiseite.

Er erstarrte.

Dort lag etwas. Nein – jemand.

»Sind …« Seine Stimme klang heiser.

»Hören Sie mich?«

Er erhielt keine Antwort. »Hallo. Schlafen Sie? Antworten Sie mir.«

Keine Reaktion.

Cortz widerstrebte es, den Körper anzufassen. Gewalt war unter den Meurg verpönt. Und doch … Wo auch immer er hier hineingeraten war: Je länger er den reglosen Körper betrachtete, desto stärker drängte sich ihm der Eindruck auf, dass er auf einen Toten schaute.

Er schnüffelte. Nein. Er konnte weder den Geruch nach Gruft noch der Segwentis-Blume ausmachen, den die Meurg üblicherweise ausströmten. Cortz gab sich einen Ruck und überwand seine Bedenken.

Er fasste der bewegungslosen Gestalt an die Schulter, zuckte aber sofort wieder zurück. *Nein*, schalt er sich. *Nein, da war nichts.*

Er packte fester zu. Der Meurg, das erkannte Cortz jetzt, war noch nicht lange tot. Er zerrte ihn unter dem Bett hervor und drehte den Toten auf den Rücken. Es war eindeutig der alte Mann, der ihm das Plastikkärtchen in die Tasche geschoben und ihn vorher so intensiv beobachtet hatte.

Cortz erschauerte. Er war zu spät gekommen. Was auch immer ihm der Alte hatte mitteilen wollen – irgendjemand hatte etwas dagegen gehabt. Vor wenigen Tagen wäre ihm das noch als belanglos erschienen. Doch jetzt war seine Neugier erwacht und ihm schien es fast, als hätte das längst verschüttet geglaubte Lebensgeister in ihm geweckt. *Ich will wissen, was der alte Mann mir sagen wollte*, dachte er.

Der Alte war tot, aber das bedeutete nicht, dass sich sein Mörder nicht noch irgendwo in der Nähe verbergen mochte. Vielleicht lauerte er irgendwo in diesem dunklen Raum …

Cortz sprang auf. Er nahm sich nicht mehr die Zeit, die Nahrungsregale zu plündern, sondern machte, dass er wegkam. Er war mit ein, zwei Sätzen an der Tür, riss sie auf und stürzte ins Freie. Dort schaute er sich hastig um, erkannte aber zu seiner Beruhigung, dass die Gasse noch immer völlig leer war. *Trotzdem: Nichts wie weg hier*, hämmerten seine Gedanken.

Cortz ging nicht, er rannte. Die erstaunten Blicke der wenigen Meurg, die ihm begegneten, ignorierte er. Was hätte er ihnen auch sagen sollen? Dass er auf der Flucht vor einem Mörder war? Eine solche Erklärung musste jedem Meurg völlig absurd erscheinen.

Sein Ziel war seine Unterkunft. Dort würde er sicher sein. Und – wo hätte er auch sonst hingehen sollen?

Bald meinte er, jeden Muskel zu spüren. Zudem stach die kalte Luft in seine Lungen. Also blieb er kurz an einer Straßenecke stehen und schnappte gierig nach Atem. Inzwischen wurde es langsam dunkel. Seine Blicke irrten nervös umher. Dort. Nein, der Schatten stammte von einem harmlosen Meurg, der – man sah es seiner schmutzigen Kleidung deutlich an – auf dem Heimweg von der Arbeit war. Cortz zwang sich zur Ruhe. Es machte keinen Sinn, jetzt überall und in allem eine Bedrohung zu sehen. Wer mochte schon wissen, was dem Alten wirklich zugestoßen war? Vielleicht ein Überfall eines völlig verzweifelten Meurg … *Aber die Nahrungsmittel waren noch da.* Cortz schüttelte den Kopf. Er durfte sich nicht verrückt machen lassen. Es war nicht gesagt, dass der Tod des Alten in irgendeiner Weise mit ihm selbst in Zusammenhang stand. *Aber es ist möglich ...*

Er drückte sich tief in den Schatten, den das Gebäude im schwachen Licht des einzigen Mondes warf, als er die Patrouille entdeckte. Das konnte jetzt höchst unangenehm werden. Er wartete, bis die beiden Soldaten endlich verschwunden waren, dann machte er sich wieder auf den Weg.

Wie lange war er unterwegs gewesen? Wie spät war es? Er würde nachsehen müssen, ob Tawnken schon aufgebrochen war oder das Zimmer noch belegte. Dabei sehnte sich Cortz nach der Abgeschiedenheit seiner vier Wände. Er brauchte jetzt Ruhe. Zeit und Ruhe, um über alles nachzudenken. Und um sich seine nächsten Schritte zu überlegen.

Der Regen setzte wieder ein. Cortz fluchte. Nicht einmal einen ganzen Tag lang hatte das Wetter gehalten. Er schwitzte und fror jetzt gleichzeitig. Teufel, er würde sich eine Lungenentzündung holen, wenn er nicht bald in einen geschützten Raum kam.

»Es ist nicht mehr weit«, murmelte Cortz vor sich hin und machte sich so selbst wieder Mut. »Ich werde Tawnken rauswerfen, wenn er noch da ist.« Er lachte. Natürlich würde er das nicht tun. Er musste froh sein, wenn der Meurg ihn nicht bald hinauswarf.

Endlich erreichte er seine Unterkunft. Zu seinem eigenen Erstaunen bemerkte er, dass seine Schritte langsamer wurden, als er durch den langen, kalten Gang marschierte. Warum zögerte er? Warum hatte er es plötzlich nicht mehr eilig?

Cortz schaute sich misstrauisch um. *Du siehst schon Gespenster*, redete er sich ein. Er fühlte, dass die Anspannung in ihm wuchs. Was war nur los mit ihm?

Aus dem Halbdunkel vor ihm tauchte ein Meurg auf. Tawnken? Cortz schüttelte den Kopf. Es handelte sich um einen Fremden. Ein Meurg, den er hier noch nie gesehen hatte. Cortz versteifte sich. Doch der andere schlurfte an ihm vorbei, ohne ihn auch nur im Geringsten zu beachten. Der Meurg sah durch Cortz hindurch, als existiere dieser nicht für ihn. Cortz atmete erleichtert auf. Es wurde Zeit, dass er ein wenig Schlaf bekam.

Schließlich lauschte er an der Tür zu ihrem Zimmer, obwohl er wusste, dass das sinnlos war. Er würde Tawnken hier draußen nicht hören, wenn der andere nicht gerade in einem Wutanfall beschlossen hatte, das gesamte Mobiliar zu zertrümmern.

Cortz klopfte zaghaft. Keine Reaktion. Er klopfte erneut. Nichts. Tawnken war wohl schon gegangen.

Er zog seinen Schlüssel aus der Tasche und öffnete die Tür. Die Unordnung, die im Raum herrschte, sagte ihm, dass hier etwas ganz und gar nicht stimmte.

Tawnken lag tot auf dem Fußboden. Ein kleiner, roter Fleck auf seinem nackten Oberkörper zeigte an, wo ihn der tödliche Schuss getroffen hatte. *Das war keine Waffe, wie sie die Meurg verwenden.* Ein moderner Energiestrahler. Eine Waffe der Menschen. Aber warum hätte ihn ein Mensch töten sollen? Das war Unsinn.

Ein Enthee? Cortz hatte nicht die geringste Ahnung, wie eine solche Waffe in die Hände eines Enthee und ein Enthee hierher kommen sollte.

Der zweite Tote, den er an diesem Tag entdeckte, ließ Cortz auf eine merkwürdige Art und Weise ruhig werden. So ungewöhnlich, ja völlig absonderlich schon ein einziger Mord unter den Meurg auch war: Cortz verspürte keine Panik mehr. Nicht der alte Mann und auch nicht Tawnken waren das eigentliche Ziel der Mörder gewesen – sondern er selbst. Blieb eine Frage: Warum?

fünf

Der Gleiter mit Il Shandt und seinen Männern flog voraus, der mit Nadir und den anderen an Bord hinterher. Niemand vermochte zu sagen, wo Chrom und ihre Begleiter abgeblieben waren. Also galt es, jeden Quadratzentimeter der Wüste, die sie durchquerten, mit ihren Messgeräten zu erfassen und zu überprüfen. Das sorgte natürlich dafür, dass die beiden Gleiter nur langsam vorankamen.

Zwischen den beiden lang gezogenen, jeweils rund vier Meter hohen quaderförmigen Flugkörpern, schwebte die seltsame Halbkugel, der Magister Dahn den Namen Alpha-Alpha gegeben hatte. Der Universal-Wissenschaftler hatte die Station noch nicht verlassen, seit sie auf dem Planeten gelandet waren. Er kommunizierte lediglich per Funk mit ihnen – und selbst dann fielen seine Antworten einsilbig und mürrisch aus.

Das seltsame Verhalten des Vogelwesens kümmerte Nadir jedoch momentan nicht. Jana Lanús beanspruchte seine ganze Aufmerksamkeit. Er, Crefeldt und selbst Vickers saßen bei der Stellvertreterin des Konsuls und lauschten ihren Worten. Der Rezip hatte sich in einer Ecke auf dem Boden niedergelassen und hielt die Augen geschlossen. Nadir bezweifelte jedoch, dass er schlief. Aulden hatte den Körper des Rezips wieder verlassen. Nadir wusste, dass das künstlich erschaffene Wesen nun einige Zeit brauchen würde, um sich von der Anstrengung zu erholen. Lediglich Draban saß vorne im Cockpit und steuerte den Gleiter, hatte das Schott aber offen gelassen, damit er hören konnte, was im mittleren Bereich gesprochen wurde.

»Der Krieg«, sagte Jana Lanús gerade. Sie trug jetzt eine eng anliegende schwarze Kampfkombination, der Kleidung der Krieger von Guer nicht unähnlich, und musterte Crabb, der in einer anderen Ecke hockte, ohne sich zu regen. Es war nicht zu erkennen, was und wie viel er von seiner Umwelt wahrnahm. Die automatischen Systeme des Gleiters hatten – gerade deswegen – einen klaren Auftrag: Bestand auch nur die kleinste Möglichkeit, dass von ihm eine Gefahr ausging, würden die energetischen Fesselfelder sofort zugreifen und ihn fixieren. Nadir fühlte sich jedoch von Crabb keinesfalls bedroht, sondern hoffte weiterhin, dass der Mann ihnen würde helfen können.

Nadir musste daran denken, wie ausweichend der Konsul reagiert hatte, wann immer das Gespräch auf Entheete gekommen war. Er verwies auf seine Stellvertreterin, die während des Flugs sicher alle offenen Fragen beantworten würde.

»Als die Menschen diese Welt entdeckten«, sagte sie, »herrschte Krieg. Es war ein erbarmungsloser Kampf. Wir haben die Ursache für die Zwistigkeiten zwischen den beiden Rassen nie wirklich ergründen können. Es mag auch sein, dass der Grund so weit in der Vergangenheit zurückliegt, dass weder die Enthee noch die Meurg heute eine Erinnerung daran haben, warum sich diese beiden Völker so erbittert zu bekämpfen begannen.«

Lanús fuhr sich mit der Hand durch das schwarze Haar, das ihr – sehr unmilitärisch, wie Nadir mit Wohlwollen bemerkte – bis auf die Schultern fiel.

»Aber egal. Als wir kamen, nein, als die ersten Menschen hierher kamen, tobte dieser Krieg auf seinem Höhepunkt. Die Enthee hatten die Meurg bereits auf den Halbkontinent zurückgedrängt, der heute Meurglys genannt wird. Es war offensichtlich, dass die Schlacht für die Meurg verloren war. Die Enthee planten ihre totale Auslöschung. Was muss das für ein Hass gewesen sein, der sie angetrieben hat …«

»Man hat die Enthee an ihrem Vorhaben gehindert.« Crefeldt lachte humorlos. Nadir betrachtete den Senso-Tech und Vickers nachdenklich. Er war sich sicher, dass der Roboter alles aufzeichnete. Crefeldt würde das Material garantiert für seine nächste Senso-Dokumentation verwenden. Wahrscheinlich fabrizierte er daraus sogar ein reißerisches Abenteuer.

»Die Menschen durften diesen Massenmord nicht zulassen. Als die Enthee nicht einsehen wollten, dass der Krieg vorüber war, verpasste man ihnen einen Denkzettel. Eine etwas überzogene Reaktion, zumindest aus heutiger Sicht. Aber der damalige Befehlshaber sah offenbar keinen anderen Weg, um die Aggression der Enthee zu bremsen.«

»Einen Denkzettel?«, echote Crefeldt.

Jana Lanús nickte. »Viele der Eingeborenen starben. Das wäre vielleicht nicht notwendig gewesen. Aber es zeigte Wirkung. Ohne die weitere Präsenz von Menschen auf dieser Welt wäre der Vertrag seitens der Enthee allerdings längst gebrochen worden. Was sie auch antreibt: Sie sind nicht bereit, zu vergessen. Deshalb wurde unsere Garnison auch direkt am Rand von Meurglys errichtet, falls wir die Meurg eines Tages vor einem neuerlichen Angriff schützen müssen. Bis heute hat das auch wunderbar funktioniert. Außerhalb unserer Einfluss-Sphäre jedoch …«

»… gibt es Kämpfe innerhalb der Enthee und verschwindet eine Argonom wie Chrom mit ihren Begleitern einfach spurlos.« Paz Nadir blickte sie herausfordernd an.

Jana Lanús schüttelte ärgerlich den Kopf. »Wir können nicht jeden lokalen Brandherd austreten. Und hätte die Argonom sich damals mit uns in Verbindung gesetzt, hätten wir …«

Sie verstummte und starrte erst zu Nadir, dann zu Crefeldt. Dabei kratzte sie sich mit dem Fingernagel am linken Nasenflügel. »Wir hätten sie warnen können. Mehr nicht. Nur warnen. Dass es keinen Sinn hat, dorthin zu fliegen, wohin sie geflogen ist. Dass von dort noch niemand zurückgekehrt ist, der nicht im Auftrag des Konsuls und mit der notwendigen Legitimation unterwegs war – natürlich gestützt auf die militärische Macht unserer Streitkräfte, das versteht sich. Obwohl es in den Jahren, seit der Krieg beendet ist, immer wieder versucht wurde. Von Forschern, von Abenteurern. Keiner kam zurück. Kein einziger.«

»Dieser Ort …«

»Ja«, unterbrach Jana Lanús den Senso-Tech. »Ja, das ist das Zentrum der Macht dieses Volkes. Ihr Regierungssitz, wenn Sie so wollen. Ihre Schaltzentrale. Zumindest nach allem, was wir wissen.«

»Dort finden wir Entheete.«

»Vermutlich.«

»Und … was habe ich mir unter *Entheete* vorzustellen?«, fragte Nadir.

»Ich weiß es nicht«, sagte Jana Lanús. »Ich habe sie nie gesehen. Die Kuppel, unter der sich ihr Reich verbirgt, hat sich für Menschen niemals geöffnet. Die Kommunikation erfolgte lediglich über Enthee, die von ihr ausgeschickt und beauftragt waren. Subalterne, ohne eigene Entscheidungsgewalt. Es ist ein höchst merkwürdiges Volk, aber das werden Sie auch noch feststellen.« Sie atmete tief durch. »Sicher ist nur, dass Entheete nach dem Verständnis dieses Volkes die absolute Herrscherin ist. Und dass sie, falls keine Fehlinterpretation vorliegt, unzweifelhaft weiblichen Geschlechts ist.«

Lanús grinste schwach. Offensichtlich gefiel ihr dieser Gedanke.

»Gibt es denn niemanden, der mehr über dieses Wesen weiß?«

»Vielleicht er.« Sie deutete auf Crabb. »Vielleicht ist er ihr begegnet.«

Crabb aber saß teilnahmslos da und reagierte nicht.

Natürlich hatte Crabb nie zuvor von den Argonomen gehört, geschweige denn wäre ihm die Idee gekommen, dass irgendwo dort draußen im Universum derartige Lebewesen existieren könnten. Er konzentrierte sich immer nur auf sich und sein eigenes Schicksal.

Seit geraumer Zeit lebte er auf einer Welt, die den seltsamen Namen Pfeil trug, was Crabb allerdings nicht störte. Hauptsache, er konnte ein halbwegs sorgenfreies Leben führen. Damit war es aber gerade wieder einmal vorbei.

»Scheiße«, sagte Crabb.

»Du verdammter Vollidiot«, schrie Lammers. Er war die rechte Hand vom Boss. Auf seinem vor Wut verzerrten Gesicht waren die Blutspritzer überall deutlich zu sehen. Sie stammten von dem Toten, dessen Körper die Waffen Crabbs und Scorchs förmlich zerfetzt hatten. »Habe ich dir befohlen, ihn zu erschießen?«

Crabb wusste, warum er geschossen hatte. Aber ihm war klar, dass seine Beweggründe Lammers egal waren. »Er hatte eine Waffe«, sagte er trotzdem. Scorch schwieg. Er wusste genau, wann man besser den Mund hielt.

»Kein Grund, ihn gleich umzulegen«, brüllte Lammers. Er war ein kleiner Kerl, aber wenn er zornig wurde, schien er um einige Zentimeter zu wachsen.

»Der Boss wird darüber nicht erfreut sein, du hirnloser …«

Crabb hörte die Worte wie durch Watte. Es war wieder einmal so weit. In Gedanken verabschiedete er sich schon von Pfeil. So schlecht war das Leben hier gar nicht gewesen. Aber das würde es woanders auch nicht sein. Er hatte es noch immer ganz gut erwischt.

Er hob seine Waffe und schoss Lammers über den Haufen.

»Mist«, sagte Scorch.

Crabb schaute ihn ernst an. Der andere hob abwehrend die Hände.

»Hör auf, Crabb, hör bloß auf. Wir sind doch Kumpels. Also lass das. Wir müssen schauen, dass wir Land gewinnen.«

Crabb nickte. »Hauen wir ab.«

»Je schneller, desto besser.«

Scorch war ein schlauer Kerl. Noch bevor es sich bis zu ihrem ehemaligen Boss herumgesprochen hatte, dass Lammers tot und ihr Auftrag verpatzt war, hatte er schon eine neue Heuer organisiert. Auf einem Raumschiff. *Weg von hier.* Das war die beste Lösung.

»Größer als du es dir vorstellen kannst.« Scorch sagte das mit glänzenden Augen. Crabb glaubte ihm nicht. Als der andere ihm die Zahlen nannte, konnte er damit wenig anfangen.

»Wie groß ist das?«, fragte er.

»Verdammt groß«, sagte Scorch. »So groß wie ein kleiner Mond.«

»Das ist groß.« Crabb war zufrieden. Hauptsache, er kam hier weg und brachte seine Haut in Sicherheit.

Auf dem riesigen Schiff wurden eine ganze Menge neuer Leute benötigt, da die Besitzerin des Schiffes angeblich eine sehr gefährliche Expedition plante. Aus irgendwelchen Gründen hatte es unter der bisherigen Besatzung einige Verluste gegeben. Dementsprechend gut, so hatte ihm Scorch versichert, war die Bezahlung. Crabb erschien es ohnehin wichtiger, schnell von Pfeil zu verschwinden. Alles andere kümmerte ihn erst einmal nicht.

»Wie heißt der Kasten?«, fragte er.

»Weiß ich nicht«, sagte Scorch. »Ist das wichtig?«

Sie erfuhren es an Bord. Allerdings nicht von ihrer neuen Chefin selbst. Chrom, die einem Volk angehörte, das sich als Argonomen bezeichnete, lernten sie erst einige Zeit später kennen. Ein Coparr wies sie ein. Crabb, der schon einigen nicht-menschlichen Lebewesen begegnet war, fand den Coparr merkwürdig, da er ihm nicht in die Augen schauen konnte. Sein ganzes Gesicht war von herabhängenden Hautlappen bedeckt. Das machte Crabb nervös. Er gab etwas widerwillig seine Waffe aus der Hand. Doch er würde sie wieder zurückbekommen, so sagte man ihm. Crabb glaubte das, schließlich sollte er für diese Chrom kämpfen. Ohne Waffe würde das nur halb so gut funktionieren wie mit.

Das Schiff hieß *Stern*, sagte der Coparr. Crabb war das egal.

Sie waren danach mehrere Wochen unterwegs, langweilig wurde es an Bord jedoch nicht. Die Trainingsmöglichkeiten waren derart vielfältig, dass die Schinderei regelrecht Spaß machte. Scorch versuchte, ihm zu erklären, wie die Simulationen funktionierten, aber Crabb verstand nur die Hälfte. Dennoch vermutete er, dass auch sein Kumpan längst nicht alles begriff, was sich hier abspielte.

Dann sprach Chrom endlich persönlich zu ihnen. Crabb war enttäuscht. Er hatte sich die Frau größer und eindrucksvoller vorgestellt. Aber sie maß höchstens einen Meter sechzig und wirkte eher unscheinbar. Auf Pfeil oder irgendeinem anderen Planeten wäre er vermutlich einfach an ihr vorbeigelaufen. Dass sein erster Eindruck täuschte, merkte er schnell. Obwohl es nicht an ihren Worten lag.

Es sind ihre Augen, dachte Crabb. Darin leuchtete ein Feuer, das ihn und die anderen mitriss.

Chrom redete nur kurz, aber was sie sagte, überzeugte Crabb. Er war bereit, für die Argonom zu sterben.

Draußen regnete es noch immer. Sie waren bereits einige hundert Kilometer in die endlos erscheinende Wüste vorgedrungen, doch weder am Wetter noch an der Landschaft hatte sich etwas geändert. Die Trostlosigkeit schlug Nadir langsam aufs Gemüt. Er fühlte sich müde.

»Eine Siedlung liegt genau voraus«, meldete in diesem Moment Draban aus der Pilotenkanzel. Er hatte rundweg abgelehnt, als Paz Nadir ihm angeboten hatte, ihn abzulösen. Nadir vermutete, dass der Coparr unter dem Minderwertigkeitskomplex litt, nur Auldens zweite Wahl hinter Hetman zu sein. Draban wollte mit aller Macht seine Fähigkeiten beweisen, selbst wenn es nur um Kleinigkeiten ging. Also ließ ihn Nadir den Gleiter fliegen. Er lauschte ohnehin lieber dem, was Jana Lanús zu erzählen hatte.

»Eine Siedlung der Enthee«, hörte er Il Shandt über Funk, der keinen Zweifel daran ließ, dass dies in seinen Aufgabenbereich fiel.

»Ich wünsche einen friedlichen Kontakt mit den Eingeborenen«, antwortete Nadir unmissverständlich.

»Verstanden«, knurrte Il Shandt kurz angebunden. Nadir hörte der Stimme die Enttäuschung an. Sicher warteten im anderen Gleiter die Guer schon darauf, die Enthee in Angst und Schrecken zu versetzen. Aber Shandt würde ihm gehorchen. Der Respekt der Guer vor Aulden hielt sogar diesen Heißsporn in Zaum.

Der Gleiter vor ihnen verzögerte, wie Nadir durch die Frontscheibe der Pilotenkanzel sehen konnte, und auch Draban bremste jetzt ihr Fahrzeug ab. Alpha-Alpha, die Station Magister Dahns, folgte dem Manöver ohne jegliche Verzögerung synchron. Sicher hatte der Universal-Wissenschaftler den Auto-Piloten mit der Steuerung beauftragt und beschäftigte sich wie immer mit seinen Forschungen.

Paz Nadir hatte bisher auf dieser Welt nur Meurglys gesehen, die riesenhaft große Stadt der Meurg mit ihren flachen Häusern. Eine Siedlung der Enthee hatte er sich ähnlich vorgestellt, immerhin lebten die beiden Völker auf dem gleichen Planeten. Doch er hatte sich getäuscht.

Vor ihnen lag – nichts.

Nadir entdeckte lediglich einen gemauerten Kreis, der ihm höchstens bis an die Hüfte reichte. Sonst war da nicht das geringste Anzeichen einer wie auch immer gearteten Zivilisation.

»Was soll das?«, fragte er ärgerlich. »Wollen Sie mich foppen, Draban?«

Draban schob Rechts- und Linksdaumen beider Hände gegeneinander. Deutlicher hätte er auch mit Worten nicht ausdrücken können, dass er von dem, was Nadir gesagt hatte, nicht das Geringste hielt. Der Coparr meinte es also offensichtlich ernst.

Il Shandt und seine Männer hatten ihren Gleiter längst verlassen, als auch Nadir ausstieg. Jana Lanús folgte, ebenso natürlich Crefeldt, immer auf der Suche nach einer neuen Sensation, zusammen mit seinem unvermeidlichen Roboter Vickers. Draban blieb im Gleiter. Jemand musste trotz allem ein Auge auf Crabb haben. Auf den Rezip konnten sie im Moment nicht zählen.

»Und wo sind die Enthee?« Crefeldt schaute sich neugierig um. Das hätte Nadir auch gerne gewusst. Und er wünschte sich, dass es endlich einmal aufhören würde zu regnen.

»Unter der Erde«, sagte Lanús. Sie lächelte und deutete auf den Steinkreis in wenigen Metern Entfernung, der von hier aus wie die Einfassung eines altertümlichen Brunnens aussah. »Dort ist der Eingang zu ihrem Bau.«

Die Guer brachten ihre Waffen in Anschlag. Nur einer von ihnen war im Gleiter zurückgeblieben, alle anderen ließen sich diesen ersten Aufreger auf dem Planeten nicht entgehen. Möglicherweise hoffte Il Shandt schon hier auf eine ernsthafte Konfrontation. Die großen, muskulösen Krieger trugen allesamt dunkle Kombinationen. An vielen Stellen ihrer Monturen blitzte es silbern – Implantate auf dem neusten Stand der Technik. Nadir, der sich diesen Spielereien immer verweigert hatte, ohne dass er sich deshalb gleich für rückständig hielt, wäre ihnen schon allein deshalb im Kampf unterlegen gewesen. Als wirklich interessant erachtete er ohnehin nur die Beschleuniger, alles andere war seiner Meinung nach unnötiger Schnickschnack. Sie befähigten die Guer zu blitzschnellen Bewegungen, die weit über der Geschwindigkeit lagen, zu der ein normaler menschlicher Körper fähig war. Aber – und damit tröstete er sich – er hatte noch jedes seiner Abenteuer überlebt, auch ohne technische Aufrüstung.

»Und jetzt?« Crefeldt starrte immer noch auf den Brunnen.

Paz Nadir hatte die beiden Objekte bemerkt, die sich von Vickers gelöst hatten. Eines davon war in den Brunnenschacht hinabgeschossen.

»Wir warten«, sagte Jana Lanús. »Die Enthee werden kommen. Wir benötigen nur ein bisschen Geduld.«

»Pfeif das Modul zurück, Max«, fauchte Nadir. »Ich will keine Komplikationen.«

Crefeldt schaute ihn ungläubig an. Er versuchte wieder einmal, das Unschuldslamm zu spielen. Am kurzen Zucken seines Kehlkopfs erkannte Nadir jedoch, dass der Senso-Tech dem Roboter den entsprechenden Befehl erteilte. Schließlich entdeckte er das winzige Modul, das sich wieder mit Vickers verband. Er nickte zufrieden.

»Ich hätte das Modul nicht zurückgeholt«, sagte Il Shandt. »Ich wäre hinabgestiegen ...« Seine Männer zogen den Kreis um den Schacht enger.

Nadir wusste, dass die Guer darauf brannten, den Bau der Enthee ausführlich zu erkunden – je gefährlicher das war, desto besser.

Jana Lanús schüttelte den Kopf. »Warten Sie.«

»Wir warten«, sagte Paz Nadir.

Ihre Geduld wurde erst nach einer Dreiviertelstunde belohnt.

Der Enthee kroch aus dem Brunnenschacht wie ein Wurm aus einem Haufen frisch aufgeschütteter Erde. Nur der Kopf war zunächst sichtbar, während sich die fahlweißen Hände am Rand des gemauerten Kreises festklammerten. Das Wesen reckte seinen Schädel erst dem Himmel entgegen, streckte ihn dann nach rechts und links und hielt dabei die Augen geschlossen. Dann verharrte es einige Momente regungslos, ehe sich die ganze Gestalt aus dem Brunnen schob. Jetzt öffnete der Enthee die Augen, elliptisch geformt und so nahe beieinander, dass sie beinahe wie ein einzelnes wirkten.

Ansonsten sah er beinahe menschlich aus. Das dünne Haar auf seinem Kopf hatte die Farbe dunkler Erde. An Stelle der Ohrmuscheln lagen links und rechts am Schädel nur jeweils winzige, ungeschützte Öffnungen. Der Kehlkopf, der dicker als der eines Menschen war, erinnerte beinahe an einen Kropf. Der Enthee trug einen eng anliegenden, dunkelgrünen Einteiler sowie hohe Schnürstiefel, die weit mehr praktisch und robust als elegant wirkten.

Er sagte nichts. Er starrte sie auch nicht an, sondern schien durch sie hindurch zu blicken.

Normalerweise kannte Paz Nadir bei der Kontaktaufnahme mit fremden Lebewesen keine Scheu. Doch jetzt fragte er sich, wie er dieses schweigsame Geschöpf am besten anpacken sollte.

Die Entscheidung wurde ihm abgenommen. Das zweite Modul von Vickers, das immer noch herumschwirrte, kam dem Enthee zu nahe. Der Eingeborene reagierte schneller, als Nadirs Augen seinen Bewegungen folgen konnten. Er sah nur, dass der Enthee das Modul plötzlich zwischen den Fingern hielt. Unter der bleichen Haut spannten sich die Adern.

»Nicht«, rief der Senso-Tech. »Zerstören Sie es bitte nicht!«

»Was wollt ihr?« Die Worte des Enthee kamen holprig, seine Stimme knarrte dabei, als habe er lange nicht mehr gesprochen.

»Wir sind auf der Suche nach einer Frau, die hier möglicherweise mit einigen Begleitern vorbeigekommen sein könnte. Das liegt allerdings bereits eine längere Zeit zurück. Aber vielleicht erinnert sich dennoch jemand daran. Es wäre sehr wichtig für uns.«

Der Enthee antwortete nicht. Nadir sah erst ihn und dann Jana Lanús ratlos an.

»Hast du diese Frau gesehen?«, sagte sie plötzlich.

»Nein.«

»Hast du von ihr gehört?«

»Ja.«

»Weißt du, wohin sie unterwegs war?«

»Ja.«

Nadir fluchte leise. Dieser verdammte Kerl ließ sich jeden Wurm einzeln aus der Nase ziehen.

»Wohin?«, fragte er.

Schweigen.

»Lassen Sie das«, zischte Jana Lanús. »In diese Richtung?« Sie deutete mit dem ausgestreckten Arm nach Süden.

Dort, wo Entheetes Kuppel steht, dachte Nadir.

»Ja«, sagte der Eingeborene.

Jana Lanús nickte. »Wir danken dir. Wir werden weiterziehen.«

Der Enthee drehte sich um und stieg wieder in den Brunnenschacht, aus dem er gekommen war.

»He«, rief Crefeldt. »Das Modul. Du kannst das nicht einfach mitnehmen.«

Der Kopf des Eingeborenen, der sich nicht mehr um die Menschen kümmerte, war schon beinahe unter die Erde verschwunden. »Vickers«, brüllte Crefeldt. »Verdammt, Vickers, tu doch was. Hol das Teil zurück.«

»Es ist beschädigt«, sagte der Roboter. »Ich habe die Kontrolle darüber verloren.«

Crefeldt stürzte zum Brunnen. Nadir stellte sich neben ihn, um zu verhindern, dass er eine Dummheit beging. Gemeinsam starrten sie in den dunklen Schacht hinab. Der Enthee war bereits verschwunden.

»Verdammt«, fluchte Crefeldt. »Dieser Bursche hat mich beklaut.«

Nadir grinste. »Trag es mit Fassung, Max. Vickers wird deshalb nicht gleich auseinander fallen.«

Trotzdem hatte er das Gefühl, dass sich über ihnen ein Unheil zusammenbraute. Eine Ahnung kommender Gefahr, die ihn in der Vergangenheit selten getrogen hatte. Er schüttelte sich unbehaglich. Regentropfen perlten von seiner Montur.

Aulden hatte den Rezip verlassen und war in seinen eigenen Körper zurückgekehrt. Nur ein winziger Teil seines Bewusstseins war in dem Rezip zurückgeblieben. Das reichte im Moment völlig aus. Dank der engen Bindung würde er sofort wissen, wann er dem Geschehen auf Enthee wieder seine volle Konzentration schenken musste. Das Wichtigste war jetzt die Frage, wie die Lotsen auf den Tod ihres Artgenossen reagieren würden.

Bevor der Argonom jedoch seinen Geist auf die Reise zum Wurmloch schickte, kümmerte er sich noch um ein viel nahe liegenderes Problem, das ihm ebenfalls keine Ruhe ließ. »Was ist mit Hetman?«, fragte er einen Coparr namens Frimang, der in der Zentrale seinen Dienst versah.

Der Coparr las stumm einige Instrumente ab und sagte dann: »Die Revitalisierung schreitet reibungslos voran. Es ist bisher nichts Unvorhergesehenes eingetreten.«

Aulden nickte zufrieden. »Dann besteht Hoffnung …«, murmelte er.

Frimang hatte seine Worte gehört. Er tippte sich mit dem Linksdaumen auf die Stirn. Unter den Coparr, von denen viele schon seit Jahrzehnten an Bord der *Heim* lebten, gab es keinen, der Hetman nicht eine vollständige Genesung gegönnt hätte. Aber sie wussten alle, dass die Apparaturen des Argonomen, diese uralten Hinterlassenschaften einer fast vergangenen Zivilisation, nicht zu einhundert Prozent perfekt arbeiteten. Nicht immer gelang die Revitalisierung. Hetman hatte die Prozedur allerdings in der Vergangenheit bereits zwei Mal unbeschadet überstanden.

Aulden zog sich in seine Räume zurück. Dort überprüfte er zunächst die Daten der Satelliten, die er ausgeschickt hatte, um die Oberfläche des Planeten zu kartographieren. Die von Jana Lanús erwähnte Kuppel, in der sich das geheimnisvolle Wesen namens Entheete verbarg, war unerklärlicherweise noch nicht entdeckt worden. *Dort ist Chrom*, sagte er sich. Eine reine Vermutung, für die er keine Beweise hatte. Vielleicht war sie auch schon längst tot. Er rief sich zur Ordnung. Diese Grübelei kostete ihn nur wertvolle Zeit.

Aulden nahm im Sessel Platz, von dem er die *Heim* ebenso wie von der Zentrale aus steuern konnte. Kaum ruhten seine Arme auf den Lehnen und sein Kopf in der Nackenstütze, schoben sich feine Drähte aus den Polstern hervor, tasteten sich an vielen Stellen in seine Haut, verankerten sich dort und verbanden seinen Körper mit allen Kontrollen. Jetzt war der Argonom das Schiff.

Er fühlte die mächtige Pyramide. Er spürte das Leben darin. Die Coparr und alle anderen Lebewesen, die sich außer ihnen noch an Bord befanden. Und er sah weit über die *Heim* hinaus.

Ein Teil von Auldens Bewusstsein löste sich vom Schiff und dem Geschehen auf dem Planeten. Er durchquerte das Sonnensystem, reiste zum Wurmloch.

Aus dem Volk der Lotsen war er nie richtig schlau geworden. Damit befand er sich in guter Gesellschaft: Kaum jemand verstand diese seltsame Rasse wirklich. Doch war es für ihn jetzt lebenswichtig, zumindest in Ansätzen zu begreifen, wie dieses Volk dachte und was seine Handlungen beeinflusste. Denn der Teil seines Geistes, der kurz vor dem Wurmloch verharrte, erkannte, dass dort inzwischen eine hektische Aktivität ausgebrochen war. Normal wagten sich die Lotsen nur dann aus ihrer Abgeschiedenheit hervor, wenn ihre Dienste explizit angefordert wurden. Davon konnte jedoch im Moment keine Rede sein. Außer der *Heim* befand sich kein einziges Sternenschiff im System. Die Eingeborenen beherrschten die Raumfahrt nicht, die Menschen unten auf Enthee besaßen kein Raumschiff, das für interstellare Reisen geeignet war. Dennoch hatten gleich mehrere Objekte das Wurmloch verlassen.

Aulden konzentrierte sich. Das waren keine Nussschalen wie das winzige Boot, mit dem die beiden Lotsen auf die *Heim* gekommen waren. Der Argonom konnte die Ausstrahlung der einzelnen Bewusstseine wahrnehmen. An Bord der sieben, nein, acht Schiffe befanden sich jeweils mindestens zehn Lotsen.

Was haben sie vor?

Er spielte in Gedanken die verschiedenen Möglichkeiten durch und wusste schnell, dass er die meisten aufgrund der geringen Wahrscheinlichkeit ausklammern konnte. Mit Sicherheit war an keinem anderen Ort des Universums etwas so Bedeutsames geschehen, dass sich die Lotsen deshalb in derart ungewöhnlicher Form und Zahl hier versammelten.

Nein.

Es gab genau einen einzigen Grund: den Tod ihres Artgenossen, der an Bord der *Heim* gestorben war. Und genau dort würden sie den Schuldigen suchen. Wie Aulden die komplizierte Natur der Lotsen einschätzte, dachten sie nicht daran, sich mit langwierigen Frage- und Antwort-Spielchen aufzuhalten. Sie brauchten jemanden, den sie für den Tod eines der Ihren verantwortlich machen konnten. Wenn er die Flugbahn der acht Schiffe richtig interpretierte, schienen sie diesen jemand schon gefunden zu haben.

Sie werden angreifen, dachte Aulden. *Die Lotsen werden die* Heim *attackieren.*

Er geriet selten in Panik. So auch jetzt nicht. In aller Ruhe untersuchte sein Geist die acht Schiffe, unter anderem auch ihre Waffensysteme, und nahm alle wichtigen Informationen auf, die er in seiner körperlosen Form sammeln konnte. Er fand keinen Zugang zu den Lotsen selbst – in dieser Hinsicht waren sie den Enthee verblüffend ähnlich. Aber er wusste bald, dass die Angreifer nicht übermächtig waren. Ihre Anzahl war ein Problem, natürlich. Doch die *Heim* würde ganz sicher in der Lage sein, ihnen einen Kampf zu liefern, der mindestens auf Augenhöhe stattfand.

Vielleicht, überlegte er, *vielleicht sind sie doch bereit zu verhandeln.*

In diesem Moment erreichte ihn ein Impuls. Der Rezip. Er musste zurück.

Der Angriff erfolgte völlig überraschend.

Sie waren weiter in die Wüste hineingeflogen, immer in die Richtung, die ihnen der Enthee gewiesen hatte. Draban steuerte ihren Gleiter, Paz Nadir saß neben ihm. Die Anspannung, die ihn seit der Begegnung mit dem Enthee ergriffen hatte, wuchs unaufhörlich.

»Ortung«, sagte Draban. Falls der Coparr ebenfalls aufgeregt war, ließ er sich davon nichts anmerken. »Vier, nein fünf Objekte voraus. Jetzt sind es acht. Jetzt …« Er verstummte kurz, während er auf die Instrumente blickte. »Tendenz steigend. Sie kommen wie aus dem Nichts.«

Nadir schaute sich die Daten an, die in verwirrender Schnelligkeit über die Monitore flimmerten. »Bodenfahrzeuge, keine Gleiter. Kleine, bewegliche Einheiten.« Sein Zeigefinger schnellte vor und tippte auf eine der Anzeigen. »Schwere Bewaffnung, allerdings konventioneller Natur. Keine Energiestrahler. Primitive Kanonen, Maschinengewehre, vielleicht ... ja, auch Raketenwerfer. Die Reichweite lässt sich schwer einschätzen.«

Il Shandt meldete sich über Funk. »Feindliche Aktivität voraus«, sagte der Guer. »Die Angreifer haben es höchstwahrscheinlich auf uns abgesehen. Sie tauchten plötzlich in der Ortung auf. Das deutet darauf hin, dass sie sich zuvor in unterirdischen Basen versteckt gehalten haben.«

Nadir nickte. »Wer sind die Angreifer?«, fragte er.

»Enthee«, antwortete Il Shandt. »Alles andere lässt sich hier draußen ausschließen. Wir können allerdings im Moment noch nicht feststellen, unter welchem Kommando sie stehen. Es mögen Truppen Entheetes sein. Aber es könnten auch die Rebellen sein, die von der Frau erwähnt wurden.«

»Können sie uns gefährlich werden?«

»Nein. Wir werden sie mühelos vernichten.«

»Kein unnötiges Blutvergießen«, sagte Paz Nadir.

»Diese Antwort habe ich befürchtet«, knurrte Il Shandt. »Ich werde das respektieren. Aber im Gefecht habe ich die Kommandogewalt. Überlassen Sie dann die Entscheidungen mir. Bleiben Sie mit Ihrem Gleiter hinter uns. Halten Sie eine Distanz von mindestens fünfhundert, aber nicht mehr als achthundert Metern. Wir müssen damit rechnen, dass weitere Basen der Enthee hier versteckt sein könnten. Im Notfall muss ich Ihnen zur Hilfe eilen können. Und informieren Sie Dahn. Er soll sich aus der Schusslinie halten.«

Nadir wusste, dass er den Guer auch mit noch so guten Argumenten nicht zu einer anderen Vorgehensweise würde überreden können. Er wünschte sich, dass Aulden hier wäre. Doch der Rezip saß nach wie vor teilnahmslos in einer Ecke des Gleiters.

»Gefangene«, sagte Nadir. »Gefangene könnten sehr wertvoll sein. Unser Bild der Lage auf diesem Planeten ist noch immer sehr unvollständig.«

Der heisere Laut, mit dem der Guer antwortete, mochte Zustimmung bedeuten. Nadir hoffte es.

»Wir lassen uns zurückfallen«, sagte er zu Draban. »Genau fünfhundert Meter Abstand.« Der Coparr tippte sich mit dem Linksdaumen an die Stirn. Er steuerte den Gleiter jetzt knapp über der Oberfläche des Planeten dahin. Nadir funkte Magister Dahn an und gab Il Shandts Anweisungen durch. Die Antwort bestand aus einer einsilbigen Bestätigung, ohne jeglichen weiteren Kommentar. Vermutlich hatte sich der Universal-Wissenschaftler nicht einmal selbst an die Kontrollen bemüht. Jana Lanús und Crefeldt steckten gerade die Köpfe ins Cockpit, um dort die Entwicklung verfolgen zu können. Der Gleiter der Guer überquerte derweilen eine Sanddüne und entschwand ihren Blicken.

»Stopp.« Der Befehl kam von Il Shandt. Draban bremste ihr Fahrzeug sofort ab und hielt an. Nadir verwünschte den Guer, als die Monitore die ersten Explosionen voraus anzeigten. Beinahe gleichzeitig konnten sie auch Rauch über die Düne aufsteigen sehen.

»Vickers«, sagte in diesem Moment Crefeldt. »Er könnte ein oder zwei seiner Module ausschicken. Dann könnten wir die Auseinandersetzung problemlos verfolgen.«

Nadir zögerte. *Was schert dich die Sensationslust von Crefeldt und seinem verfluchten Roboter?* Funktionierte die Übertragung, war alles in Ordnung. Wurde eins der Module Vickers' im Kampf beschädigt, war das nicht sein Problem.

»Gut«, sagte er. »Gib ihm die Anweisung, eines der Module loszuschicken.«

Crefeldt grinste. »Schon passiert. Es sind allerdings zwei, damit wir auch alles mitbekommen.« Einer der Monitore zeigte jetzt Bilder statt Daten.

Nadir wollte den Senso-Tech wütend anfahren, doch der hob abwehrend die Hände und lächelte entwaffnend: »Ich wusste, dass du dich so entscheiden würdest. Also habe ich in weiser Voraussicht alles vorbereitet.«

Die Bilder, die Nadir zu sehen bekam, sorgten dafür, dass er Crefeldts Eigenmächtigkeit zunächst einmal keine weitere Aufmerksamkeit schenkte. »Wir haben uns getäuscht«, sagte er.

»Wir haben ein Problem«, gab Il Shandt über Funk durch.

»Wir sehen es«, antwortete Nadir. Hinter der Düne dachte niemand daran, den Gleiter der Guer anzugreifen. Stattdessen feuerten die Bodenfahrzeuge auf ein ganz anderes Ziel. Trotz des Qualms war der hüfthohe Steinkreis deutlich zu erkennen. Er lag im Zentrum des Feuers.

»Die Rebellen attackieren einen Bau der Enthee.« Jana Lanús winkte ab. »Solche Scharmützel sind an der Tagesordnung. Wir können den Kampf ignorieren.«

»Die irdischen Truppen tun nichts, um diese Auseinandersetzungen zu unterbinden?« Paz Nadir sah sie ungläubig an.

Jana Lanús schüttelte den Kopf. »Das geht uns nichts an. Eine rein interne Angelegenheit. Die Sicherheit der Meurg ist dadurch ebenso wenig bedroht wie unsere eigene.«

Es ist ihr egal, dachte Nadir. *Es kümmert sie nicht, wie viele Lebewesen in diesen sinnlosen Kämpfen sterben.* Vorhin hatte er noch geglaubt, dass es die Chance gab, mit dieser Frau gut auskommen zu können. Jetzt stieß ihn ihre kalte Gleichgültigkeit ab. *Soldaten.*

»Sollen wir eingreifen?«, fragte Il Shandt.

Nadir schaute auf den Bildschirm. Die angreifenden Panzerfahrzeuge glitten auf Ketten durch den nassen Sand und schossen dabei unaufhörlich. Auch die Verteidiger machten inzwischen mobil. Rechts und links des Zugangs zum Bau der Enthee hatten sich große Luken geöffnet. Sie spuckten in schneller Folge ähnliche Fahrzeuge aus, die ebenfalls sofort zu feuern begannen, so dass bald nicht mehr auszumachen war, wer denn nun auf welcher Seite kämpfte. In unmittelbarer Nähe des Steinkreises konnte Nadir einige reglose Gestalten entdecken, die tot im Sand lagen. Sie waren vermutlich vom Angriff überrascht worden und die ersten Opfer der Rebellen gewesen.

»Machen Sie dem Kampf ein Ende«, sagte er. »Warnschüsse. Keine tödlichen Attacken, aber deutlich genug, um klar zu machen, was wir wollen.«

Die Bewaffnung von Il Shandts Gleiter war den beiden Parteien, die sich hier bekriegten, turmhoch überlegen. Er feuerte insgesamt zehn Mal, dann hatten alle sein Signal verstanden. Die Rebellen zogen sich zurück. Die Fahrzeuge der Enthee verschwanden ebenso schnell wieder unter der Erde, wie sie daraus hervorgekommen waren. Zurück blieben Trümmer zerstörter Panzer, Explosionskrater und Tote.

»Ich wäre Ihnen sehr verbunden, wenn Sie mir zwei der Leichen bringen würden«, flüsterte eine leise Stimme über Funk. »Einen Angreifer, einen Verteidiger. Noch ist es nicht zu spät.«

Dann herrschte wieder Stille. »Das war Magister Dahn.« Drabans Erklärung war eigentlich unnötig. Alle wussten, wer da gesprochen hatte. »Wir sollten tun, was er wünscht. Der Argonom hat ihm volle Unterstützung versprochen.«

Nadir nickte grimmig. *Leichenfledderei*, dachte er angeekelt.

»Il Shandt«, sagte er. »Sie haben es gehört. Bringen Sie ihm zwei der Toten.«

sechs

Tawnken war tot. Ebenso der alte Mann, auf dessen Leiche er in dem verlassenen Haus in der Rha Bujo gestoßen war.

Zwei tote Meurg, die er innerhalb kurzer Zeit gefunden hatte. Je länger Cortz darüber nachdachte, desto mehr wurde seine Vermutung zur Gewissheit. Es existierte ein Zusammenhang. Und da er nicht glaubte, dass sich Tawnken und der geheimnisvolle alte Meurg gekannt hatten, lag es auf der Hand, dass er selbst in diesen beiden Mordfällen eine zentrale Rolle einnahm. Nicht als Täter, aber als potenzielles Opfer.

Warum? Er wollte nicht länger darüber nachdenken. Alte Wunden konnten sonst aufbrechen.

»Ich muss verschwinden.« Cortz erschrak beim Klang seiner eigenen Stimme, die die Stille durchbrach. Natürlich. Er musste weg hier. Nur wohin?

Cortz sah sich um. Ebenso wie er selbst besaß auch Tawnken nicht viel. Hier war nichts, das sich lohnte mitzunehmen. *Sieben Jahre.* Er verscheuchte den Gedanken. Aus dieser langen Zeit blieb ihm nichts.

Er schaute noch einmal zu Tawnken. Der war nur deshalb gestorben, weil er mit ihm im selben Zimmer lebte. Unschuldig, sinnlos. Cortz hatte nie große Sympathien für den Meurg entwickelt. Sie waren nicht mehr als eine Zweckgemeinschaft gewesen. Dennoch nahm er sich jetzt die Zeit, Tawnken ein paar Minuten zu widmen, wie es die Meurg bei ihren Begräbnissen taten. Er stand da und verabschiedete sich so von ihm. Dann wandte er sich ab.

Er öffnete die Tür nur einen winzigen Spalt weit und spähte hinaus in den dunklen Gang. Dort war nichts zu sehen oder zu hören. Er stieß die Tür vollends auf, wartete noch einen Augenblick und trat in den Gang hinaus. *Ein Schütze aus dem Hinterhalt hätte leichtes Spiel*, dachte er. Aber es gab keine Möglichkeit, sich davor zu schützen. Also ging er vorsichtig weiter.

Sie werden denken, dass ich ihn getötet habe. Wer auch immer die Leiche Tawnkens fand, würde sich fragen, warum Cortz spurlos verschwunden war. Das machte ihn zum Verdächtigen Nummer eins. Damit war er ab sofort in doppelter Hinsicht ein Gejagter.

Draußen regnete es immer noch. Dicke Tropfen fielen unaufhörlich vom Himmel, Regenschleier wehten von den Dächern über die Straße und behinderten die Sicht.

Das leise Geräusch warnte Cortz. Hatte jemand auf ihn gewartet?

Natürlich mochte er sich täuschen. *Aber was, wenn nicht?*

Ohne sich umzuschauen, rannte er los. Der Boden war glitschig, aber seine Füße fanden immer wieder sicheren Halt.

Hinter sich meinte er, einen unterdrückten Fluch zu hören. War das die Stimme eines Meurg gewesen oder – Cortz stockte der Atem – die eines Menschen? Er wusste nicht, wie er auf diesen Gedanken kam und hatte auch keine Zeit, sich länger damit zu beschäftigen. Schwere Stiefel klatschten in den zähen Schlamm. Irgendjemand war ihm auf den Fersen, es gab keinen Zweifel. Cortz drehte sich nicht nach seinem Verfolger um. Er rannte.

Am Ende der Straße fürchtete er kurz, dass er im Dunkel der Nacht hinter der nächsten Ecke erwartet wurde. Trotzdem rannte er weiter. Die kalte Luft in seinen Lungen brannte. Die gewaltige Anstrengung setzte seinem geschwächten Körper stark zu. Wie lange würde er angesichts dieser ungewohnten Belastung durchhalten können?

Lange genug.

Cortz hastete weiter. Er ignorierte die Häuser, die rechts und links die Straße säumten, und konzentrierte sich ganz auf seinen Weg, der tückisch genug war. Mehr als nur einmal gelang es ihm erst im allerletzten Moment, einem der Löcher auszuweichen, in denen sich der Regen zu tiefen Pfützen gesammelt hatte. Ein einziger harmloser Ausrutscher würde das Ende seiner Flucht bedeuten.

Meurg oder Mensch? Die beiden Gewalttaten passten nicht zu den Meurg. Andererseits konnte Cortz sich nicht erklären, warum er die Aufmerksamkeit der menschlichen Patrouillen auf sich gelenkt haben sollte. Natürlich fielen ihm einige Gründe ein, weshalb die Menschen versuchen würden, seiner habhaft zu werden. Aber sie konnten doch unmöglich wissen, dass er noch lebte. *Oder täusche ich mich?* Doch warum hätte man ihn dann all die Jahre in Ruhe gelassen?

Immerhin: Sein Verfolger schien entweder nicht bewaffnet zu sein oder nicht vorzuhaben, ihn hinterrücks zu erschießen. Cortz hätte gerne gelacht, aber dazu fehlte ihm die Luft. Man wollte ihn offensichtlich lebend fangen. Er rannte weiter die dunkle Straße entlang. Richtete seine Augen auf den Weg unter seinen Füßen. Verscheuchte die sinnlosen Gedanken. Rang zwischendurch verzweifelt nach Atem, ohne aber anzuhalten. Rannte.

Cortz kam jetzt in einen Bereich der riesigen Stadt, der noch ärmlicher aussah als die Gegend, in der er in den letzten Jahren gelebt hatte. Einige Häuser waren nur noch Ruinen, wahrscheinlich längst von ihren ehemaligen Bewohnern verlassen. Überall türmten sich hohe Schuttberge, dazwischen verrottete stinkender Müll. Cortz dachte kurz daran, sich in einem der verfallenen Häuser zu verstecken und sich durch einen Hinterausgang aus dem Staub zu machen. Doch er erkannte schnell, dass diese Idee sinnlos war. Er hörte die Schritte hinter sich immer noch. Sein Verfolger war ihm zu dicht auf den Fersen.

Urplötzlich stand er am Rande eines Feldes. Eine kleine Ackerfläche, die ihm an diesem Ort, inmitten des alptraumhaften Molochs Meurglys, seltsam unwirklich erschien. Ein Korian-Feld. Cortz' Magen knurrte. Er nahm keine Rücksicht auf die dicht stehenden Halme, an denen die kleinen, schwarzen Körner in großer Zahl wuchsen, sondern bahnte sich einfach seinen Weg hindurch. Natürlich hinterließ er eine deutliche Spur aus niedergetrampelten Halmen. Aber ihm blieb keine andere Wahl.

Ein Wald, dachte Cortz. Er wünschte sich nichts sehnlicher, als einen Wald, in dem die Bäume hoch und dicht standen, dicke Sträucher, die eng beieinander wuchsen und die Sicht versperrten, einen Wald, in dem es einen Unterschlupf für ihn gab, eine Möglichkeit, sich zu verstecken, sich in Sicherheit zu bringen. Doch es gab keinen Wald in Meurglys. Es gab nur die Gebäude, die Straßen und hin und wieder ein einzelnes, einsames Feld. Er rannte weiter durch den Regen, der unaufhörlich auf ihn niederprasselte.

Die Verlockung, nach hinten zu blicken, war groß. Folgte ihm der andere noch? Hören konnte er ihn nicht mehr, seit sie das Feld erreicht hatten. Cortz durfte sich nicht ablenken lassen. Er musste all seine Kräfte für die Flucht einsetzen.

Er strauchelte, aber er stürzte nicht. Es war eine Wurzel am Boden, die ihn wertvolle Sekunden kostete. Bei dem Versuch, sein Gleichgewicht wiederzugewinnen, blickte er schnell über die Schulter. Er sah erst nichts, dann ein Aufblitzen zweier Augen und schließlich einen Umriss, der sich nur undeutlich vom dunklen Nachthimmel abhob. Mehr nicht. Das konnte sowohl ein Meurg als auch ein Mensch sein. Er atmete noch einmal tief durch und hetzte weiter. Noch trugen ihn die Füße, noch verweigerte ihm sein Körper nicht den Dienst. Das war eigentlich erstaunlich, aber die blanke Angst weckte längst verschüttete Reserven in ihm.

Dann war da wieder eine Straße, inmitten von Häusern, die ihm noch trister vorkamen als diejenigen, die er zuletzt gesehen hatte. In diesem Bereich von Meurglys war er nie zuvor gewesen. Wer lebte hier? Lebte hier überhaupt noch jemand?

Er merkte, dass er langsamer wurde. Seine Muskeln schmerzten. Er hatte seinen Körper weit über Gebühr strapaziert, er hatte sich fast völlig verausgabt. Es war nur noch eine Frage der Zeit, bis er zusammenbrechen würde. Falls ihn der andere nicht vorher einholte. Cortz hörte die Schritte jetzt wieder.

Eisern biss er die Zähne zusammen. Noch war er nicht am Ende. Noch kam er vorwärts. Noch war der Verfolger nicht heran.

Sein verzweifelter Blick fiel auf eine der Ruinen am Straßenrand. *Ich muss es riskieren*, durchzuckte es ihn. *Sonst habe ich keine Chance.*

Er sprang mit einem mächtigen Satz über einen der niedrigeren Haufen aus Trümmern, die vor der verfallenen Fassade eines Hauses herumlagen, landete sicher und rannte sofort weiter. *Hier kannst du dich nicht verstecken*, hämmerten seine Gedanken. *Nichts wie raus.*

Cortz hatte hoch gepokert – und mit seiner Vermutung richtig gelegen. Mühelos schlüpfte er durch ein mannshohes Loch auf der Rückseite der Ruine wieder ins Freie, stand auf der nächsten Straße und orientierte sich kurz. Ein Poltern in seinem Rücken verriet ihm, dass er seinen Verfolger noch immer abgeschüttelt hatte. *Sei's drum*, dachte Cortz. *Weiter.* Das nächste Haus. Wieder eine Straße. Erneut ein Gebäude.

Vielleicht sollte ich einfach stehen bleiben, dachte Cortz.

Ein Berg aus Schutt, den er übersprang. Ein Haus, durch das er eilte. Eine Straße, die er überquerte. Immer wieder. Und die Schritte hinter ihm kamen näher.

Ich falle, dachte er. *Ein Loch.*

Das war womöglich seine Rettung. Eine glückliche Fügung. Kein Meurg würde ihm in die Tiefe folgen.

Cortz schlug hart auf und verlor das Bewusstsein.

Cortz. Dein Name ist Cortz. Du lebst.

Er sagte es wieder und wieder leise vor sich hin, während er da lag in der Dunkelheit. Seine Knochen schmerzten höllisch, auch wenn er glaubte, dass nichts gebrochen war. Was er jetzt brauchte, war Ruhe. Ruhe und Erholung. Essen. Wasser.

Am liebsten wäre er hier liegen geblieben, am Grund dieses tiefen Loches, das ihn vor seinem Verfolger gerettet hatte. Aber er fürchtete sich davor, erneut einzuschlafen, nur um dann irgendwann noch geschwächter zu erwachen. Er musste etwas trinken. Am besten sofort. Und er benötigte fast ebenso dringend Nahrung. Irgendetwas. Wie lange war es her, dass er etwas gegessen hatte?

Wo bin ich?

Er versuchte, sich zu orientieren, doch um ihn herum war nur Dunkelheit. Reichte das Loch so tief in den Boden oder war es draußen immer noch Nacht? Vielleicht sogar schon wieder Nacht? Cortz wusste es nicht. Er musste sich auf das Naheliegende konzentrieren. Das hieß, einen Weg aus diesem Loch heraus zu finden, auf die Oberfläche zurückzukehren und zu hoffen, dass sein Verfolger inzwischen verschwunden war.

Er tappte durch die Finsternis, die Arme nach vorne gestreckt. Nach einigen vorsichtigen Schritten fanden seine Finger Widerstand. Hart. Kalt. Kein natürlicher Fels, sondern eine glatte Mauer. Unmöglich, an dieser hinaufzuklettern. Er musste nach einem anderen Weg suchen. Cortz tastete sich jetzt an der Mauer entlang. Doch da war nichts, das ihm Hoffnung gemacht hätte. Selbst als er mit den Fingernägeln langsam über die glatte Fläche fuhr, konnte er nicht einmal die winzigste Fuge ausmachen.

Als er das Gefühl hatte, mindestens schon drei Mal im Kreis herum gelaufen zu sein, blieb er stehen. Er war gefangen. Jetzt spürte er wieder den Durst in seiner ausgetrockneten Kehle. Und den Hunger, der in seinem leeren Magen tobte.

Wer hat dieses verdammte Loch gegraben? Cortz ließ sich erschöpft auf den Boden sinken. Ein Meurg sicher nicht.

Ein Meurg lebte auf der Oberfläche, nicht darunter. Basta.

Wer dann? Menschen? Warum hätten sie das tun sollen? Die Mission der Menschen beschränkte sich darauf, dafür zu sorgen, dass Meurglys nicht angegriffen wurde.

Die Enthee. Natürlich. Cortz schüttelte über sich selbst den Kopf. Er hatte die Antwort auf seine Frage einfach verdrängt. Weil er es nicht wahrhaben wollte. Die Enthee hatten dieses Loch gegraben. Sie waren hier. Mitten in Meurglys. Der uralte Feind der Meurg.

Das änderte alles. Die Zeit seiner Isolation war vorbei. Wenn die Enthee hier aktiv wurden, war sein Leben in Gefahr. Der alte Meurg und Tawnken fielen ihm ein. Die Anwesenheit von Enthee in Meurglys warf ein völlig neues Licht auf die Morde.

Cortz schauderte. Der Alte hatte sich mit ihm treffen wollen. Tawnken hatte mit ihm in einer Wohnung gelebt. Beide waren tot. Es gab jetzt für ihn nicht mehr den geringsten Zweifel, dass die beiden nur wegen ihm gestorben waren. Er fühlte Panik.

Cortz. Dein Name ist Cortz. Du lebst.

Und bald konnte er wieder klar denken. Wenn dies ein Bau der Enthee war, dann gab es auch einen Weg hier raus. Cortz kroch am

Boden entlang und tastete mit seinen Fingern über die Mauer. Er fand die Öffnung. Ein kreisrunder Tunnel, der aus dem Loch führte. Führen musste. Ohne zu zögern, kroch er hinein. Hier konnte er sich nur auf Händen und Füßen vorwärts bewegen.

»Weiter.« Er hatte das Wort ausgesprochen. Es hallte durch den langen Gang wie grollender Donner. Erschrocken hielt er inne, wartete. Doch nichts geschah. War er hier allein? Waren die Enthee längst wieder verschwunden? Das wollte er, nach allem, was passiert war, nicht glauben.

Er verharrte noch einige Zeit lang, dann setzte er sich wieder in Bewegung. Zögernd zunächst. Mit der Zeit wurde er mutiger und schneller. Bis sich der Gang schließlich vor und über ihm zu einer Höhle weitete. Auch hier gab es kein Licht, aber Cortz war schon einmal – *damals* – in einem Bau der Enthee gewesen. Er wusste, was ihn hier erwartete.

Immer noch keine Geräusche. Fast war er enttäuscht. »Wo seid ihr, verdammt?«, murmelte er, aber er erhielt keine Antwort. Hatten sie diesen Stützpunkt bereits wieder aufgegeben? Stammte er vielleicht sogar aus der längst vergangenen Zeit des großen Krieges zwischen den beiden Völkern? *Nein*, dachte Cortz. Das konnte nicht sein. Dann hätte es hier unten anders ausgesehen.

Er tastete sich durch die Dunkelheit. Alles war so, wie er es erwartet hatte. Und dort, tatsächlich, die Wasserleitung. Cortz lachte befreit auf. Er wusste, dass die Menschen die Enthee für ein primitives, zutiefst rückständiges und in merkwürdigen Traditionen erstarrtes Volk hielten. Aber das waren sie nicht. Ganz und gar nicht. Sie beschränkten sich nur auf das absolut Notwendige. Er betätigte den Druckknopf und das Wasser sprudelte aus dem metallenen Rohr. Es war kalt und erfrischend. Cortz trank gierig. Er fühlte, wie die Schwäche ein wenig aus seinem Körper wich.

Dann machte er sich auf die Suche nach etwas Essbarem. Er stieß auf ein Fach, das sich, wie bei den Enthee üblich, im Boden befand und von einer zwei Handbreit großen Luke bedeckt war, die sich ebenfalls per Knopfdruck öffnen ließ. Doch das Fach war leer. In den vier weiteren, die er noch entdeckte, fand er ebenfalls nichts.

»Ich will nicht meckern«, lachte er. »Für den Anfang war das doch schon gar nicht schlecht.«

Das Lachen verging ihm, als er den restlichen Bau der Enthee durchkämmte, wobei er drei weitere Wohnhöhlen entdeckte. Auch hier gab es Wasserleitungen, die allesamt funktionierten, und Essensfächer, die allerdings ausnahmslos leer waren. Geleert von den Enthee, bevor sie von hier aufgebrochen waren? Vermutlich. Denn ein Meurg würde nicht freiwillig nach hier unten kommen – und bei einem unfreiwilligen Aufenthalt höchstwahrscheinlich vor Angst sterben. Und Menschen hätten den Bau in einem anderen Zustand zurückgelassen. Das wusste Cortz.

Nach Gegenständen, die zum persönlichen Komfort der Bewohner beitrugen, suchte er nur halbherzig. Seiner Erfahrung nach war Luxus bei den Enthee verpönt. Eine der wenigen Parallelen, die es zum Volk der Meurg gab. Die Enthee brauchten nicht mehr zum Leben als Wasser – dieses jedoch reichlich – und etwas Nahrung. Auf dem relativ harten Boden zu schlafen, waren sie gewohnt, auch wenn manche der höhergestellten Enthee ihre Wohnhöhlen in den Wüstenquartieren mit feinem Sand behaglicher gestalteten.

Cortz kroch in einen der Tunnel, der ziemlich steil aufwärts führte. Sein Weg endete schon bald vor einer Wand. Sie war so fugenlos wie die Mauer in dem Loch, in das er gefallen war. Er stand vorsichtig auf. Hier war er – sein Ausgang ins Freie, die Luke, die er gesucht hatte. Gleich würde er endlich wieder das Tageslicht sehen. Er konnte es kaum noch erwarten. Sein Magen knurrte.

Er atmete noch einmal tief durch, dann legte er beide Hände an das Rad, das die Luke verschloss, löste es mit einem Ruck und drehte es gegen den Uhrzeigersinn. Die Tür schwang nach unten auf. Cortz grinste freudlos. Offensichtlich war so auch »sein« Loch geöffnet worden. Nur hatte jemand vergessen, die Öffnung wieder zu schließen. Das verzerrte Lächeln wich aus seinem Gesicht. Vielleicht waren die Enthee aus gutem Grund in Eile gewesen. *Keine vorschnellen Schlüsse*, dachte er.

Er tauschte das Dunkel des Enthee-Baus gegen das Dunkel der Nacht. Der einzige Mond war wie immer hinter dichten Wolken verschwunden. Und es regnete natürlich in Strömen. Er war sofort wieder bis auf die Haut durchnässt, noch ehe er sich völlig aus der Luke hatte stemmen können.

»Verdammt«, fluchte Cortz.

»Achtung«, hörte er eine Stimme.

Etwas krachte derb gegen seinen Schädel. Zum zweiten Mal innerhalb kurzer Zeit verlor Cortz das Bewusstsein.

Cortz. Dein Name ist Cortz. Du lebst.

Es war erstaunlich, aber wahr: Er lebte noch immer. Seine Hände waren gefesselt. Cortz hielt die Augen geschlossen und murmelte sein Mantra vor sich hin. Er war seinen Häschern in die Falle gegangen. Wahrscheinlich war hier sein Weg zu Ende. Endgültig. Vielleicht würde er wenigstens noch erfahren, warum.

»Er ist wach«, sagte eine heisere Stimme. »Du kannst die Augen öffnen, Mensch.«

Cortz gehorchte. Es war etwas heller geworden, der Morgen brach inzwischen an. Wie lange war er bewusstlos gewesen?

Er machte die Umrisse von drei Gestalten aus, die in einem Halbkreis um ihn herumstanden. *Meurg*, dachte Cortz. *Es sind Meurg.* Die Distanz, die sie zueinander hielten, war typisch.

»Wer bist du?«, fragte die heisere Stimme.

Cortz war sich sicher gewesen, dass seine Verfolger wussten, wen sie jagten. Was sollte also die Frage? Was für ein Spiel trieb man mit ihm?

Die Sprecherin saß in der Mitte. Haarloser Schädel, bleiches Gesicht, übersät von zahllosen Runzeln, die ellipsenförmigen Augen – zweifellos eine Meurg. Ihr Alter wagte er nicht zu schätzen, das fiel ihm auch nach der langen Zeit, die er jetzt mitten unter diesem Volk gelebt hatte, immer noch schwer. Sie war in Lumpen gekleidet. Ihr rechter Arm hing herab. *Nicht arbeitsfähig*, dachte er. Auch die beiden anderen waren Meurg, zwei Männer, genauso verwahrlost wie die Frau. Das Auge des einen war von einer dunklen Klappe verdeckt. *Auch nicht arbeitsfähig.*

Cortz wusste jetzt, wo er gelandet war. Bei den Ärmsten der Armen. Den Verlierern der meurgschen Gesellschaft. Denen auch Barmherzigkeiten wie die Armenspeisung nicht mehr auf die Beine verhalfen.

»Dein Arm …«, sagte er zu der Frau. *Verdammt.* Das war die denkbar ungünstigste Eröffnung für das Gespräch gewesen.

»Zerbrich dir nicht meinen Kopf«, fauchte sie ihn an. »Falls du es nicht bemerkt hast, Schlaukopf: Du bist unser Gefangener. Nicht umgekehrt. Also beantworte gefälligst nur meine Fragen oder Schrajm verpasst dir noch eine.«

Der Meurg mit der Augenklappe reckte sein vorstehendes Kinn noch weiter nach vorne. Mit beiden Händen hielt er einen Knüppel fest umklammert. Das war also Schrajm.

Cortz fand ihre Gewaltbereitschaft erstaunlich. Verhielt sich der Bodensatz dieser Gesellschaft so völlig anders als der Rest der Meurg?

Andererseits, so sagte er sich, hatten diese drei nun wirklich überhaupt nichts mehr zu verlieren. Da konnte man es ihnen schwerlich verübeln, wenn sie sich nicht um Konventionen scherten. Er schon gar nicht.

»Frag«, sagte er ruhig.

»Wer bist du?«, wiederholte die Frau.

»Ich …« Er stockte, überlegte. »Ich bin … ein Mensch.« Die Worte kamen ihm erstaunlich glatt über die Lippen. Er unterdrückte ein bitteres Auflachen.

»Hältst du mich für blind?« Der Duft nach Gruft und Segwentis, der sich ihres Ärgers wegen noch verstärkte, stieg Cortz in die Nase.

Er schüttelte den Kopf. Eine menschliche Geste, die den meisten Meurg wohlbekannt war. *Gut.*

»Nein, natürlich nicht. Ich wusste nur nicht … Ich meine …« Er geriet ins Stammeln. »Entschuldigt«, sagte er dann. »Ich habe lange nicht mehr mit jemandem geredet. Ich wusste nicht, wie ich anfangen sollte. Mein Name ist Cortz.«

Die Meurg war nicht dumm. »Menschen haben grundsätzlich mehr als nur einen Namen. Was verschweigst du uns, Cortz?«

Er starrte sie an. War er jetzt nicht einmal mehr in der Lage, eine Frau zu belügen, die auf der absolut untersten Stufe der Meurg-Gesellschaft stand? Das war kein gutes Zeichen. Was sollte erst aus ihm werden, wenn er seinen wirklichen Häschern gegenüberstand? Denn, das war Cortz inzwischen klar geworden, seine Gefangennahme durch diese drei bedauernswerten Meurg war nichts weiter als ein unglückseliger Zufall. Er musste sehen, dass er sich möglichst unbeschadet aus dieser Affäre zog.

»Es ist mein Name, seit ich unter den Meurg lebe«, sagte er.

»Du lebst unter den Meurg?« Die Aggressivität in ihrer Frage verblüffte Cortz erneut. »Bist du vielleicht ein Spion?«

Er schüttelte wieder den Kopf. »Nein, nein. Ich lebe wirklich unter den Meurg, seit sieben Jahren schon.« Cortz zögerte. Die Frau war nicht dumm. *Kein Fehler jetzt.*

»Ich musste damals untertauchen.« Sie starrte ihn verständnislos an. Er hatte das Wort gedankenlos aus zwei einzeln existierenden Bestandteilen zu einer nicht gebräuchlichen Form zusammengesetzt. »Verschwinden, meine ich. Ich musste damals verschwinden.« Meurg tauchten nicht unter. *Unter Wasser* war für sie gleichbedeutend mit *unter der Erde.*

»Ich musste verschwinden«, wiederholte Cortz. »Es war mir unmöglich, eines der Schiffe zu nehmen, um diesen Planeten zu verlassen. Die Enthee hätten mich getötet, die Menschen auch.« Das stimmte sogar. Bis hierhin hatte er nicht gelogen.

»Und was willst du ausgerechnet hier?«

Cortz atmete erleichtert auf. Sie hakte nicht nach. Ihm blieb also einiges erspart.

»Ich fürchte, man hat mich aufgespürt. Jemand verfolgte mich«, sagte er. »Ich stürzte in ein Loch und …«

»Lügner«, fauchte die Frau ihn an. Erst jetzt wurde ihm bewusst, was er da behauptet hatte. Eine Ungeheuerlichkeit in den Augen der Meurg. Aber er musste bei der Wahrheit bleiben. Es war zu wichtig.

»Nein«, sagte er deshalb. »Ich lüge nicht. Ihr habt doch gesehen, wo ich hergekommen bin. Ich kam aus dem Boden. *Von unten*, versteht ihr.« Die letzten Worte hatte er fast geschrien. Sie starrten ihn alle drei ungläubig an. Schrajm hatte seinen Knüppel halb erhoben. »Ich habe nichts gesehen«, knurrte er. »Du bist ein Spion.«

»Stopp, Schrajm. Er soll weiterreden.« Cortz konnte ihr ansehen, wie viel Überwindung es sie kostete, das zu sagen.

Er nickte. »Dort *unten*«, er lächelte schwach, »waren vor nicht allzu langer Zeit Enthee. Etwa zehn von ihnen, wahrscheinlich mehr. Ich habe keine Ahnung, was sie vorhaben. Aber ich fürchte, dass es für uns alle zu einer Bedrohung werden könnte.«

Cortz schwieg.

»Enthee?« Die Stimme der Frau klang alarmiert. »Hier? Bist du dir sicher?«

»Ich habe ihre Wohnhöhlen gesehen. Hier – und früher in der Wüste.« Cortz biss sich auf die Lippen. Das hatte er eigentlich für sich behalten wollen.

»Er ist ein Spion«, brummte Schrajm und hob wieder seinen Knüppel.

»Schrajm, halt dich zurück.«

Der dritte Meurg hatte noch keinen Ton gesprochen. Er folgte dem Verhör mit großen Augen.

»Es gibt keinen Zweifel«, sagte Cortz.

»Das wird dir niemand glauben«, antwortete die Meurg.

Er zuckte mit den Schultern. »Du glaubst mir, denke ich. Das ist schon einmal ein Anfang. Nicht wahr?«

sieben

»Hat sich Dahn schon gemeldet?«

Eben noch hatte der Rezip reglos in einer Ecke gesessen, jetzt erwachte er zu neuerlicher Aktivität. *Aulden ist wieder in ihm*, dachte Paz Nadir. Auch für ihn, der den Argonomen nun schon seit vielen Jahren gut kannte, war es immer wieder ein faszinierender Moment, miterleben zu dürfen, wie Aulden seinen Aktionskörper übernahm. Die Veränderung, die dann mit dem Rezip vorging, war für Nadir am ehesten mit einer Art Evolution zu vergleichen. Allerdings keiner natürlichen, die sich in gemächlichen Schritten über einen langen Zeitraum abspielte. Sondern einer sprunghaften, die sich in Sekundenbruchteilen vor dem Auge des Betrachters vollzog.

»Nein.« Nadir schüttelte den Kopf. »Er antwortet nicht, obwohl wir ihn nun schon mehrfach dazu aufgefordert haben, uns wenigstens einen Zwischenstand seiner Untersuchungen mitzuteilen.« Da war es wieder: das Misstrauen, das er dem Wissenschaftler aus dem Volk der Lotsen entgegenbrachte. Berechtigt oder nicht – Magister Dahns seltsames Verhalten, die Art und Weise, wie er alle, die mit ihm zu tun hatten, durch bloße Missachtung pausenlos vor den Kopf stieß, ärgerte Nadir maßlos.

»Ich muss mit ihm sprechen«, sagte Aulden aus dem Rezip. Er eilte nach vorne ins Cockpit, wo Draban nach wie vor die Stellung hielt. Crefeldt und Vickers hatten sich in eine der abgeteilten Kabinen im Heck des Gleiters zurückgezogen, um die Aufzeichnungen zu sichten, die der Roboter gemacht hatte. Auch davon hatte Magister Dahn Kopien angefordert, kurz nachdem ihm die Guer die beiden gewünschten Toten geliefert hatten. Der Senso-Tech stellte sich aber quer: Er wollte alle Bilder zunächst selbst gesehen haben. Erst anschließend gab er Vickers die Genehmigung, diese an den Computer von Alpha-Alpha zu übertragen. Nadir hatte nichts dagegen: Er glaubte ohnehin nicht, dass Dahn aus den Aufzeichnungen zusätzliche Erkenntnisse gewinnen konnte. Deshalb fühlte er sich bei dem Gedanken, dem Wissenschaftler Knüppel zwischen die Beine zu werfen, auch ziemlich gut. Die eigentliche Arbeit Magister Dahns wurde dadurch ja nicht wirklich behindert.

»Wie ist das möglich?«

Nadir hatte Jana Lanús seit dem Ende der Kämpfe bewusst ignoriert. Ihre Haltung zu dem sinnlosen Morden gefiel ihm ganz und gar nicht. Das ließ er sie seitdem deutlich spüren. Ihre direkte Frage konnte er aber schlecht ignorieren, zumal sie nur einen halben Meter von ihm entfernt saß, direkt gegenüber von Crabb. Der hatte bisher noch kein einziges Mal die Augen geöffnet, seit sie ihn an Bord des Gleiters gebracht hatten. Auf seiner Stirn standen dicke Schweißperlen. Nadir war hundertprozentig davon überzeugt, dass das vor zwei Stunden noch nicht der Fall gewesen war. *Vickers hat das bestimmt aufgezeichnet.* Er musste mit Crefeldt reden. Crabb konnte noch wichtig werden. Doch zuvor musste er sich um Jana Lanús kümmern.

»Wovon sprechen Sie?«, fragte er.

»Der … der Argonom. Wenn ich das richtig verstanden habe, ist er eigentlich oben in seinem Schiff. Dieser Körper, dieser Rezip, wie Sie ihn nennen, ist nur eine Hülle, die das Bewusstsein des Argonomen aufnehmen kann, wenn er persönlich hier unten auf Enthee anwesend sein möchte. Ist das so weit korrekt?«

Paz Nadir nickte. »Das ist grob vereinfacht, aber ja, Sie haben das ganz gut zusammengefasst.«

»Er war weg«, fuhr sie fort, »und ist eben erst zurückgekehrt. Wie kann er dann so gut über Dinge Bescheid wissen, die hier in der Zwischenzeit passiert sind?« Ihr Gesicht hatte endlich die kühle Ausdruckslosigkeit verloren. Das Rätsel um den Argonomen ließ ihre Wangen vor Aufregung erröten. Und ihre Augen blitzten. Das gefiel Nadir. Er war schon so gut wie versöhnt.

»Ich verrate Ihnen kein Geheimnis, wenn ich Ihnen das erkläre«, sagte Nadir. »Zunächst einmal: Der Rezip ist nicht irgendein beliebiger Körper. Er wurde aus Zellen des Argonomen gezüchtet.«

»Sein Klon? Der Rezip ist Auldens Klon?«

»Wenn Sie so wollen, ja. Allerdings gibt es einige bewusste Modifikationen. Da wäre zunächst einmal das Bewusstsein. Der Rezip verfügt tatsächlich über eine Art eigene Identität, über einen in beschränkten Bahnen aktiven Geist. Unterständen die Argonomen der irdischen Gerichtsbarkeit, hätten sie sicher schon Ärger mit allen möglichen Gruppierungen von Moral-Aposteln bekommen, die sich der Würde dieser vermeintlichen Individuen angenommen hätten.« Er lachte.

»Die irdische Gerichtsbarkeit und die Argonomen …«, sagte Jana Lanús. »Dürfte ich dazu später noch eine Frage stellen?«

»Natürlich.«

»Fahren Sie erst einmal fort«, bat ihn die Frau.

»Das Bewusstsein des Rezips wurde ebenso gezüchtet wie sein Körper. An ihm ist nichts Natürliches. Es hat lediglich die Funktion, den Rezip am Leben zu erhalten und in Auldens Abwesenheit den Körper in jeder Hinsicht zu steuern. Steckt der Geist des Argonomen nicht in dem Rezip und Sie richten beispielsweise eine Waffe auf ihn, bedrohen ihn also, dann wird er sich zur Wehr setzen – entweder in Deckung gehen oder Sie angreifen. Es steckt genug Intelligenz in ihm, um die Lage richtig zu beurteilen. Aber er empfindet nichts. Er ist nicht mehr als ein Roboter, eine künstliche Intelligenz, die nur zu einem einzigen Zweck erschaffen wurde. Sobald Aulden den Körper übernimmt, ordnet sich das Bewusstsein des Rezips seinem unter.«

Jana Lanús wirkte nicht besonders überzeugt. Sie kratzte sich mit einem Finger an der linken Augenbraue, bemerkte es und hörte augenblicklich damit auf. »Aber warum? Ich meine … Der Argonom ist ein mächtiger Mann. Hat er es wirklich nötig, sich in seinem Schiff zu verkriechen? Wer sollte ihm ans Leben wollen … und können?«

»Er ist vorsichtiger geworden«, antwortete Nadir nur.

Jana Lanús war nicht durch Zufall Stellvertreterin des Konsuls. Sie verstand sofort. »Deshalb sind Sie sein Freund, nicht wahr? Sie haben ihm aus einer brenzligen Lage geholfen.«

Nadir lachte, fast ein wenig verlegen. »Wahrscheinlich hätte er es damals auch ohne mich geschafft«, sagte er. »Ich bin nur ein einfacher Mensch, kein Argonom. Aber immerhin ist durch mein Eingreifen kein noch größerer Schaden entstanden.« Er grinste jungenhaft.

»Möchten Sie darüber reden?«

Er schüttelte den Kopf. »Eigentlich nicht. Es ist eine ziemlich lange und in meinen Augen eher undramatische Geschichte.« Merkte Jana Lanús, dass er log? Was damals vorgefallen war, wollte er nun wirklich nicht preisgeben. Vielleicht war er sogar jetzt schon zu redselig gewesen. Diese Frau hätte es doch beinahe tatsächlich geschafft, ihn um den Finger zu wickeln. Dabei hatte er sich vor fünf Minuten noch fest vorgenommen gehabt, ihr so einsilbig wie möglich zu antworten. Der Konsul musste sich etwas dabei gedacht haben, als er ihnen ausgerechnet Jana Lanús als Begleiterin mitgab. Nadir beschloss, mit Aulden darüber zu reden. »Hatten Sie nicht noch eine andere Frage erwähnt?«

»Ja, natürlich. Die Gerichtsbarkeit. Die Argonomen sind ja streng genommen …«

Genau in diesem Augenblick kehrte der Rezip – Aulden – zurück und die Frau verstummte.

»Er ist jetzt bereit, uns zu empfangen«, sagte Aulden. »Wir sollten uns beeilen, ehe er es sich anders überlegt.«

»Gut.« Nadir erwartete eigentlich, dass Jana Lanús darum bitten würde, ihnen in die Station Magister Dahns folgen zu dürfen. Aber sie schwieg. Lag das an Aulden? Sie schien eine merkwürdige Scheu vor ihm an den Tag zu legen.

»Ich komme mit.«

Crefeldt tauchte aus dem hinteren Bereich des Gleiters auf, seinen Roboter im Schlepptau. »Es gibt da ein paar Bilder, über die ich mit Dahn reden muss.«

Nadir hielt das für Unsinn, aber Aulden widersprach nicht.

Paz Nadir und Magellan Crefeldt lernten sich auf Cuimbra kennen, einer Welt, auf der es sich ausgezeichnet Urlaub machen ließ. Nadir war hierher gekommen, um sich von seinem jüngsten Abenteuer zu erholen, bevor er sich in das nächste stürzte. Damit hatte es aber keine Eile. Meist fanden ihn die Turbulenzen von ganz allein, ohne dass er sie suchen musste.

»Ich bin der Mann für alle Sinne«, prahlte Crefeldt, der neben ihm an der Bar saß, und leerte sein Glas.

»Zwei Mal dasselbe.« Nadir konnte nicht mehr ablehnen. Also schnappte er sich das Glas und Crefeldt erzählte ihm unter dem malerischen Sternenhimmel von Cuimbra seine halbe Lebensgeschichte. Dabei sorgte der kleine Mann unentwegt für Nachschub an Getränken. Nadir kam kaum zu Wort.

Er erfuhr, dass Crefeldt im Senso-Business tätig war. »Ich bin eine Ein-Mann-Fabrik«, behauptete er stolz. »Vor allem natürlich dank Vickers.« Der Roboter erweckte Nadirs Interesse. Er hatte von diesen Konstruktionen in Modulbauweise gehört, aber noch nie eine mit eigenen Augen gesehen.

»Teuer«, jammerte Crefeldt. »Die Dinger sind verdammt teuer. Ein Prototyp, den ich für relativ kleines Geld erstanden habe.« Trotzdem ließ der Senso-Tech keinen Zweifel daran, dass es sich dabei immer noch um eine beträchtliche Summe gehandelt haben musste. »Langsam spielt er es aber wieder ein.« Crefeldt orderte die nächste Runde. Er war ein schmächtiger Bursche, kaum mehr als einen Meter sechzig groß. Es schien ihm nichts auszumachen, dass er pausenlos zu Nadir hochsehen musste.

»Du glaubst mir nicht«, sagte Crefeldt plötzlich. Der Alkohol hinterließ bereits seine Spuren.

»Doch, selbstverständlich.« Paz Nadir war kein guter Lügner.

»Ich werde es dir beweisen. Dann musst du mir glauben«, erwiderte der Senso-Tech mit der Logik eines Betrunkenen. Er packte Nadir mit einem erstaunlich festen Griff an der Hand und zog ihn hinter sich her. Nadir ließ es geschehen. Er war nicht auf Streit aus, auch wenn er sich nichts aus der Senso-Technik machte. Er bevorzugte es, in der Realität zu leben.

Es waren nur rund zweihundert Meter bis zum Pavillon Crefeldts. Der kleine Mann öffnete die Tür, stolperte, ignorierte es beinahe würdevoll und deutete stolz auf seinen Besitz: »Das ist er. Vickers, das Wunderwerk.«

Der Roboter sah unscheinbar aus. Er war kaum größer als sein Besitzer. Die matt-silberne Legierung seiner Hülle ließ ihn älter erscheinen, als er vermutlich war. Paz Nadir schaute genau hin, aber er fand keine Anzeichen für die Modulbauweise.

»Vickers«, lallte Crefeldt jetzt. »Unser Besucher möchte dich kennen lernen. Schick ein Modul los, aber langsam, so dass wir alles sehen können.«

Ein kleiner silberner Quader löste sich wie in Zeitlupe aus der Verkleidung des Roboters, schwebte in die Höhe und kam dann auf Nadir zu, bis er direkt vor seiner Nasenspitze in der Luft verharrte.

»Geruchs-Demonstration.« Der Senso-Tech grinste.

»Willst du mich mit dem Gestank ersticken?« Da Crefeldt ihn geradeheraus duzte, musste auch er keine Rücksicht auf Höflichkeitsfloskeln nehmen.

»Demonstration Ende«, sagte Crefeldt.

Nadir atmete erleichtert auf. »Beeindruckend.«

»Das war noch gar nichts.« Der Senso-Tech schien langsam wieder etwas nüchterner zu werden. Er deutete auf einen Sessel. »Setz dich.«

Nadir fügte sich in sein Schicksal.

»Implantate?«, fragte Crefeldt.

Paz Nadir schüttelte den Kopf.

»Altmodisch, hm? Nun gut. Geht auch so. Und tut überhaupt nicht weh.« Rasch stülpte er Nadir einen schmalen Bügel über den Schädel. Dieser spürte eine, zwei winzige Berührungen auf seiner Kopfhaut, harmlosen Nadelstichen gleich.

»Verbindung steht«, stellte Crefeldt zufrieden fest. »Vickers, Daten überspielen.«

»Daten sind überspielt.« Die Stimme des Roboters klang der seines Herrn zum Verwechseln ähnlich.

»Sehr gut. Programm ab.«

Nadir fühlte sich, als ob er in einen tiefen Strudel gerissen würde. Dann – sah er einen kleinen silbernen Quader, der sich unendlich langsam von Vickers löste. Nadir konnte in der Verkleidung des Roboters eine Lücke erkennen, die in etwa so groß wie eine menschliche Hand sein mochte. Vickers' Modul schwebte in die Höhe, kam auf ihn selbst zu und hielt genau vor seiner Nasenspitze mitten in der Luft an. »Geruchs-Demonstration«, hörte er die Stimme Crefeldts. Ihm wurde schlecht, als ihm der stechende Gestank in die Nase kroch. »Willst du mich mit dem Gestank ersticken?« Er fühlte Ärger auf den Senso-Tech und seinen merkwürdigen Roboter. »Demonstration Ende«, sagte Crefeldt. Das Bild blieb kurz stehen, dann verschwand es. Nadir stellte überrascht fest, dass er noch immer im Sessel saß.

»Das war ...«

»Die Senso-Dokumentation des eben Erlebten, richtig. Natürlich roh und ungeschnitten, deshalb relativ flach. Du hattest dich erstaunlich gut im Griff – normalerweise hätte ich mehr Zorn erwartet, als Vickers die Luft verpestet hat. Das wäre in der Aufzeichnung dann auch besser rübergekommen. Die Stelle müsste ich definitiv nachbearbeiten, dann könnte ...« Crefeldt sah Nadir an, dass dieser nicht das Geringste von seiner Idee hielt. »Okay, die Daten wandern gleich in den Müll«, fügte er hastig hinzu.

Nadir nickte. »Gut. Feiner Einblick in deine Arbeit. Sehr beeindruckend.«

»Freut mich, dass es dir gefallen hat. Lass uns noch einen trinken. Die Bar hat die ganze Nacht geöffnet.«

»Ich ...«

»Keine Widerrede. Und morgen wird wieder geschuftet.«

Gegen die höllischen Kopfschmerzen am nächsten Tag nahm Nadir keine der schnell wirkenden Tabletten, die auf Cuimbra zur Standardausstattung der Touristen-Pavillons gehörten, denn er wollte, dass ihm das Besäufnis von letzter Nacht eine Lehre war.

Er stöhnte laut auf, als Crefeldt fröhlich pfeifend und offensichtlich putzmunter in seinen Pavillon stürmte, gefolgt von Vickers.

»Warum lässt dich die Tür-Automatik überhaupt rein?«, fragte er.

Der Senso-Tech deutete auf Vickers und grinste. »Hast du unsere Verabredung vergessen? Los, raus aus den Federn.« Nadir stöhnte erneut.

»Die Analyse der Daten aus den zentralen Nervensystemen der beiden Verstorbenen dauert naturgemäß noch an«, sagte Magister Dahn in seiner üblichen gestelzten Redeweise. »Bis die Ergebnisse der Neuro-Zapfer auch in einer für Laien verständlichen Form vorliegen, wird noch geraume Zeit verstreichen.«

Das Innere von Alpha-Alpha war mit Geräten voll gestopft. Dazwischen blieb kaum Platz für ihn und seine vier Besucher.

»Ich sehe nicht, welchen essenziellen Nutzen die Anwesenheit des neugierigen Roboters für unser Vorhaben haben sollte«, sagte Dahn und deutete mit einer seiner Klauen auf Vickers. Sein Schnabel vibrierte voll Misstrauen.

»Wir haben die restlichen Aufzeichnungen mitgebracht«, antwortete Crefeldt. »Da gibt es …«

Der Rezip hob eine Hand. Die Geste brachte den Senso-Tech zum Verstummen. »Das ist jetzt unwichtig. Sie haben die Toten untersucht? Gibt es irgendwelche relevanten Erkenntnisse?«

»Natürlich.« Magister Dahns Antwort klang auf eine sonderbare Art und Weise würdevoll. »Auch wenn ich mir über die endgültige Tragweite der Daten noch nicht annähernd im Klaren bin. Aber da ist etwas, das Sie wissen sollten: Die Frau hat uns mit allerhöchster Wahrscheinlichkeit belogen.«

»Wie bitte?« Nadir glaubte, nicht recht gehört zu haben.

»Der Rebell.« Dahns Federn sträubten sich. Er deutete auf ein Holo-Feld von einem guten Quadratmeter Größe, das in grüner Schrift auf gelbem Hintergrund eine Reihe fremdartiger Symbole zeigte. Paz Nadir musste feststellen, dass Magister Dahns Station beträchtlich moderner ausgestattet war als die Gleiter, mit denen sie flogen. Das gefiel ihm nicht.

»Der Rebell gehört nach meinen Erkenntnissen nicht derselben Rasse an wie das andere Lebewesen, das mir von den Kriegern aus dem Volke der hehren Guer in meine bescheidene Forschungsstation gebracht worden ist. Der Enthee – also der andere Verblichene – und der Rebell weisen zwar rein äußerlich ein gerüttelt Maß an Gemeinsamkeiten auf, das lässt sich nicht leugnen, was auch überhaupt nicht in meiner Absicht liegt.« Dahn klapperte mit dem Schnabel. »Aber es existiert auch eine auffällige Differenz in den Daten, die ich allerdings noch einmal zu überprüfen gedenke. Vorläufig, und ich bitte das zu berücksichtigen, will mir diese sehr grundlegender Natur erscheinen, weshalb ich zu der These gekommen bin, dass zwar eine physische Verwandtschaft existieren mag, speziell die Gehirne sich jedoch in sehr extremer Art und Weise voneinander unterscheiden. Aus diesem Grund halte ich es durchaus für legitim, hier von zwei völlig verschiedenen Spezies zu sprechen.«

»Zwei verschiedene Spezies?«, fragte Paz Nadir und wunderte sich, dass Aulden von dem Wissenschaftler keine präziseren Auskünfte forderte.

»Eine auffällige Differenz?« Crefeldt bekam keine Antwort auf seine Frage.

Eines der unzähligen Geräte summte plötzlich. Der Universal-Wissenschaftler schien seine Besucher von einem Moment auf den anderen völlig vergessen zu haben. Mit den drei Fingern seiner linken Klaue zeichnete er in rascher Abfolge Befehle in die Luft und murmelte dazu Anweisungen in einer Sprache, die keiner außer ihm verstand. Synchron dazu huschten über das Holo zahlreiche der fremden Symbole, die denen ähnelten, die sie schon vorher gesehen hatten. Ihr Anblick wechselte so schnell, dass Nadir fast schwindlig wurde. Dahn schien vollkommen fasziniert, ja aufgeregt. Die trillernden Laute, die er ausstieß, klangen für Nadir wie ein Jauchzen der Begeisterung. Natürlich mochte er sich täuschen. *Vielleicht flucht er auch zornig vor sich hin und wünscht uns allen die Pest an den Hals.*

»Interessant«, sagte Magister Dahn. Beide Flügel flatterten jetzt. Nadir wich unwillkürlich einen Schritt zurück. Er erwartete fast, ihn jeden Moment vom Boden abheben zu sehen. »Eine wahrlich hochinteressante Entdeckung. Aber noch zu vage, viel zu ungenau.« Dahn murmelte einige Worte in seiner eigenen Sprache. »Eine Überprüfung tut Not. Gründlich. Intensiv. Mit allen zur Verfügung stehenden Mitteln. Mehr Kapazität, ich benötige dringend mehr Kapazität.« Auf einmal fuchtelte er wild mit beiden Klauen in der Luft herum, wo sich Sensoren befinden mochten, die seine Anweisungen umsetzten. Und dann stakste er auf seinen langen Stelzenbeinen durch den Raum, von einem Gerät zum nächsten, hielt überall nur kurz an, veränderte hier und da etwas an den Einstellungen, überprüfte die Symbole, die weiterhin in raschem Wechsel auf den Holo-Feldern angezeigt wurden, und klapperte dazu eifrig mit seinem Schnabel.

»Neue Ergebnisse?«, fragte Aulden, als der Wissenschaftler sich ihnen endlich wieder zuwandte. Seine Aufregung hatte sich noch nicht gelegt: Teile seines Gefieders zuckten in nervöser Erwartung.

»Das werde ich später ausführen. Noch sind die soeben gewonnenen Daten nicht verifiziert. Mit einer blanken Vermutung möchte ich Sie nicht erneut belästigen, Argonom. Ich vermag allerdings jetzt schon die Hoffnung zu äußern, dass es sich um eine sehr erhellende Entdeckung handeln wird, so sie sich denn bestätigen sollte.«

»Wenn ich Ihre umständlichen Erläuterungen richtig verstanden habe und der eine Tote ein Enthee ist«, sagte Nadir, »was ist dann der andere?«

»Ein Meurg«, antwortete Magister Dahn. »Er kann nur ein Meurg sein. Aber ich werde das mit Hilfe der neuen Daten noch einmal überprüfen.«

»Wie kommst du eigentlich zu deinem seltsamen Vornamen, Max?«, fragte Nadir den Senso-Tech, während Vickers den Gleiter steuerte, der sie auf Cuimbras von der Zivilisation unberührten zweiten Kontinent bringen würde.

»Magellan«, fauchte der Senso-Tech und plusterte sich in seinem Sitz auf. »Magellan. Mein Name ist Magellan. Nicht Max, nicht Mäx, nicht Maxi ...«

Nadir hob abwehrend die Hände. »Schon gut, schon gut. Tut mir Leid, ich habe es nicht so gemeint. Ist mir nur so rausgerutscht.«

Crefeldt regte sich wieder ab. »Sag's ihm, Vickers. Erklär ihm, was es mit dem Namen Magellan auf sich hat.«

Vickers spulte einen offensichtlich vorbereiteten – und wahrscheinlich schon mehr als nur einmal verwendeten – Text ab. »Der Vorname Magellan geht zurück auf den bekannten Magellan West Hierro, den größten aller Regisseure und Kameramänner im bekannten Universum. Er hat ‚Supernova' gedreht und auch den nicht weniger tiefschürfenden, erfolgreichen und preisgekrönten Nachfolger ‚Das Schwarze Loch'. Er ...«

»Von dem habe ich natürlich gehört.« Nadir hatte beide Werke zwar nicht gesehen, vermutete aber, dass es sich um Senso-Dramen handelte, wenn Crefeldt so stolz auf seinen Namenspaten war. »Wurde Hierro nicht ermordet?«

»Er wurde von einem Konkurrenten kaltblütig erschossen«, bestätigte Vickers. »Der Täter gab an, Hierros Arroganz und sein Größenwahn seien für ihn zu unerträglich geworden, als dass er damit habe weiterleben können. Es gilt jedoch als gesichert, dass er schlicht mit dem Erfolg Hierros nicht fertig wurde – und seinem eigenen Misserfolg, der angesichts einiger amateurhaft zusammengeschusterter Streifen auf bescheidenem Niveau nicht weiter verwunderlich war.«

Sie flogen weiter, über das Meer, das zwischen den beiden Kontinenten Cuimbras lag und dessen Name Nadir unbekannt war. Er war zur Erholung hier, nicht zur Fortbildung. Außer diesen einzigen größeren Landmassen gab es auf dem Urlaubsplaneten nur noch eine unüberschaubare Vielzahl von Inseln, so weit er wusste. Vor ihnen tauchte ein endlos erscheinender Sandstrand auf.

»Unser Ziel?« Er verkniff sich ein boshaftes »Max«, das ihm schon auf der Zunge gelegen hatte.

»Ja.« Der Senso-Tech war wohl noch etwas verstimmt.

Der Gleiter landete und sie stiegen aus. »Was tun wir jetzt?«, fragte Nadir.

»Vickers wird tauchen. Mir fehlen noch einige gute Unterwasseraufnahmen. Wenn du möchtest, kannst du ihn begleiten. Dann würde ich dich bitten, dir einige Sensoren mitgeben zu dürfen, damit ich gleich die passenden Eindrücke und Emotionen aufzeichnen kann.«

»Was ist mit dir?«

Crefeldt schüttelte den Kopf. »Ich mache so ziemlich alles mit«, erklärte er. »Aber Tauchen ist nichts für mich.«

»Und die Senso-Doku? Vickers mag ja ein hervorragender Roboter sein, aber …«

»Dafür gibt es Synthesizer. Das Publikum liebt ohnehin meist die künstlich erschaffenen Gefühle mehr als die real erlebten. Erinnere dich an gestern. Selbst wenn du mittauchst, muss ich das vermutlich nachbearbeiten.«

»Wozu hast du mich dann überhaupt mitgenommen?«

»Gestern warst du noch Feuer und Flamme für diesen unerforschten Kontinent …«

Daran konnte sich Paz Nadir nun beim besten Willen nicht mehr erinnern, was ihn aber auch nicht wunderte. Er ließ sich selten derart gehen.

»Und du?«

»Ich mache Urlaub«, sagte Crefeldt. »Vickers kommt alleine zurecht. Ich habe hier alle Gerätschaften, um seinen Tauchgang verfolgen zu können. Natürlich bin ich angeschlossen. Meine eigenen Eindrücke bei dem, was ich sehe, werden aufgezeichnet. Das ist der Grundstock für die spätere Arbeit am Synthesizer.« Er fläzte sich in den Sand, zog das Hemd aus und entblößte einen für die Urlaubswelt unnatürlich bleichen Oberkörper. »Ultra-Schutz«, sagte er zu Nadir. » Ich vertrage die Sonne nicht.« Er legte sich auf den Rücken. Sobald Vickers im Meer verschwunden war, baute sich über ihm ein Holo auf. »Gut so«, murmelte der Senso-Tech.

Letztlich konnte es Nadir gleichgültig sein, ob er sich nun hier oder in der Hotel-Anlage dem Nichtstun hingab. Irgendwo krächzte eine Möwe oder, was wahrscheinlicher war, ein anderes Tier, das sich nur so ähnlich anhörte. *Hier lässt es sich aushalten*, dachte Nadir.

Der Donner einer Explosion schreckte ihn auf. Auch der Senso-Tech reagierte verblüffend schnell: »Vickers, Rückkehr«, befahl er. Wenige Augenblicke später schoss der Roboter kerzengerade aus der Meeresoberfläche hervor.

»Den Funk überwachen, Auffälligkeiten sofort melden. Module ausschicken.« Crefeldts Anweisungen an Vickers waren knapp. »Zum Gleiter«, sagte er zu Nadir.

An Bord öffnete Crefeldt sofort den Kanal, über den Vickers mit ihm kommunizierte.

»... verfolgen den Flüchtigen. Der Mann ist angeblich geistig verwirrt. Er soll als blinder Passagier gereist und mit einer Fähre von dem Schiff geflohen sein«, hörte Nadir die Worte des Roboters.

»Ein zweites Schiff ist über Cuimbra aufgetaucht«, meldete Vickers jetzt. »Ein riesiger Kasten.«

Crefeldt hatte das Sprachmodul des Roboters offensichtlich selbst programmiert. Nadir grinste. Seine Kopfschmerzen waren verflogen.

»Präzisiere das«, wies der Senso-Tech den Roboter an. »Und gibt es schon Näheres zum Standort des Flüchtigen?«

»Die Fähre wurde bereits von den Modulen entdeckt. Eine Notlandung, mehr schlecht als recht. Vom Insassen fehlt noch jede Spur, aber ich arbeite daran. Das andere Schiff hat die Form einer Pyramide, eine Seitenlänge von rund zweitausenddreihundert Metern und eine Höhe von ...«

Es gab nur ein einziges Schiff im ganzen bekannten Universum, auf das diese Zahl zutraf, wie Nadir ganz genau wusste. »... und eine Höhe von eintausendvierhundertsiebzig Metern«, vollendete er gleichzeitig mit Vickers den Satz. »Die *Heim*.«

»Das Schiff dieses Argonomen?« Crefeldt wirkte ungeheuer aufgeregt.

»Richtig«, nickte Nadir. »Offensichtlich ist Aulden auf der Jagd. Lass uns ihm helfen. Er freut sich bestimmt. Und du bekommst garantiert spannende Aufnahmen.« Das war als Scherz gemeint, aber der Senso-Tech schien es als Ansporn zu nehmen.

»Standort des Flüchtigen?«

»Soeben lokalisiert«, antwortete der Roboter. »Daten werden übertragen.« Sie konnten den fliehenden Mann jetzt auch auf Holo-Feldern sehen, die vor ihren Augen aufflammten. Ein großer, breitschultriger Kerl, der mit weit ausholenden Schritten auf einen Wald zu rannte.

»Kannst du ihn aufhalten?«, fragte Crefeldt.

»Die Wahrscheinlichkeit ist gering«, gab Vickers zurück. »Aber ich versuche es.« Sie sahen, wie zwei der Module des Roboters den Weg des Mannes kreuzten. Dieser ließ sich davon wenig irritieren. Er rannte unbeirrt weiter geradeaus und fuchtelte dabei mit den Händen herum, als wolle er lästige Insekten verscheuchen. Es brauchte mehr, um ihn von seinem Ziel abzubringen.

Eines der Module verschwand aus dem Bild. »Breche Störmanöver ab«, hörten sie Vickers.

»Wir sind gleich da«, sagte Crefeldt.

»Wahrscheinlich zu spät.«

Ihr Gleiter landete am Rand des Waldes, als der Mann zwischen den ersten Bäumen verschwand. Sie hatten keine Waffen dabei – darauf war der Senso-Tech nicht vorbereitet gewesen. Dennoch stürzte Paz Nadir ohne zu zögern dem Fliehenden hinterher. Auch dieser war nicht bewaffnet, wenn die Bilder von Vickers‘ Modulen nicht gelogen hatten. Crefeldt keuchte irgendwo hinter ihm her. *Verdammt, er ist zu langsam.*

Nadir achtete nicht auf die Äste, die ihm ins Gesicht peitschten, und holte Meter um Meter auf. Er hatte den großen Kerl vorhin auf dem Holo-Feld beobachtet. Dieser wirkte mehr als nur erschöpft.

Die Frage, vor was der Mann davonlief, interessierte Nadir im Moment nicht. Jetzt galt es zunächst, ihn zu fassen. Schließlich wurde er von Aulden gejagt. Es konnte nichts schaden, einem alten Freund wieder einmal einen Gefallen zu erweisen. Alles andere würde er dann beizeiten erfahren.

Nur noch wenige Schritte, dann hatte er ihn: Mit einem Sprung brachte er den Fliehenden aus dem Gleichgewicht und klammerte sich an seine Beine. Doch der Kerl gab so schnell nicht auf. Er war tatsächlich ein riesiger Bursche und es steckte einiges an Kraft in ihm. Mit einem wütenden Ruck schüttelte er Nadir ab. Der Kerl ballte die Fäuste.

Das könnte böse enden, dachte Nadir.

»Injektion. Mittlere Dosis.« Crefeldts Stimme kam irgendwo aus dem Hintergrund.

Der Mann ächzte und griff sich an den Hals. Dann sackte er in sich zusammen. Das Modul des Roboters kreiste über ihm.

»Nicht schlecht, oder?«, sagte der Senso-Tech stolz.

Nadir musste ihm die Antwort schuldig bleiben. »Eine Fähre landet«, meldete Vickers. »Sie kommt von dem Riesenkasten.«

Mehrere Gestalten näherten sich, die Waffen gezückt. Nadir sah sofort, um wen es sich handelte. Die Gesichter mit den sich überlappenden, schweren Hautlappen und den drei markanten Höckern am Kinn waren typisch für die Coparr.

»Hetman«, sagte Nadir erfreut.

Der vorderste Coparr presste seinen Rechtsdaumen an die Stelle, an der unter den Hautlappen verborgen sein rechtes Auge lag. Nadir kannte die achtungsvolle Begrüßung und neigte leicht den Kopf. »Ich freue mich ebenfalls«, sagte er.

»Aulden wünscht, dich und den Gefangenen an Bord der Heim zu sehen«, antwortete Hetman.

»Wir kommen mit«, sagte Crefeldt.

»Das verstehe ich nicht«, sagte Paz Nadir. »Der Tote – ein Meurg? Das würde bedeuten …«

»… dass sich Enthee und Meurg nach wie vor im Krieg befinden. Und dass der Konsul uns diese Tatsache ganz bewusst verschwiegen hat«, sagte Aulden. »Die angeblichen Rebellen wären demnach keine Enthee, die gegen die Führung durch andere Entheete aufbegehren, sondern Meurg, die einen angeblich seit Jahren beendeten Kampf fortführen.«

»Aber warum sollte der Konsul daraus ein Geheimnis machen?« Crefeldt sah Nadir an.

»Vielleicht weiß er es selbst nicht besser.«

Aulden schüttelte den Kopf. »Das kann ich mir nicht vorstellen.«

»Wir müssen mit Jana Lanús reden«, sagte Nadir.

Magister Dahn mischte sich in ihre erregte Diskussion ein. »Ich wäre Ihnen sehr verbunden, wenn Sie sofort das Gespräch mit der

Stellvertreterin des irdischen Konsuls suchen würden. Und ich würde es vorziehen, für eine überschaubare Zeitspanne ungestört die neuen Ergebnisse verifizieren zu können. Das dürfte hilfreich sein, um Licht ins Dunkel dieser Angelegenheit zu bringen.«

Das war ein ziemlich unverblümter Rauswurf.

»Wie lange brauchen Sie, Dahn?«, fragte Aulden. »Ich kann nicht unbegrenzt lange hier bleiben. Meine Anwesenheit auf der *Heim* ist dringend erforderlich.«

Dahn schnatterte etwas in seiner eigenen Sprache und der Argonom nickte. »Gehen wir«, sagte er. Crefeldt und Vickers verließen Alpha-Alpha, Aulden aber hielt Nadir an der Schulter zurück, bevor dieser ebenfalls in den Gleiter steigen konnte. »Kümmere dich um die Frau, Paz. Fühl ihr auf den Zahn. Ich muss nach oben, auf die *Heim*, werde aber zurück sein, sobald uns Dahn die restlichen Erkenntnisse liefert.«

Der Rezip sank im Gleiter wortlos in eine Ecke. Der Anblick, wie ihn Auldens Bewusstsein verließ und nur noch eine leere, fast leblose Hülle zurückblieb, war wie immer erschreckend.

»Sie haben uns belogen«, fuhr Nadir Jana Lanús an, ehe sie noch irgendeine Frage stellen konnte. »Die Rebellen sind keine Enthee.«

Er beobachtete die Reaktion genau, die seine Worte bei Jana Lanús auslösten.

»Was?«, fragte sie verblüfft. Die Überraschung, die sich auf ihrem Gesicht abzeichnete, erschien ihm nicht gespielt.

»Die Rebellen sind keine Enthee«, wiederholte Crefeldt. »Es sind Meurg. Das wussten Sie genau.« Er fummelte an dem Pad herum, mit dem er Vickers steuerte. Ein Holo erschien direkt vor den Augen der Frau. Es zeigte Magister Dahn, der sagte: »Ein Meurg. Es kann nur ein Meurg sein.«

»Aber das ist völlig unmöglich.« Ihre Augen waren weit aufgerissen. Dieses Entsetzen war echt. »Davon müsste ich wissen.«

Plötzlich kam wieder Leben in den Rezip. Aulden kehrte zurück. »Entweder sagen Sie die Wahrheit oder Sie lügen sehr überzeugend.«

»Ich habe nichts zu verbergen«, antwortete sie. Das wiederum war ganz sicher gelogen.

»Dann begleiten Sie uns. Dahn ist so weit.«

Der Universal-Wissenschaftler erwartete sie in Alpha-Alpha mit einer Holo-Projektion, die zwei Gehirne zeigte.

»Sehen Sie«, sagte er. »Links haben wir das Gehirn eines Meurg. Das auf der rechten Seite stammt von einem Enthee. Die beiden Organe sind annähernd identisch. Allerdings existiert ein signifikanter Unterschied.«

»Ein Tumor.« Nadir deutete mit dem Finger darauf. »Das Gehirn des Enthee ist von einem Tumor befallen. Die Metastasen ziehen sich fast überall hin.«

Dahn flatterte nervös mit den Flügeln. »Der Ausdruck ,befallen' ist in diesem Zusammenhang beileibe nicht korrekt, wenn ich das anmerken darf. Ich habe mir erlaubt, Konsul Mazarin zu kontaktieren. Man hat sich in der Garnison sehr kooperativ gezeigt und mir alle vorhandenen Daten über die beiden Völker geschickt. Es ist offensichtlich und dennoch scheint es bisher jedem außer mir entgangen zu sein: *Alle* Enthee haben diesen Tumor im Gehirn. Und er scheint sie keinesfalls in irgendeiner Weise zu beeinträchtigen. Ich vermute eher das Gegenteil, auch wenn ich mir über die genauen Auswirkungen noch ein wenig unschlüssig bin. Der Tumor hat eine bestimmte Funktion.« Er ließ diese Worte einen Moment wirken, ehe er hinzufügte: »Und zwar eine wichtige.«

»Hoch interessant«, sagte Aulden langsam. »Aber zurück zu unserem Problem, Dahn. Was hat das mit den beiden Toten zu tun?«

»Sie missverstehen mich.« Dahn klapperte mit dem Schnabel. »Was Sie hier sehen, sind die Gehirne der beiden Toten. Das linke gehört dem verstorbenen Rebellen. Es ist zu einhundert Prozent identisch – so weit ich mir eine solche Pauschalisierung beim Vergleich zwischen zwei Individuen erlauben darf – mit dem Gehirn eines Meurg. Der Tote ist nur äußerlich ein Enthee.«

Jana Lanús schüttelte den Kopf. »Das verstehe ich nicht.«

»Ich auch nicht«, sagte Nadir. »Äußerlich ein Enthee, aber sonst ein Meurg – das ergibt für mich keinen Sinn.«

Magister Dahn breitete seine Flügel aus, als wolle er losfliegen. »Die Neuro-Zapfer haben eine gigantische Menge weiterer Daten gewonnen. Die Auswertung wird jedoch Tage dauern.«

»Lässt sich anhand der Daten eine Simulation erstellen?«, mischte sich da überraschend Crefeldt ein, der bisher geschwiegen hatte.

Nadir und Aulden sahen ihn fragend an.

»Mit der Technik, die wir bei unserer Bergtour an Bord der *Heim* benutzt haben, sollte es ein Leichtes sein, aus den Informationen, die durch die Neuro-Zapfer gewonnen werden, eine Simulation zu schaffen, die der Wahrheit zumindest nahe kommt. Wir müssten sie nur durchleben. Das würde uns wertvolle Erkenntnisse verschaffen. Es mag ungenau sein – aber es geht tausend Mal schneller als jede andere Art der Analyse.«

So abwegig ist das nicht, dachte Paz Nadir.

»Ein nicht von der Hand zu weisendes Ansinnen.« Magister Dahn klapperte dabei laut mit seinem Schnabel. »Möglicherweise nicht ungefährlich, gewiss, aber …«

Aber er wird sich ohnehin nicht in die Simulation begeben und sich somit auch keiner Gefahr aussetzen. Das würde an ihm hängen bleiben. Und natürlich an Crefeldt.

»Wenn es machbar ist, sollten wir es versuchen.« Auch Aulden klang überzeugt.

»Es dürfte noch eine Kleinigkeit unserer wertvollen Zeit in Anspruch nehmen. Dennoch leite ich die entsprechenden Vorbereitungen in die Wege«, murmelte Dahn leise vor sich hin. »Die Probanden mögen sich auf einen Einsatz in exakt vierundfünfzig Minuten einrichten. Ich erwarte sie dann wieder in Alpha-Alpha.«

acht

Die Frau hieß Djerid. Der Name des dritten Meurg lautete Aakjaer. Er hatte bisher noch nichts gesagt, weil er stumm war. Das war der Grund, weshalb der Mann unter den Ärmsten der Armen gelandet war. Einen stummen Arbeiter konnte niemand gebrauchen. Es gab genug andere.

Djerid deutete auf einen großen Topf, der mit einem Deckel verschlossen war. »Wir müssen das hier erst abliefern, ehe wir uns Gedanken über dein Problem machen können, Cortz.« Ihre Stimme klang immer noch heiser, aber Cortz meinte, darin jetzt einen Hauch von Freundlichkeit vernehmen zu können.

Er nickte. Ein selbstverständliches Signal der Zustimmung. Wie schnell es ihm doch gelungen war, sich die alten Verhaltensweisen erneut anzueignen. Er war zufrieden mit sich. Zumindest in dieser Hinsicht.

»Was ist da drin?«

Schrajm blickte ihn misstrauisch an. Cortz hob abwehrend die Hände. »Ich möchte euch nichts stehlen. Ich bin nur neugierig.«

Aakjaer und Schrajm trugen den Topf, der auch für die beiden Männer noch schwer genug zu sein schien. Cortz vermutete, dass er Essen enthielt, das die drei gestohlen hatten. Er bezähmte seine Gier, auch wenn ihn der Hunger fast umbrachte. Die Meurg gaben ihm keine Antwort. *So* weit trauten sie ihm nun auch wieder nicht.

»Du kommst mit uns?«, fragte Djerid.

»Wenn ihr nichts dagegen habt.« Dass er sich verborgen halten musste, stand für Cortz fest. Er konnte nicht einfach zu den Behörden gehen – ob zu Konsul Mazarin oder zu den Meurg –, um dort zu berichten, dass er die Anwesenheit von Enthee in Meurglys entdeckt hatte. Man würde ihn verhaften. Das wäre es dann gewesen. Endgültig.

Seltsam, dachte Cortz. Mazarin hatte er all die Jahre vollständig aus seiner Erinnerung verbannt gehabt.

»Wir müssen vorsichtig sein«, sagte Djerid. »Eigentlich wollten wir bereits in der Nacht zurückkehren. Aber du hast uns … aufgehalten. Bei Tageslicht ist es gefährlicher, auch wenn hier kaum noch jemand lebt.«

Der Regen fiel dicht vom grauen Himmel herab. Vielleicht sogar noch dichter als sonst. Cortz bezweifelte, dass heute irgendjemand seinen schützenden Unterschlupf verlassen würde.

»Wo sind die Meurg, die diese Häuser früher einmal bewohnt haben?« Es war mehr der Wunsch nach Konversation als echte Neugier, der ihn die Frage stellen ließ.

»Tot«, sagte Schrajm. Er und Cortz würden keine Freunde mehr werden. »Tot«, sagte auch Djerid. »Unser Volk stirbt. Langsam, aber unausweichlich. Sag bloß, du hast das noch nicht bemerkt?«

»Ich …« Cortz schluckte, während er nach allen Seiten Ausschau hielt, um trotz des schlechten Wetters keine böse Überraschung zu erleben. »Ich war sehr mit mir selbst beschäftigt«, sagte er leise. »Aber ich hatte nie den Eindruck, dass es vor den Fabriken an Meurg mangelt, die auf der Suche nach Arbeit sind. Wie passt das zusammen? Warum sollte euer Volk sterben?«

Djerid sagte eine ganze Weile lang gar nichts. Cortz nahm an, dass sie nachdachte. Vielleicht beschäftigte sie sich auch ebenso intensiv wie er mit ihrer Umgebung. Dann sagte sie plötzlich: »Ich weiß es nicht, ich habe keine Erklärung. Aber es ist so. Die Meurg sterben. Diese Gegend hier – vor zehn Jahren waren noch alle Häuser bewohnt. Aber die Alten sterben und es werden kaum mehr Kinder geboren. Felder, die jahrelang viele Meurg ernährt haben, bringen plötzlich eine Missernte nach der anderen hervor. Fabriken schließen, weil es niemanden mehr gibt, der ihre Waren bezahlen kann. Häuser werden frei, die näher bei anderen Fabriken liegen. Die Meurg ziehen dort hin. Hier ist nichts mehr und hier wird nie wieder etwas sein.«

Cortz hatte nie zuvor einen Angehörigen dieses Volkes mit so viel Leidenschaft sprechen hören. »Und ihr?«, fragte er. »Warum lebt ihr so weit draußen?«

»Wir …«, sagte sie und ließ diesem einen Wort dann eine lange Stille folgen. Selbst Schrajm starrte jetzt nachdenklich zu Boden, genau wie der stumme Aakjaer. »Wir sind da draußen besser aufgehoben«, sagte Djerid schließlich. »Dort fallen wir niemandem zur Last. Nur hin und wieder, wenn … wenn wir einige Besorgungen machen müssen.«

Cortz stellte keine weiteren Fragen mehr. Vermutlich wäre es sogar besser gewesen, wenn er sich möglichst schnell von ihnen verabschiedet hätte. Hier könnte er eine Zeit lang in einem der halb verfallenden Häuser hausen, bis er wusste, was er als Nächstes tun sollte. Das war keine allzu schlechte Alternative. Allerdings: Er brauchte etwas zu essen. Dringend. Und das würde er auf sich allein gestellt nicht so einfach bekommen. In der Gesellschaft der Meurg zu bleiben, wenigstens noch für einige Stunden, mochte ihm immerhin zu einer Mahlzeit verhelfen. *Pass nur auf*, mahnte ihn sein Gewissen. *Diesen Wesen geht es schon schlecht genug. Du darfst nicht auch noch sie ins Unglück stürzen.*

Bald war er sich sicher, dass sie dem Ort, an dem die Ausgestoßenen lebten, schon sehr nahe waren. Der Verfall ringsum war mit Händen greifbar. Hier hielt es mit Sicherheit nur diejenigen, die überall sonst unerwünscht waren.

Die Straße machte einem unbefestigten Weg Platz, der noch mehr tückische Löcher aufwies, auf die man achten musste. Die Häuser verschwanden. An ihrer Stelle wuchsen Büsche. Cortz bemerkte den Blick Aakjaers, der fast sehnsüchtig auf die Stadt zurückschaute. Cortz verstand. Für die Meurg musste dieser Punkt eine Art Ende der bekannten Welt sein. Hier begann nach ihrem Verständnis die Wildnis, endete die Zivilisation. Wenn sie jetzt noch ein gutes Stück geradeaus weitergingen, würden sie auf die Garnison der Menschen treffen. Es war gar nicht mehr weit.

Die Ausgestoßenen hatten ihre Hütten aus allem gebaut, was ihnen gerade zur Verfügung stand, vieles davon aus der Stadt herbeigeschleppt. Dort war es entsorgt worden, weil es zu minderwertig für eine weitere Verwendung war. Cortz musste in keine der Hütten gehen, um zu wissen, dass der allgegenwärtige Regen auch dort drinnen sein würde. Er trug es mit Fassung. Noch war längst nicht gesagt, dass diese Meurg ihn überhaupt unter sich dulden würden. Djerids Freundlichkeit mochte eine Ausnahme sein. Vielleicht hielt es die Mehrheit mit Schrajm, der den Fremden am liebsten eher heute als morgen zum Teufel gejagt hätte.

Cortz stellte allerdings bald fest, dass Djerid offensichtlich genügend Autorität besaß, seine Anwesenheit hier ohne weitere Erklärungen zu legitimieren. Man starrte ihn zwar an, aber niemand stellte Fragen. Noch nicht. Cortz konnte nicht anders, als zurückzustarren. Manche der Gebrechen, die diese Meurg hierher getrieben hatten, erschienen ihm harmlos, andere schockierten ihn gleich auf den ersten Blick. Er sah keine Kinder. Versteckte man sie vor ihm, dem Fremdling? Oder gab es an diesem Ort keine Kinder? Cortz beschloss, danach auf keinen Fall zu fragen. Er musste nicht jedes Leid mit dieser Welt teilen.

»Essen«, sagte Djerid. »Wir bringen Essen. Genug für jeden. Und es wird sogar noch für morgen reichen, wenn wir maßvoll sind.«

Die meisten Meurg hatten ein Gefäß mitgebracht. Jemand reichte Schrajm eine große Schöpfkelle. Er machte sich an die Verteilung des

– Cortz hatte es fast befürchtet – farblosen Offor-Breis. Aakjaer blieb neben ihm stehen. Der Stumme wirkte angespannt. Befürchtete er, dass sich jemand unrechtmäßig aus dem Topf bedienen wollte?

»Warum tut er das?«, fragte er Djerid, die an seiner Seite geblieben war.

»Wir haben zwar alle das gleiche Schicksal«, sagte sie. »Aber das bedeutet nicht, dass wir auch alle gleich denken. Möchtest du das Mahl mit uns teilen?«, fragte sie dann.

Cortz nickte überrascht. »Sehr gern«, antwortete er. »Ich habe nur … keinen Teller.«

Djerid lachte bellend. »Wenn es nichts weiter ist … Warte hier.« Sie verschwand in einer der armseligen Hütten, nur um bald darauf mit zwei tiefen Tellern zurückzukehren. »Ich hoffe, es macht dir nichts aus, mit den Fingern zu essen.«

»Nicht das Geringste.« Sein Magen schmerzte längst vor Hunger. Er war bereit, jede Regel der Zivilisation über Bord zu werfen.

Sie reihten sich in die Warteschlange ein. Cortz schätzte die Zahl der hier lebenden Meurg auf höchstens dreißig. Wobei es natürlich auch sein konnte – er dachte wieder an die Kinder –, dass nicht alle zur Ausgabe des Essens erschienen waren.

»Du?«, knurrte Schrajm. Er hob die Schöpfkelle nicht an, sondern ließ sie demonstrativ im Offor-Brei stecken.

»Natürlich«, sagte Djerid bestimmt. »Er ist mein Gast. Und er wird mit uns essen.« Sie starrte Schrajm an, der schließlich missmutig nachgab, die Kelle mitsamt einem Klecks des Breis aus dem Topf hob und Cortz auf den Teller klatschte. Cortz bemerkte sehr wohl, dass er deutlich weniger abbekam als etwa Djerid und wahrscheinlich auch alle anderen Meurg. Aber er sagte nichts.

»Danke«, sagte Djerid, als sie sich vor ihrer Hütte auf den Boden niedergelassen hatten. Vor dem Schlamm schützten sie nur zwei Matten, welche die Meurg noch schnell ausgebreitet hatte. Cortz konnte die Nässe fühlen.

»Ich habe dir zu danken«, sagte er ernst und tauchte einen Finger in den farblosen, dicklichen Offor-Brei. Cortz schleckte den Finger ab. Das Essen schmeckte entsetzlich fad. Und dennoch verspürte er sofort ein wundervolles Gefühl der Sättigung in seinem ausgehungerten Magen.

»Nein, darum geht es nicht. Danke, dass du mit Schrajm keinen Streit angefangen hast. Er meint es nicht so. Er ist kein übler Kerl. Er hat nur schlechte Erfahrungen mit den Enthee gemacht.«

»Sein Auge?«, fragte Cortz. Wieder steckte er seinen Finger in den Offor-Brei.

»In den letzten Tagen des Krieges. Die Menschen waren schon auf Enthee gelandet und hatten bereits alles in die Wege geleitet, um das Massenmorden zu beenden. An vielen Fronten waren die Kämpfe bereits beendet, doch hier und da gab es noch kleinere Scharmützel, die nicht so schnell zu stoppen waren, und Schrajm … Er war mittendrin. Und letztlich kam er noch glimpflich davon.«

Cortz nickte. »Ich sollte mit ihm reden«, sagte er. »Ich würde mir wünschen, dass er mir glaubt. Denn ich bin kein Spion der Enthee.«

Sein Finger tauchte ins Leere. Enttäuscht blickte er auf seinen leeren Teller.

»Ich gebe dir etwas ab«, bot Djerid an.

»Das kommt nicht in Frage. Ich bin ausreichend gesättigt.«

Sie nickte, eine menschliche Geste, die sie ihm offensichtlich abgeschaut hatte. »Dann reden wir von dir.«

Das hatte er befürchtet. So gerne er dieses Thema auch umgangen hätte, es führte wohl kein Weg daran vorbei.

»Ich kann dir nicht alles erzählen«, sagte Cortz ehrlich. »Ich bitte dich darum, das nicht als Misstrauen zu werten. Aber es … es könnte dich in Gefahr bringen. Vielleicht euch alle.«

»Ich spüre, dass du die Wahrheit sagst. Erzähle mir einfach alles, was du mir gefahrlos anvertrauen kannst.«

Er atmete tief durch. Überlegte. Setzte zum Sprechen an und brach ab. Holte noch einmal Luft. »Vor sieben Jahren … Damals ist etwas geschehen, das mich zwang, unt… zu verschwinden. Sowohl die Menschen als auch die Enthee hätten mich getötet, ohne zu zögern, wenn sie mich in die Finger bekommen hätten. Und das, obwohl ich nichts getan habe, was diesen Mord rechtfertigen würde. Ich war zum Gejagten geworden. Wenn es damals nur eine Möglichkeit gegeben hätte, diesen Planeten zu verlassen. Aber das ging nicht. Es ging einfach nicht.«

Er sah sie an. Sie hörte ihm zu und schien ihm – so weit er das beurteilen konnte – zu glauben.

»Ich fand in Meurglys Unterschlupf. Es ist schon fast eine Ironie des Schicksals: Die Meurg sind in meinen Augen ein seltsames Volk, abweisend, in sich gekehrt. Ich hoffe, diese Worte beleidigen dich nicht, aber ich empfinde es so, gerade weil ich auf vielen Welten die unterschiedlichsten Völker kennen lernen durfte. Und trotzdem habe ich hier beinahe eine Art Zuhause gefunden. Man hat mich nicht unbedingt mit offenen Armen willkommen geheißen, ich weiß auch nicht, ob man meine Anwesenheit gern sieht. Aber man hat sie wenigstens akzeptiert.«

»Früher war vieles anders.« Djerid sagte es, ohne dass Emotionen in ihrer Stimme mitschwangen.

»Du hast das schon mal erwähnt«, erinnerte sich Cortz. »Haben sich die Meurg wirklich verändert?«

»Die Entwicklung geht langsam und sie hat erst vor nicht allzu langer Zeit begonnen.«

Cortz überlegte, dann schüttelte er den Kopf. »Wahrscheinlich habe ich noch zurückgezogener gelebt als die meisten Meurg. Mir ist nichts aufgefallen. Willst du es mir nicht erklären?«

»Das ist schwer.« Die Runzeln in Djerids Gesicht schienen zahlreicher zu werden. »Du weißt zu wenig über die Meurg.«

»Versuch es.«

»Es wird dir nicht so dramatisch vorkommen«, sagte sie. »Wir Meurg waren schon immer sehr verschlossen, das ist richtig. Einzelgänger. Mir ist es am liebsten, wenn ich alleine bin und meine Ruhe habe. Das heißt aber nicht, dass es nicht auch Momente geben kann, in denen ich Gesellschaft benötige. Und sei es nur aus ganz praktischen Erwägungen.«

Cortz sah sie fragend an.

»Es verändert sich«, sagte sie. »Immer mehr von ihnen wollen überhaupt nichts mehr miteinander zu tun haben. Und es wird immer schlimmer. Bald …«

Sie ließ offen, was sie hatte sagen wollen. Cortz sah, dass ihre Sorge echt war. Aber er konnte sich keinen rechten Reim darauf machen.

»Was willst du jetzt tun?«, fragte sie unvermittelt.

»Ich muss zurück«, sagte er. »Zurück in das Haus in der Rha Bujo, in dem ich den Toten gefunden habe. Wenn ich mich nicht völlig täusche, könnte ich dort doch noch etwas finden. Dann wäre ich der Lösung des Rätsels näher gekommen. Nur so bleibe ich meinen Verfolgern einen Schritt voraus.«

»Wenn du willst, begleite ich dich.«

»Das ist nicht die Rha Bujo«, flüsterte Cortz.

»Geduld«, antwortete Djerid mit ihrer heiseren Stimme.

Die Frau war tatsächlich mit ihm zusammen zurück in die Stadt gegangen. Noch mehr hatte Cortz jedoch überrascht, dass sich ihnen auch Aakjaer und Schrajm anschlossen. Der Meurg mit der Augenklappe, der immer seinen Knüppel bei sich hatte, war dann irgendwann unterwegs verschwunden. Cortz hatte nicht gefragt, wohin. Doch je länger Schrajm ausblieb, desto nervöser wurde er.

Misstrauen keimte in ihm auf. Hatten die drei etwas vor? Er beschloss, noch wachsamer als bisher zu sein.

Die Straßen der riesigen Stadt waren verlassen. Außer ihnen ging heute Nacht niemand durch den dichten Regen, den ihnen der Wind immer wieder ins Gesicht trieb. Es war unmöglich, weiter als einige Schritte hinaus in die Dunkelheit zu sehen. Cortz blickte sich dennoch aufmerksam um. Und er lauschte.

Sie erreichten die Rückseite eines Hauses. Aakjaer machte sich an der Tür zu schaffen. Der Stumme schien damit einige Erfahrung zu haben und sehr geschickte Finger: Die Tür schwang auf.

»Hinein«, sagte Djerid knapp. Cortz folgte den beiden Meurg mit einem flauen Gefühl im Magen. Konnte er Djerid trauen? Oder sollte er sich allein seinen Weg in die Rha Bujo suchen? Die letzten sieben Jahre hatte er schließlich auch ohne Hilfe ganz gut überstanden. Doch er floh nicht. Er konnte selbst nicht sagen, warum.

Im Haus war es dunkel, doch Cortz entdeckte eine weitere Gestalt. Es war Schrajm. Er schaute ausnahmsweise zufrieden. »Alles in Ordnung«, sagte er.

»Keine Probleme?«, wollte Djerid wissen.

»Keine Probleme.«

»Schau aus dem Fenster, Cortz«, sagte die Frau.

Cortz starrte durch die fast blinden Scheiben hinaus in die Dunkelheit. Er wartete lange, bis er sich auch wirklich sicher war. »Das ist …«

»… die Rha Bujo.« Djerid nickte. »Genau gegenüber liegt das Haus, in dem du den toten alten Mann gefunden hast. Von hier aus kannst du es problemlos beobachten.«

»Danke«, sagte Cortz. »Das ist perfekt. Aber wie …«

Schrajm gab ein bellendes Lachen von sich. »Ich dachte, es wäre ein wenig Überredung bei den Bewohnern notwendig. Aber es stand schon leer. Zufall.«

»Ich danke euch«, wiederholte Cortz. Dann holte er sich einen der klobigen Holzstühle und setzte sich so ans Fenster, dass man ihn von draußen nicht sehen konnte, er aber alles im Blick hatte.

Djerid zog sich ebenfalls einen Stuhl heran und setzte sich neben ihn, natürlich in gebührendem Abstand. »Wie lange willst du warten?«, fragte sie.

»Ich weiß es nicht«, sagte er. »Zuerst hatte ich eigentlich vor, sofort ins Haus zu stürmen und es nach Hinweisen darauf zu untersuchen, was sich dort abgespielt hat. Aber das hier, dieser Beobachtungsposten, ist natürlich viel besser. Allzu lange möchte ich trotzdem nicht hier bleiben. Sonst verliere ich zu viel wertvolle Zeit. Einen Tag, vielleicht höchstens zwei.«

»Wir machen uns auf die Suche nach Nahrung. Aakjaer bleibt hier. Wir werden in einigen Stunden zurück sein.«

»In Ordnung.« Ganz wohl war Cortz nicht dabei, den stummen Meurg als einzige Gesellschaft zu haben. Aber immer noch besser als den streitsüchtigen Schrajm.

Cortz sah hinaus. Das Haus, in dem der alte Meurg gestorben war, machte nicht den Eindruck, als verberge sich darin ein Geheimnis. Aber das mochte täuschen. Er hatte sich schon in so vielem getäuscht.

Seine Gedanken stießen plötzlich auf einen anderen Punkt, der ihm erst jetzt merkwürdig vorkam. Je länger er darüber nachdachte, desto mehr verwirrte ihn das. Da hatte er sich eine so schöne Theorie über das zusammengebastelt, was seiner Meinung nach geschehen war, und nun musste er erkennen, dass diese Annahmen auf sehr wackeligen Beinen standen. Cortz ging sie der Reihe nach durch: Er hatte einen Bau der Enthee in Meurglys entdeckt. Also waren sie hier gewesen und waren es höchstwahrscheinlich immer noch. Und er war davon ausgegangen, dass die beiden Morde von ihnen begangen worden waren. Von wem auch sonst? Ebenso hatte er angenommen, dass es nur ein Enthee gewesen sein konnte, der ihn durch die halbe Stadt gejagt hatte, ehe er ihm durch seinen unfreiwilligen Sturz in das Loch entkommen war. Aber genau hier steckte der Fehler in seinen Überlegungen: Ein Enthee wäre ihm hinab in das Loch gefolgt, da sie die Tiefe nicht scheuten, anders als die Meurg. Es handelte sich bei dem Loch ja sogar um einen Bau, den sie selbst dort heimlich angelegt hatten.

Es gab drauf nur eine einzige logische Antwort: Der Verfolger musste ein Meurg gewesen sein. Cortz starrte aus dem Fenster und fühlte sich müde und zerschlagen. Irgendwann später nickte er ein.

Erschrocken fuhr Cortz hoch. Irgendjemand hatte ihn an der Schulter berührt.

Es war Aakjaer. Er schien keine bösen Absichten zu haben. Allein die Tatsache, dass er ihn berührt hatte, war allerdings hochgradig ungewöhnlich.

Der stumme Meurg streckte den Arm aus und deutete auf etwas, das draußen auf der Rha Bujo sein musste. Cortz wandte sich um und blickte hinaus.

Eine Person ging geradewegs auf das Haus zu, in dem er den toten Alten gefunden hatte. Der Fremde war allein. Und es handelte sich zweifelsfrei um einen Meurg. In der Dämmerung des Morgens sah Cortz das bleiche Gesicht mit den zahllosen Runzeln, ebenso den haarlosen Schädel und das weit ausladende Kinn. Dennoch störte ihn etwas an diesem Mann, der jetzt die Tür öffnete und im Haus verschwand.

Cortz grübelte. Was war daran so seltsam? Was?

Er kam nicht darauf. Stattdessen gesellte sich sogar ein weiterer Gedanke hinzu, der sein Misstrauen noch verstärkte. Hatte er hier einen der Mörder des alten Meurg vor sich gesehen? Oder war das nicht völlig unwahrscheinlich? Die Rückkehr des Täters an den Ort seines Verbrechens – das wäre eine beinahe unverzeihliche Dummheit. Cortz schüttelte verwirrt den Kopf.

Die Ankunft von Djerid und Schrajm riss ihn aus seinen Überlegungen. Die beiden brachten Essen mit – natürlich Offor-Brei. Er fragte nicht, woher das Essen stammte, sondern setzte sich zu den anderen an den Tisch und löffelte seinen Brei, ohne das Fenster aus dem Auge zu lassen. Trotzdem bemerkte er, dass Aakjaer der Frau einige Zeichen gab.

»Ein Meurg? Ich hatte mit einem Menschen gerechnet.« Djerid schob einen weiteren Bissen in den Mund.

Cortz starrte zum Fenster und seine Gedanken rasten. Er war ganz nahe dran an der Lösung. Es fehlte nicht mehr viel.

»Warum magst du die Menschen nicht?«, fragte er plötzlich. Manchmal half es, sich abzulenken, wenn man sich zu sehr in ein Problem verbissen hatte.

»Wer behauptet das?« Djerids Gegenfrage klang harsch.

»Ich fühle es«, sagte er.

»Ich helfe dir«, antwortete sie heiser. Die vielen Runzeln tanzten dabei über ihr Gesicht.

Er nickte. »Ich bin anscheinend eine Ausnahme, keine Ahnung, warum.«

Schrajm hatte sich erhoben, aber Djerid bedeutete ihm, sich wieder zu setzen. »Du solltest besser den Mund halten«, brummte er.

»Du bist anders«, sagte Djerid. Sie deutete mit den Fingern der linken Hand auf ihren rechten Arm, der kraftlos an ihrem Körper herabhing. »Menschen«, murmelte sie. »Manchmal braucht es keine Enthee. Ich habe meine Gründe.« Dann schwieg sie.

Cortz stand vom Tisch auf und setzte sich wieder hinüber ans Fenster. Die Gasse lag verlassen da wie zuvor. Inzwischen war es draußen immerhin hell geworden.

Irgendwann stellte sich Djerid neben seinen Stuhl.

»Es tut mir Leid«, sagte Cortz leise und blickte zu ihr auf. »Ich wollte keine alten Wunden aufreißen.«

Sie antwortete nicht, aber er hatte das Gefühl, dass sie ihm glaubte und auch verzeihen konnte. Trotzdem fühlte er sich unbehaglich, weil sie weiter schwieg. Er spürte eine Barriere zwischen sich und der Frau. Und er hatte keine Ahnung, wie er sie durchbrechen sollte.

»Da.« Das eine Wort durchbrach die Stille wie ein Donnerknall, der aus heiterem Himmel kam. Cortz drehte sich überrascht zum Fenster. In der Rha Bujo war wieder ein Meurg aufgetaucht, schaute sich suchend um und verschwand im Haus.

Niemand im Raum sagte etwas. Nur von Schrajm war aus dem Hintergrund wiederholt ein Schnaufen zu hören. Cortz achtete nicht auf ihn.

Und ihre Geduld wurde belohnt. Die Tür, die in das Haus führte, öffnete sich langsam, nur einen Spalt breit. Cortz meinte, in der Dunkelheit hinter dem Eingang ganz kurz zwei Augen aufleuchten zu sehen. Einige Zeit lang geschah danach überhaupt nichts. Dann wurde die Tür aufgerissen und der Meurg, der erst vor wenigen Minuten angekommen war, trat auf die Straße, dann der andere.

Cortz betrachtete die beiden ganz genau, studierte noch einmal jede einzelne ihrer Bewegungen, während sie sich von dem Haus entfernten.

»Das sind keine Meurg«, sagte er.

»Was?« Djerid kam ganz nahe an ihn heran. Ihre langgliedrigen Finger gruben sich so fest in seine Schulter, dass es schmerzte. Genau wie Aakjaer zuvor durchbrach jetzt auch Djerid die typischen Verhaltensmuster ihres Volkes. Sollten auch sie …?

Nein, dachte Cortz. *Sie sind Ausgestoßene. Das erklärt manches.*

»Das sind keine Meurg«, wiederholte er ruhig. »Es sind Enthee. Sie verstecken sich hinter einer perfekten Maskerade.«

Schrajm brummte ärgerlich. Djerid starrte ihn nur an.

»Ihr Gang«, sagte Cortz. »Ich erkenne es an ihrem Gang. Sie bewegen sich anders als alle Meurg, die ich in den letzten sieben Jahren gesehen habe. Und das waren eine ganze Menge.« Er holte tief Luft. »Ich musste überlegen. Musste mich erinnern. Was mich übrigens ebenso sehr schmerzt, Djerid, wie dir die Gedanken an deine eigene Vergangenheit wehtun. Eben wurde mir alles klar. Es sind Enthee. Ohne jeden Zweifel.«

»Ich kann es nicht glauben«, sagte sie. Ihre Stimme klang kalt und abweisend. »Es ist einfach nicht möglich. Ein Enthee, der sich nach Meurglys traut. Würde er entdeckt – er stürbe mehr als tausend Tode. So …«

»Es gibt nur einen Weg, um sicher zu gehen«, unterbrach Cortz die Frau.

Sie sah ihn an und sie verstand. »Welchen?«, fragte sie dennoch. »Was hast du vor?«

»Ich muss hinüber. Nur dort kann ich den endgültigen Beweis finden.«

»Und was willst du dann tun?«

Er wusste es nicht.

neun

Kah Err Sentheer erwachte. Sein erster Griff galt einem Druckknopf, mit dem er Wasser aus der Leitung fließen ließ. Er trank reichlich, ehe er die Zufuhr wieder unterbrach, neigte dann den Kopf leicht zur Seite und lauschte in sich hinein. Dort fand er das beruhigende Lied der Mutter, das angenehm leise in seinem Hinterkopf erklang. Alles war gut.

Der Krieger-Arbeiter erhob sich aus seiner Schlafnische, genau wie Kah Err Sentheen und Kah Err Sentheeg neben ihm. Er machte zwei Schritte vorwärts, bückte sich zum Boden hinab und öffnete das Fach, das seine Tagesration enthielt, nahm sie heraus, erhob sich wieder und stopfte sich im Gehen einige Bissen in den Mund. Den Rest des Essens verstaute er in einer der vielen Taschen seines Arbeitsanzugs.

Sein Weg führte ihn zunächst in Richtung der Sektion, in der er bereits gestern gearbeitet hatte. Die Erweiterung des Baus gestaltete sich schwieriger und vor allem zeitraubender, als es zunächst erwartet worden war. Tief unten waren sie auf hartes Gestein gestoßen, das die Arbeiten in den letzten Tagen deutlich verzögert hatte. Der Nachschub an Maschinen wie an zusätzlichen Arbeitern ließ auf sich warten. Die Wege der Mutter waren für einen einfachen Krieger-Arbeiter unergründlich, aber er wusste, dass sie immer zum Ziel führten. Trotzdem hatten sie nun ein Problem: Denn eigentlich sah der Plan vor, dass sie schon am nächsten Abschnitt zu arbeiten hatten. Schon allein deshalb konnte es nichts schaden, wenn er ein wenig früher erschien. Er ging schneller.

Doch schon nach wenigen Schritten erreichte ihn ein wohlbekannter Impuls. Kah Err Sentheer wusste: Heute war mit einem Angriff zu rechnen. Das bedeutete keinen Grund zur Aufregung. Schließlich kam es immer wieder vor. Er lauschte. Das Lied der Mutter war ein kleines bisschen leiser geworden.

Längst nicht der gesamte Bau wurde in Alarmbereitschaft versetzt, wie Sentheer sofort erkannte. Kah Err Sentheen, der eben noch direkt neben ihm gegangen war, eilte weiter geradeaus, während Kah Err Sentheeg genau wie er stehen geblieben war und sich nun in Richtung des Arsenals orientierte. Ähnliches war an vielen Stellen des langen Ganges zu beobachten. Nicht einmal die Hälfte der Krieger-Arbeiter hatte die Mutter zur Verteidigung abbeordert. Ein weiteres Zeichen dafür, dass sich vermutlich nichts Außergewöhnliches ereignen würde.

Sie marschierten jetzt in einer kleinen Gruppe von zwölf Männern auf das Arsenal zu. Dort nahm jeder von ihnen von einem der Materialmeister eine klobige Handfeuerwaffe entgegen, dazu ausreichend Munition.

Ruhig betrat er den Gang, der zu den Fahrzeugen führte. Er musste keine Fragen stellen, als er die geräumige Höhle erreichte, sondern nahm in einem der Wagen Platz, ebenso wie drei weitere Männer. Der Mann am Steuer war neu, der Ersatz für den Gefallenen aus dem letzten Kampf. Kah Err Sentheer saß am Waffenkontrollpult. Er hoffte, dass ihm heute einige Abschüsse gelingen würden. Das war wichtig für seine Quote, nachdem er beim letzten Mal nicht sonderlich zielsicher gewesen war. Oft durfte er sich das nicht erlauben, das wusste er.

Er horchte in sich hinein und konzentrierte sich auf das Lied der Mutter. Es gab ihm Ruhe und Kraft. Alles war gut.

Der Impuls schnitt scharf durch sein Gehirn. Sofort war Kah Err Sentheer hellwach.

Sie sind da.

Er spürte, wie drei, nein vier seiner Artgenossen starben, aber er nahm es kühl hin. Die Mutter entschied. Sie waren nur ihr Arm.

Das Kettenfahrzeug setzte sich klirrend in Bewegung und kroch langsam die Rampe hinauf. Über ihnen öffnete sich die Decke und das Licht der Sonne verdrängte die Dunkelheit. Sand rieselte auf Kah Err Sentheer herab, aber er nahm ihn kaum wahr. Seine Finger lagen auf den Kontrollen. Von draußen drang ohrenbetäubender Lärm an seine Ohren.

Der neue Fahrer steuerte den gepanzerten Wagen über die leichte Schräge hinaus in den Sand der Wüste. Kah Err Sentheer hörte den Knall und er fühlte die Hitze. Er ließ sich von beidem nicht ablenken. Seine Augen spähten durch den Qualm und fanden ein Ziel. Er drückte den Knopf. Ein Geschoss löste sich. Es traf. Die nächste Explosion – alles war gut.

Kah Err Sentheer verließ sich mehr auf seinen Instinkt als auf seine Wahrnehmung. Er schoss pausenlos. Für ihn gab es nur noch Rauch, Lärm und seine Kontrollen. Und natürlich das Lied der Mutter, das ihn leise durch die Schlacht führte.

Ein Schlag traf seinen ganzen Körper wie eine Faust. Kah Err Sentheer wurde aus dem Sitz gehoben und landete hart im nassen Sand. Der Krieger-Arbeiter atmete kurz, aber tief durch, zog seine Waffe und rappelte sich auf. Durch die Rauchwolken konnte er das getroffene

Fahrzeug erkennen. Nur der Fahrer saß noch dort – er hing leblos hinter dem Steuer. Von den beiden anderen fehlte jede Spur.

Ein vager Umriss schälte sich aus dem Nebel. Freund oder Feind? Er zögerte. An der Kleidung erkannte er schließlich, dass es sich um einen der Abtrünnigen handeln musste. Er schoss, ohne nachzudenken. Doch auch der andere musste ihn entdeckt haben. Kah Err Sentheer spürte einen Schlag, der ihn an der Brust traf, und dann den Schmerz. Er sank in die Knie. Das Letzte, was er sah, war, dass auch sein Gegner nicht mehr aufrecht da stand, sondern ebenfalls im Sand lag.

Kah Err Sentheer lauschte noch einmal in sich hinein. Vergeblich. Das Lied der Mutter war verstummt. Er fühlte sich verlassen, allein.

»Die Ergebnisse der Ortungen sind eindeutig.«

Mit einem trockenen Fingerschnippen ließ Il Shandt eine detaillierte Karte der Wüste vor die Augen des Rezips projizieren, in dessen Körper Auldens Geist steckte. Ein leuchtend roter Punkt markierte ihren derzeitigen Standort. Ein zweiter blinkte in einiger Entfernung davon.

»Genau hierhin haben sich die Angreifer zurückgezogen. Die wenigen, die noch am Leben sind.« Sein Zeigefinger tippte exakt auf den Punkt. »Das Versteck der Rebellen.«

Der Argonom nickte. »Was hast du vor?«

»Wir müssen hin.« Il Shandt war kein Mann vieler Worte und er war niemand, der Auldens Zeit sinnlos zu verschwenden pflegte.

Der Guer sah den Argonomen an, ohne ungeduldig zu werden. Aulden überlegte sich seine Antwort gut. »Nein«, sagte er schließlich. »Magister Dahns Experiment hat zunächst absoluten Vorrang. Sobald es abgeschlossen und ausgewertet ist …«

»Dann könnte es zu spät sein.« Shandt wirkte nicht enttäuscht, auch nicht zornig. Er blieb wie gewohnt völlig sachlich.

Aulden wusste, worauf der Guer anspielte. »Entheete hat ihre Widersacher in all den Jahren nicht entdeckt. Ich denke nicht, dass ein oder zwei weitere Tage eine große Rolle spielen.«

»Da bin ich anderer Meinung«, sagte Il Shandt. Jetzt hatte die Stimme des Guer ihren bisher unverbindlichen Tonfall verloren. Für seine Verhältnisse vertrat er seine Meinung äußerst energisch. Das war ungewöhnlich.

Der Argonom starrte ihn einen Moment fragend an. Dann begriff er. Dies war tatsächlich eine Möglichkeit, die er nicht außer Acht lassen durfte. »Welchen Grund sollte Entheete haben, die Existenz von

Rebellen zu dulden, obwohl sie weiß, wo sie sich verstecken, und diese längst hätte auslöschen können?«

»Hier werden Ränke geschmiedet, die noch keiner von uns durchschaut. Selbst du nicht, Aulden.« Il Shandt tippte noch einmal mit dem Finger auf den blinkenden Punkt. »Und deshalb bin ich der festen Überzeugung, dass wir keine weitere Zeit verschwenden sollten. Wir müssen damit rechnen, dass Entheete die Rebellen nun doch angreift. Wenn wir zu spät kommen, finden wir dort womöglich nichts mehr von Interesse vor.« Eine lange Rede für den sonst so schweigsamen Mann.

»Ich kann hier nicht weg. Noch nicht«, sagte Aulden. Dahns Versuch war zu wichtig. Außerdem musste er dringend für einige Zeit auf die *Heim* zurück. Er hatte die Bedrohung, die von den angreifenden Lotsen ausging, nicht vergessen. Und Hetman natürlich auch nicht. »Der Rezip muss hier bleiben«, sagte er.

»Aber ich nicht«, erwiderte Il Shandt. »Und meine Leute ebenso wenig. Mit versprengten Rebellen werdet ihr auch ohne uns spielend fertig. Nadir ist kein schlechter Mann, auch der Coparr nicht. Die wahre Gefahr steckt an einem anderen Ort. Und meine Männer beginnen sich ohnehin schon zu langweilen …«

Aulden fragte sich einen Moment lang, ob das nicht der wahre Grund für den Vorstoß des Guer war. Aber dann verwarf er diesen Gedanken. Il Shandts Loyalität ihm gegenüber war größer als die ungestüme Kampfeslust, die in allen Guer brannte. Er würde immer im Sinne des Argonomen agieren. Auch, wenn er dafür vorübergehend eigene Wege beschreiten musste.

»Gut«, sagte Aulden. »Dann brecht auf. Lass mir trotzdem zwei deiner Männer zurück, nur für den Fall der Fälle.« Er grinste. »Sie werden sich dadurch hoffentlich nicht zurückgesetzt fühlen …«

»Keineswegs.« Dem zum Trotz sah der Guer aus, als habe er in eine Zitrone gebissen. »Soll ich selbst …?«

»Das ehrt dich«, sagte der Argonom. »Aber ich denke, du solltest deine Leute anführen. Und ich möchte, dass du ständig mit uns in Kontakt bleibst. Ich will ohne Verzögerung über alles informiert sein, was es im Versteck der Rebellen zu entdecken gibt.« Er hob einen Finger. »Kein Kampf, wenn es sich vermeiden lässt. Sollte Entheete angreifen, zieht euch zurück. Ich möchte euch lebend wiedersehen.«

Il Shandt neigte zustimmend den Kopf. Dann trommelte er seine Truppe zusammen, die nur auf seine Anweisungen gewartet zu haben schien. Zwei der Guer blieben zurück.

Gastell hatte sich nicht gegen den Befehl zum neuerlichen Angriff gewehrt. Warum auch? Ihm blieb kaum eine andere Wahl.

Aber er sah keine großen Erfolgschancen. Es würde sein, wie es immer gewesen war: Viele würden sterben, am Ende stand dann der Rückzug. Und irgendwann würden sie einen neuerlichen Versuch starten, der ebenso zum Scheitern verurteilt war. Die Entheete Hörigen waren ihnen einfach in jeglicher Hinsicht überlegen. Er bezweifelte, dass sich daran jemals etwas ändern würde. Trotzdem fühlte sich Gastell der Sache selbst verantwortlich. Auch er war nicht bereit, sich sein Leben lang unterdrücken zu lassen oder irgendwo draußen in der Wüste im Verborgenen für immer ein hoffnungsloses Dasein zu fristen.

Ihn schauderte bei dem Gedanken, eines Tages auch ein Höriger zu werden. Diese Geschichten hatte er schon mehrmals gehört: Enthee, die eben noch für die Freiheit ihres Volkes gekämpft hatten, dann aber plötzlich und unerwartet mit wehenden Fahnen ins Lager ihrer großen Unterdrückerin übergewechselt waren. Konnte ihm das auch passieren? Lieber wollte er sterben.

Der Fahrtwind peitschte Gastell ins Gesicht, der ewige Regen hatte ihn längst völlig durchnässt. Dennoch steuerte er den Wagen, einen von vielen in der langen Kolonne, ruhig und mit Umsicht durch den zähen Sand. Sie waren früh am Morgen aus der Basis aufgebrochen und hatten den Bau, der das Ziel ihres Angriffs sein würde, fast erreicht. Vielleicht war schon heute der Tag seines Todes.

Seine Erinnerungen kreisten um die letzte Schlacht, an der er teilgenommen hatte. Seinerzeit waren sie tatsächlich so kühn gewesen, Entheete selbst in ihrem Bau angreifen zu wollen. Da hatte er noch Hoffnung und Zuversicht gefühlt, doch die Realität enttäuschte ihn bitterlich. Schon der Schirm bedeutete für ihn und die anderen Angreifer das Ende ihrer Bemühungen. Es war ihnen nicht gelungen, die Mauer aus reiner Energie zu überwinden. Sie versuchten es zwar, doch der schützende Schirm zeigte nicht einmal eine winzige Reaktion. Dann kamen die Verteidiger. Die Entheete Hörigen kannten keine Gnade. Der Blutzoll war hoch. Nur wenigen Angreifern gelang die Flucht. Gastell war einer von ihnen. Es hatte lange gedauert, bis sie diesen Tiefschlag verdaut hatten. Fortan wandten sie sich kleineren Zielen zu. Notgedrungen, allerdings ebenfalls ohne größeren Erfolg.

Er dachte an die Basis. Sie lag zwar gut versteckt und geschützt tief in der Wüste. Dennoch hatte ihn schon oft der Gedanke beschäftigt, dass Entheete der langjährigen Reihe von Konfrontationen überdrüssig werden könnte und selbst zum Angriff überging. Was dann? Einer geballten Konzentration ihrer Kräfte hätten sie nichts entgegenzusetzen, da machte sich Gastell nichts vor. Deshalb war es eigentlich verwunderlich, dass diese Attacke noch nicht erfolgt war. Er konnte sich nicht vorstellen, welche Gründe Entheete davon abhalten mochten. Es lag ganz sicher in ihrer Macht, da konnten sie sich noch so gut vor ihr verbergen. Vermutlich steckte eine besonders perfide Grausamkeit dahinter. Eines Tages würde er ihr Motiv vielleicht durchschauen, aber dann war es wahrscheinlich zu spät.

»Wir sind gleich da«, brüllte der Mann am Radar gegen den Lärm des Windes.

Gastell riss sich zusammen und konzentrierte sich auf das, was vor ihnen lag. Der Bau des Feindes. *Nein, der Verblendeten.* Manchmal kamen ihm diese Gedanken und er konnte sie nur schwer verdrängen: Wie war es wohl gewesen, als es Entheete noch nicht gegeben hatte? Besser, daran zweifelte er nicht. Aber würde es jemals wieder so sein?

Durch den Staub, den die vor ihm fahrenden Wagen aufwirbelten, meinte Gastell, eine Hand voll Gestalten zu erkennen. Und schon rollte der Donner des ersten Schusses über die Ebene. Der Kampf begann. *Wie viele werden heute sterben?*, fragte sich Gastell.

Ihnen war wieder einmal kein Überraschungsangriff gelungen. Kaum näherten sich die vordersten Fahrzeuge der Öffnung, die hinab in den Bau der Entheete Hörigen führte, formierten sich auch schon die ersten Verteidiger. Riesige Luken öffneten sich plötzlich mitten im Wüstensand und spuckten feuernde Panzerwagen aus wie einen Schwarm wilder Insekten. Gastell schaute nicht nach links und nicht nach rechts. Doch er hörte die Explosionen und die Schreie seiner Kameraden. Irgendwann würde auch sein Fahrzeug getroffen werden, auch wenn der Mann, der an den Geschützen saß, diese mit Begeisterung bediente und aus allen Rohren feuerte.

Aber nicht das feindliche Feuer schaltete sie aus, sondern ein Wagen, der ihren eigenen rammte. Gastell verlor die Kontrolle. Kurz schlingerte ihr Gefährt noch auf zwei Rädern weiter, dann neigte es sich zur Seite und kippte um. Er hatte Glück, denn er wurde hinaus in den weichen Sand geschleudert, der seinen Sturz dämpfte. Von seinen Kameraden fehlte jede Spur. Vermutlich lagen sie eingeklemmt im demolierten Fahrzeug oder waren längst tot. Er rappelte sich auf, hin und her gerissen zwischen der Hoffnung, aus der Schlacht lebend fliehen zu können – *feige oder nicht, das ist mir egal* –, und dem Wunsch, es dem Gegner zu zeigen.

Ein Schemen tauchte inmitten des Pulverdampfs aus. Als er sich sicher war, dass es sich definitiv um einen Feind handelte, hob er seine Waffe und feuerte. Er konnte noch sehen, dass er den anderen getroffen hatte. Doch auch ihn selbst hatte es erwischt.

Gastell kippte langsam vornüber. Irgendwie hatte er gewusst, dass er heute sterben würde. Dieses Wissen gab ihm dann doch ein zufriedenes Gefühl. Sein letztes.

Aulden brauchte nur wenige Sekunden, bis er sich einen vollständigen Überblick über die Lage verschafft hatte. Die Schiffe der Lotsen flogen nach wie vor auf Angriffskurs. Aber sie näherten sich der *Heim* nur langsam, als wären sie sich nicht hundertprozentig darüber im Klaren, ob sie die Pyramide des Argonomen nun attackieren wollten oder nicht.

Ihm konnte das nur recht sein. Es gab ihm wertvolle Zeit. Magister Dahn hatte die kompletten Daten, die für eine umfassende und realitätsgetreue Simulation notwendig waren, zusammengestellt. Wahrscheinlich steckten Paz Nadir und Magellan Crefeldt schon mittendrin. Das würde ihnen garantiert wertvolle Erkenntnisse verschaffen.

Der Argonom hatte vollstes Vertrauen zu Nadir, seinem alten Weggefährten. Er war einer der wenigen Menschen, auf die er sich ohne Einschränkung verlassen konnte. Bei Crefeldt war er sich längst nicht so sicher. Der Senso-Tech und sein merkwürdiger Roboter gaben ihm immer noch Rätsel auf. War es wirklich nur die Gier nach Sensationen, nach Aufnahmen, die sich für gutes Geld würden verkaufen lassen? Oder steckte mehr hinter seiner Bereitschaft, sich auf ungewöhnliche Abenteuer einzulassen?

Aulden fand keine Antworten auf diese Fragen. Noch – denn er hatte sich fest vorgenommen, Crefeldt und Vickers im Auge zu behalten. Was die Simulation anging, waren ihm allerdings die Hände gebunden. Shandt und seine Männer waren dafür völlig ungeeignet. Den Guer fehlte es an der notwendigen Phantasie, um aus der extrapolierten Welt mehr als nur einige wenige oberflächliche Daten gewinnen zu können. Und Draban, der mehr als eifrig war, sich als würdiger Stellvertreter Hetmans zu erweisen, hatte Auldens Vorschlag einfach ignoriert. Hatte er im Gesicht des Coparrs inmitten der alles bedeckenden Hautlappen so etwas wie Angst entdeckt? Er war nicht tiefer in Draban gedrungen, ebenso wenig in Magister Dahn, der keinen Zweifel daran gelassen hatte, dass er selbst sich nicht in die Simulation begeben würde, da er die Auswertung der Daten übernehmen musste. So nahm Aulden Crefeldts Angebot an, der sich sofort und ohne zu zögern bereit erklärt hatte, das nicht ungefährliche Experiment einzugehen.

Die Schiffe der Lotsen waren immer noch nicht entscheidend näher gekommen. Sie setzten ihre Schleichfahrt in Richtung der *Heim* fort.

»Frimang«, rief Aulden den Coparr über Funk an.

»Argonom?«

»Welche Fortschritte macht Hetman?«

»Die Revitalisierung schreitet voran. Allerdings mit der gebotenen Langsamkeit.«

Aulden fluchte. Er wünschte, seine Vorfahren hätten zu ihrer Glanzzeit, die lange zurück lag, diese Technik zur Vollendung geführt. So blieb sie Stückwerk, genial in den Ansätzen zwar, aber immer auch unberechenbar. Und daran würde sich nichts ändern, bis sich vielleicht eines fernen Tages ein anderes Volk in ähnliche Höhen aufschwingen konnte. Von den Argonomen war in dieser Hinsicht nichts mehr zu erwarten. Sie waren schon beinahe Geschichte.

Frimang schwieg. Vielleicht ahnte er Auldens Gedanken.

»Wird die Zeit reichen? Kann Hetman seinen Posten wieder eingenommen haben, bevor die Lotsen uns attackieren?«

Er wusste, dass er damit Frimangs Qualitäten herabwürdigte. Der Coparr wirkte dennoch nicht beleidigt. Jedem an Bord war klar, welchen Vorteil ein gesunder Hetman dank seines riesigen Erfahrungsschatzes in einer kritischen Situation wie dieser bedeutete.

»Nein«, sagte Frimang. »Bis dahin ist die Schlacht längst entschieden.« Seiner Stimme war anzuhören, dass er nicht bereit war, auf einen erfolgreichen Ausgang für die *Heim* und ihre Passagiere zu wetten.

Aulden schüttelte den Kopf. Wenn selbst seine Besatzung nicht an einen Sieg glaubte, war es an der Zeit, etwas dafür zu tun, dass ihre Chancen stiegen. Da er selbst gleichzeitig hier und auf Enthee gefordert war, gab es nur einen einzigen Ausweg.

»Beschleunigen«, sagte er.

»Bitte?« Der Coparr hatte die Anweisung entweder wirklich nicht verstanden oder er hielt ihre Umsetzung für zu riskant. *Wahrscheinlich Letzteres*, dachte Aulden. »Beschleunige den Revitalisierungs-Prozess. Ich möchte, dass Hetman schnellstmöglich einsatzbereit ist. Noch bevor die Schiffe der Lotsen bei uns angekommen sind.«

Frimang schwieg einen Augenblick verblüfft. »Das ist … gefährlich. Höchst gefährlich.«

»Ich weiß«, sagte Aulden. »Aber mir bleibt keine andere Wahl. Wir brauchen Hetman.«

Der Argonom verkniff sich eine bissige Bemerkung, da er den Zwiespalt ahnte, in dem Frimang nun steckte. Kein Coparr an Bord dieses Schiffes wollte ausgerechnet der Totengräber seines bedeutendsten Artgenossen werden.

»Ich gehorche.«

»Gut«, sagte Aulden. Ein letzter Blick auf die beinahe unveränderte Situation draußen im All, dann kehrte er nach Enthee zurück.

»Hier ist es.«

Warhen Casades saß an den Ortungsgeräten und informierte seinen Anführer, dass sie ihr Ziel erreicht hatten. Schon seit einigen Minuten war die Felsformation, die sich mitten in der Wüste erhob, auf den Bildschirmen zu sehen gewesen. Il Shandt vergewisserte sich mit einem Blick auf die Anzeigen: Das felsige Oval bedeckte eine Fläche von etwas unter einem Quadratkilometer. Damit war es an den Dimensionen einer ganzen Welt gemessen relativ klein. Aber gleichzeitig doch innerhalb dieser Wüste, in der es sonst fast nichts gab, groß genug, dass es unmöglich der Aufmerksamkeit Entheetes hatte entgehen können. Er sah sich bestätigt. Die Rebellen waren dem Tode geweiht. Ihr Schicksal war nur eine Frage der Zeit.

»Such nach Hohlräumen. Und nach einem Zugang.«

Shandt grübelte. Er konnte sich des Eindrucks nicht erwehren, dass Magister Dahn mit seiner Theorie vollkommen falsch lag. Nichts deutete auf die Anwesenheit von Meurg hin. Wenn sich die Rebellen wirklich hier versteckt hatten, dann definitiv nicht auf der Oberfläche des Planeten. Sondern darunter.

»Die Hohlräume liegen unter dem Gestein. Sie ziehen sich tief nach unten. Einen Eingang habe ich allerdings noch nicht entdecken können.«

»Höchste Alarmbereitschaft«, sagte Shandt. Er gestattete sich ein Lächeln, weil er wusste, dass seine Männer längst ihre komplette Aufmerksamkeit auf die vor ihnen liegende Felsformation richteten. »Wir fliegen nach oben«, kündigte er an. »Direkt über den Mittelpunkt.«

Valse Desused, der Pilot des Gleiters, reagierte sofort. Der ovale Berg war nicht sonderlich hoch, keine fünfzig Meter.

»Eine Öffnung«, meldete Casades. Ein Raunen war zu hören. Die Guer fieberten dem entgegen, was sie hier erwartete. Egal, was es sein mochte.

Il Shandt konnte das Loch im Felsen jetzt auf dem Schirm sehen. Es lag fast exakt im Zentrum der Formation. Und es war eindeutig zu eng für den Gleiter.

»Wir steigen aus«, sagte er. »Alle bis auf Valse.« Mit einem Schulterzucken deutete er dem Piloten sein Bedauern darüber an, dass er an Bord zurückbleiben musste. Desused nickte. Nicht erfreut, jedoch verstehend.

Zu acht seilten sie sich in die Tiefe ab, Shandt an der Spitze. Er schaltete seine Augen auf Nachtsicht, so dass er trotz der schwindenden Helligkeit feststellen konnte, wie sich das Loch langsam, aber beständig verbreiterte. Schließlich verschwanden die Wände in der Dunkelheit. Die Messgeräte zeigten ihm, dass sie sich schon achtzig Meter unter der Oberfläche befanden. *Keine Meurg*, dachte Il Shandt. *Nie im Leben treffen wir hier auf Meurg.* Magister Dahn hatte sich getäuscht. Unter solchen Bedingungen fühlten sich nur Enthee wohl. Doch nach allem, was er bisher über diese Welt erfahren hatte, war es absolut unvorstellbar, dass ausgerechnet Enthee gegen Entheete rebellieren sollten. *Wir werden es herausfinden*, dachte er.

»Wir sind da«, sagte er über sein Kehlkopfmikrofon zu seinen Männern. Funk erschien ihm hier unten sicherer als eine Verständigung über Zurufe.

Er landete geschickt auf dem harten Untergrund und sicherte sofort nach allen Seiten. Seine Leute folgten ihm zügig. »Alles sauber«, hörte man Infae Lyden, nach Il Shandt der Ranghöchste der kleinen Truppe.

»Was wollt ihr?«

Das Wesen erschien wie aus dem Nichts. Ein Enthee? Ein Meurg? Der Fremde war nicht bewaffnet. Il Shandt zischte einen scharfen Befehl und seine Männer senkten ihre Strahler.

»Wir haben nichts mit eurem Krieg zu tun«, sagte Shandt ruhig. »Wir kommen nicht von dieser Welt.«

»Was wollt ihr?«

Der Guer optimierte seine Nachtsicht und spürte ein leichtes Ziehen in der Brust. Die Erhöhung der Leistung ging zu Lasten anderer Funktionen. Er durfte es nicht übertreiben. Immerhin konnte er jetzt erkennen, dass er – zumindest rein nach dem Äußeren – tatsächlich einen Enthee vor sich hatte. Das dünne Haar, das auf dem Schädel des fremden Wesens wuchs, verriet seine Herkunft. »Scannen«, flüsterte Shandt ins Mikrofon. »Das Gehirn.« Er musste das Ergebnis mit Magister Dahns Daten vergleichen.

»Wir suchen eine Frau.« Il Shandt gab sich Mühe, die richtigen Worte zu finden. Er musste es unbedingt vermeiden, dem Rebellen gegenüber Entheete zu erwähnen. Denn das konnte eine Reaktion auslösen, die sie alle bedauern würden. »Aus dem Volk unseres … Herrn.« Er wusste nicht, wie er es anders hätte ausdrücken können, ohne allzu viel erklären zu müssen.

Der andere schwieg.

Dann erinnerte er sich an die Art und Weise, wie Jana Lanús den ersten Enthee, auf den sie hier getroffen waren, befragt hatte. »Ist diese Frau hier?«

»Nein«, sagte der Enthee.

»Das Gehirn«, hörte Shandt die Stimme Lydens über Funk. »Beinahe identisch mit dem des toten Rebellen, den Dahn als Meurg bezeichnet hat. Der Tumor fehlt.«

Il Shandt fühlte, dass er nahe an der Lösung des Geheimnisses war, das diese Rebellen umgab. Er dachte nach. »Sind Menschen hier? Wir würden gern mit ihnen reden.«

Zu seiner Überraschung antwortete der Enthee: »Folgt mir.«

»Er heißt Crabb.«

Die Worte des Coparr klangen bedeutungsschwanger, als enthülle er ein großes Geheimnis. Paz Nadir starrte ihn verständnislos an, schaute auf den bewusstlosen Riesen und zuckte mit den Schultern.

»Wir verfolgen seine Spur schon seit einer ganzen Weile«, ergänzte Hetman. »Er war an Bord der *Stern*, ehe sie verschwunden ist.«

Bevor Nadir ihm antworten konnte, sagte Crefeldt aufgeregt: »Ich kann es noch immer nicht glauben.« An Hetman gewandt fügte er an: »Und du bist ein Coparr, nicht wahr?«

Hetman tippte sich mit dem Linksdaumen an die Stirn.

»Er sagt ja«, erklärte Nadir amüsiert.

»Ich werde verrückt.« Crefeldts Augen leuchteten. »Ein Argonom. Dass ich das noch erleben darf. Ich treffe einen leibhaftigen Argonomen.«

»Ich bezweifle, dass er dir ein Interview geben wird«, sagte Nadir.

Der Senso-Tech beruhigte sich ein wenig. »Wir werden sehen«, meinte er.

»Was hat es mit diesem Crabb auf sich?«, wollte Nadir jetzt von Hetman wissen. Der Coparr hatte Crefeldts Begeisterungsausbruch ohne Regung verfolgt. »Und was ist mit der *Stern* geschehen?«

Zwei weitere Coparr hatten mittlerweile ein energetisches Fesselfeld um den Gefangenen gelegt und bugsierten ihn in ihrer Mitte in Richtung der kleinen Fähre, mit der sie auf Cuimbra gelandet waren. Der Mann, den sie Crabb nannten, war noch immer ohne Bewusstsein.

»Die *Stern* ist verschwunden.« Hetman fuhr sich mit dem Linksdaumen seiner rechten Hand über den mittleren Kinnhöcker und spreizte den Rechtsdaumen im Neunzig-Grad-Winkel ab. Diese Geste zeigte Nadir, dass er absolut ratlos war. »Aulden hat angefangen, sich Sorgen um Chrom zu machen. Es ist höchst ungewöhnlich, dass sie derart lange nichts von sich hören lässt.«

Nadir nickte. Er war Chrom selbst nie begegnet. Aber er kannte sie doch, ebenso wie jeden einzelnen ihrer Artgenossen – dank Auldens Erzählungen.

»Es war eine langwierige Suche«, fuhr Hetman fort. »Wir haben viele Welten angeflogen und auf dutzenden von ihnen kaum ernsthafte Hinweise gefunden. Doch dann stießen wir endlich auf eine halbwegs vernünftige Spur. Das war auf einem Planeten namens Pfeil. Dort hat Chrom vor über fünf Jahren einige neue Besatzungsmitglieder an Bord genommen.«

»Fünf Jahre sind eine verteufelt lange Zeit«, sagte Nadir. »Aber lass mich trotzdem raten: Crabb war einer derjenigen, die dort auf die *Stern* kamen.«

»Nicht nur das«, sagte Hetman. »Er war auch ein den Polizeikräften wohlbekannter Verbrecher, über den schon einiges an für uns nützlichem Material gesammelt worden war.«

Nadir nickte wieder. »Dahn.« Er schüttelte sich. Das merkwürdige Vogelwesen war ihm höchst suspekt. Er legte nicht den geringsten Wert darauf, dem Universal-Wissenschaftler wieder zu begegnen.

Hetman tippte sich erneut mit dem Linksdaumen an die Stirn. »Manchmal grenzt es an ein Wunder, was der Magister aus so wenigen Daten an Ergebnissen zaubern kann. Dahn mag ja ordentlich verschroben sein, aber es hat tatsächlich funktioniert. Nach kaum vier Wochen hatten wir Crabb entdeckt. Er befand sich auf einer wilden Flucht …«

»Die hier geendet hat«, sagte Nadir. »Jetzt gilt es nur noch herauszubekommen, wo sie begann.«

»Genau das will Aulden wissen. Und er wird seine Antworten erhalten.«

Inzwischen waren die beiden Coparr mit dem Gefangenen in der Fähre verschwunden. »Komm«, sagte Hetman. »Er will auch mit dir sprechen.«

Nadir nickte.

»Das Hotel ...«, sagte Crefeldt.

Nadir grinste. Vielleicht konnte er den Senso-Tech auf elegante Art und Weise loswerden. Aber Crefeldt schüttelte dann doch entschieden den Kopf. »Na, wenn schon. Sie werden es verkraften. Und die Rechnung kann Vickers auch von hier aus begleichen.« Er hatte es plötzlich sehr eilig und war noch vor Nadir in der Fähre.

»Man weiß nicht viel über die Argonomen«, sagte Crefeldt, als sie im Inneren einen Platz gefunden hatten.

»Wahrscheinlich weniger, als *man* über dich weiß.«

»Wie viel kannst du mir verraten?«

»Was weißt du?« Nadir würde den Teufel tun und dem Senso-Tech mehr erzählen, als unbedingt sein musste. Aulden fühlte sich in der Aura des Geheimnisvollen, die ihn und seine wenigen Artgenossen umgab, wohl. Und Nadir hatte nicht vor, den Argonomen in dieser Hinsicht zu verärgern.

»Es gibt nur noch wenige von ihnen. Einst waren sie ein mächtiges Volk. Aber dann ... Niemand weiß es. Sie sind fast ausgestorben, bis auf kaum mehr als zwei Hand voll, die in riesigen Schiffen durchs All reisen. Mächtig sind sie immer noch. Die Technik, über die sie verfügen, ist legendär. Diese Schiffe könnten Schlachten entscheiden ...«

»Sie sind nicht aggressiv«, unterbrach Nadir. »Sie forschen nur und tun niemandem etwas zu Leide.«

»Aber sie könnten ...«

Nadir ging nicht darauf ein. »Viel mehr weiß ich auch nicht. Ich kenne Aulden schon seit vielen Jahren, aber er spricht nicht gerne über sein Volk. An deiner Stelle würde ich ihm auch keine Fragen in diese Richtung stellen. Könnte sein, dass er dich von Bord werfen lässt ...«

Crefeldt verstummte. Allerdings nicht, weil ihn Nadirs Aussagen entmutigt hatten, sondern wegen Vickers. Der Roboter flüsterte seinem Herrn einige Worte zu, die Nadir nicht verstand. Der Senso-Tech hatte aber offensichtlich keinen Grund zu irgendwelchen Geheimniskrämereien. »Zeig es, Vickers.«

Vor ihren Augen entstand ein Holo, auf dem eine gigantische Pyramide zu sehen war. Auldens Schiff, die *Heim*.

»Wahnsinn«, sagte Crefeldt.

Nadir nickte. Der Roboter musste eines seiner Module auf der Außenhaut der Fähre verankert haben und von dort die Aufnahmen erhalten. *Cleveres Bürschchen.* Mit Vickers ließ sich einiges anfangen. Andererseits war er ihm fast schon zu perfekt. »Die Scherze mit den Modulen würde ich auf der *Heim* erst einmal lassen. Ich bin mir nicht so sicher, ob das bei Aulden Beifall findet.«

An Bord angekommen, dauerte es nicht lange, bis sie dem Argonomen gegenüberstanden. Der hoch gewachsene Mann, der aussah wie ein Mensch, aber keiner war, umarmte Nadir. »Es freut mich, dich wiederzusehen«, sagte er herzlich.

»Und mich erst. Du glaubst gar nicht, wie langweilig ein Urlaub mit der Zeit werden kann«, antwortete Nadir und lachte.

»Bleib bei uns, wenn du wirklich etwas erleben willst.«

»Nichts lieber als das.« Nadir stellte dem Argonomen Crefeldt und Vickers vor. Ein schnelles Zeichen sagte Aulden, dass er mit ihm noch unter vier Augen über die beiden reden wollte.

»Ist das der Flüchtige?«, fragte der Argonom. Hetman bestätigte.

Crabb hing noch immer reglos im Fesselfeld. Doch als Aulden jetzt auf ihn zutrat, regte er sich. Ein Zittern lief durch seinen eben noch leblos wirkenden Körper. Anschließend folgte ein wilder, lang gezogener Schrei, der allen durch Mark und Bein ging.

»Nein … will nicht … dorthin zurück … verschont mich … ihr Teufel.«

Der Argonom wich zurück und sofort sackte der große Mann wieder in sich zusammen und rührte sich nicht mehr.

»Bei keinem von uns hat er eine Reaktion dieser Art gezeigt«, sagte Hetman.

»Er ist es«, sagte Aulden. »Das ist der Mann, den wir gesucht haben. Er wird uns zu Chrom führen. Bringt ihn zu Magister Dahn.«

Die Guer folgten dem Enthee, Il Shandt an der Spitze. In ihm regte sich ein vages Gefühl, das auf eine sich nähernde Bedrohung hinwies. Wachsam hielt er nach allen Seiten in die Dunkelheit hinein Ausschau. Der Enthee drehte sich kein einziges Mal zu ihnen um. Anscheinend sah er keine Notwendigkeit, sich zu vergewissern, dass die Eindringlinge ihm folgten.

Il Shandt hatte sich selbstverständlich mit allen zur Verfügung stehenden Daten über die beiden Völker beschäftigt. Je länger er hier unten durch die Dunkelheit ging, desto sicherer war er sich, dass Magister Dahns Analyse definitiv nicht korrekt sein konnte. Hier lebten keine Meurg. Hier lebten Enthee. *Aber warum kämpfen Enthee gegen*

Entheete? Er hoffte, dass die Rebellen ihm eine Antwort auf diese Frage geben würden.

Der Gang weitete sich und verbreiterte sich zu einer kleinen Höhle, in der es ebenfalls kein Licht gab. Dank seiner Nachtsicht erkannte er vier weitere Enthee, die sich in dieser Höhle aufhielten. Sie und ihr Führer schienen kurz miteinander zu kommunizieren, möglicherweise über Gesten, die ihm verborgen blieben. Dann ging es weiter, in einen neuen Gang, der im Neunzig-Grad-Winkel von ihrer bisherigen Marschrichtung abwich.

»Wie ist die Lage, Valse?«, erkundigte sich Shandt über Funk.

»Keine Auffälligkeiten«, antwortete der Pilot des Gleiters sofort. Die Verbindung war gut, was Shandt, der noch immer die bohrende Unruhe in sich spürte, nicht unbedingt erwartet hatte.

»Gib mir Bescheid, sollte sich dort oben etwas tun«, sagte er.

»Natürlich.« Desused ließ sich die Enttäuschung, dass er hatte zurückbleiben müssen, auch jetzt nicht anmerken.

Plötzlich tauchte vor ihnen ein Lichtschein auf. Sie näherten sich ihrem Ziel. »Vorsicht«, mahnte Shandt seine Männer. Alles wirkte friedlich. Doch die Falle mochte jeden Moment über ihnen zuschnappen.

Das Licht wurde heller, der Enthee blieb stehen, keine fünf Schritte vor der Öffnung einer weiteren Höhle. In seinem ausdruckslosen Gesicht regte sich nichts.

Il Shandt trat vor. Die Intensität des Lichtscheins irritierte ihn nur einen winzigen Augenblick, dann hatten sich seine Augen darauf eingestellt und die Nachtsicht automatisch deaktiviert. Er spürte es, als ob eine Last von ihm abfiel.

»Sieh an«, sagte eine Stimme. »Besuch.«

»Wer sind Sie?«, fragte Shandt.

Mitten in der kleinen Höhle saß ein Mann auf dem Boden, unzweifelhaft ein Mensch. Sein Haar war grau, sein Gesicht voller Falten. Direkt neben ihm brannte eine einfache Lampe, die das Licht spendete. Der alte Mann hatte sich mit einem altertümlichen Datenlesegerät beschäftigt, das auf seinen Knien lag. Um ihn herum lagen bündelweise kleine runde Speichermedien verstreut.

»Pekka Bloom«, sagte er. »Früher Forscher, heute Gefangener.«

Gefangener? Shandt deutete auf die Speichermedien. »Und was tun Sie hier?«

Bloom kicherte. »Sie könnten ruhig ein bisschen höflicher sein.«

»Verzeihen Sie, Sie haben Recht. Mein Name ist Il Shandt, das sind meine Männer.«

»Und was verschlägt acht Männer von Guer auf Enthee?«

Shandt war verblüfft. »Wir sind im Auftrag des Argonomen Aulden unterwegs. Er sucht eine Frau, eine Artgenossin namens Chrom. Sind Sie ihr begegnet?«

Bloom starrte ihn an, dann schüttelte er langsam den Kopf. »Nein«, sagte er. »Nein, ich bin schon seit langer Zeit keiner Menschenseele mehr begegnet, außer den Enthee, die hier leben. Ich fürchte, diese Frau werden Sie an diesem Ort nicht finden.«

Il Shandt nickte grimmig. »Was mich zu meiner Frage zurückbringt: Was tun Sie hier?«

»Ich forsche«, sagte der alte Mann. »Früher aus Neugier, heute nur noch, um mich abzulenken. Der Konsul schickte mich in diese Gegend, um mehr über die Enthee in Erfahrung zu bringen.«

»Der Konsul? Mazarin?«

»Wer? Nein, Konsul Clarksen.«

»Überprüfe das, Lyden«, befahl Il Shandt, so dass es der Forscher nicht hören konnte.

»Das muss wohl schon einige Zeit her sein«, sagte er zu Bloom.

»Ich kann beim besten Willen nicht sagen, wie lange ich hier unten schon festgehalten werde.«

»Konsul Clarksen wurde bereits vor siebzehn Jahren abgelöst«, meldete Lyden über Funk.

»Was haben Sie herausgefunden, Bloom?«, wollte Shandt wissen.

»Längst nicht alles«, sagte der Forscher. »Aber doch einiges. Es existieren viele alte Aufzeichnungen, manche besser, manche weniger gut lesbar. Die Enthee stören mich nicht. Sie achten nur darauf, dass ich ihnen nicht entwische.«

Shandt wurde langsam ungeduldig. »Was haben Sie herausgefunden?«, wiederholte er.

»Schon gut«, sagte Bloom. »Schon gut. Lassen Sie mich überlegen, was Sie interessieren könnte. Vermutlich nicht die Geschichte der unglücklichen Herrscherin Traveejd, die vor über achthundert Jahren gelebt haben dürfte? Oder die …«

»Versuchen Sie, mich auf den Arm zu nehmen?«

»Oh nein, ich würde nie …«

»Gut. Mich würde brennend interessieren, etwas über die Gemeinsamkeiten zwischen Meurg und Enthee zu erfahren.«

»Ach das.« Pekka Bloom machte eine verächtliche Handbewegung. »Hätte ich Ihnen schon kurz nach meiner Ankunft erzählen können. Wussten Sie, dass Meurg und Enthee ursprünglich ein Volk waren?

Nein, wahrscheinlich nicht. Aber vielleicht haben Sie es vermutet. Mir sind gleich unheimlich viele Gemeinsamkeiten aufgefallen und …«

»Ein Volk? Wie lange ist das her?«

Obwohl Il Shandt ihn so barsch unterbrochen hatte, schien der alte Mann nicht beleidigt. »Schwer zu beziffern. Die Aufzeichnungen benutzen mehrere unterschiedliche Zeitrechnungen und ich bin mir bis heute noch nicht sicher, wie sie zueinander in Bezug zu bringen sind. Fünfhundert Jahre? Sechshundert? Auf jeden Fall ein relativ kurzer Zeitraum. Als ob es gestern gewesen wäre. Es war derselbe Grund wie heute«, sagte Bloom. »Eine Herrscherin, die nur von einem Teil akzeptiert wurde.«

Shandt stutzte. »Wie meinen Sie das: derselbe Grund wie heute?«

»Ist das nicht offensichtlich?«, fragte Bloom in einem Tonfall, als spreche er zu einem Begriffsstutzigen. »Sie haben die Rebellen erlebt, nicht wahr?«

Il Shandt nickte schweigend.

»Entheete hat den Einfluss auf sie verloren. Sie beherrscht sie nicht mehr. Dieses Phänomen hat es aller Wahrscheinlichkeit nach zu allen Zeiten gegeben. Und einmal führte es so weit, dass mit den Meurg ein völlig eigenständiges Volk entstand.«

»Das klingt … nachvollziehbar«, sagte Shandt langsam. »Sie sollten mit Magister Dahn darüber sprechen. Wir müssen hier raus. Und Sie kommen mit.«

Bloom schüttelte den Kopf. »Sie lassen Sie nicht mehr weg. Mich haben sie hier über Jahre gefangen gehalten. Es ist die fast schon paranoide Furcht, dass Entheete sie entdecken könnte.«

»Ich glaube nicht, dass uns diese Hand voll Rebellen aufhalten kann«, sagte Shandt selbstbewusst. »Aber wir werden ja sehen.«

In diesem Moment meldete sich Valse Desused, der Pilot des Gleiters, über Funk. »Es tut sich etwas.«

»Ein Angriff?«, fragte Il Shandt.

»Nicht hier oben«, sagte Desused. »Aber dort unten hat sich die Anzahl der Lebewesen, die von den Geräten angemessen werden, schlagartig vervielfacht. Ich fürchte, da kommt etwas auf euch zu.«

zehn

Aakjaer und Schrajm blieben in dem verlassenen Haus zurück, nur Djerid schloss sich ihm an. Cortz war sich nicht sicher, ob er dafür dankbar sein sollte. Denn er wusste nicht, was ihn drüben in dem anderen Haus erwartete.

Vielleicht wäre es besser, allein zu gehen, dachte er. Die Anwesenheit der Enthee deutete vor allem auf eines hin: auf höchste Gefahr.

Doch er konnte die Meurg jetzt nicht derart vor den Kopf stoßen, indem er ihr deutlich machte, dass er sie nicht brauchen konnte. Das würde sie verletzen und genau das wollte er nicht.

»Hier entlang«, sagte sie. Der Weg führte durch eine schmale Gasse, links und rechts von ihnen standen die Häuser in einer fast endlosen Reihe. Natürlich regnete es auch heute wieder. Er hatte fast nicht bemerkt, dass seine Kleidung nach der einen Nacht mit einem Dach über dem Kopf schon beinahe getrocknet war. Jetzt fühlte er wieder die Feuchtigkeit, die sich durch den Stoff von Jacke, Hemd und Hose auf seine Haut drängte. Cortz schüttelte sich, aber es half nichts. Die Nässe blieb.

Djerid bog um eine Ecke, ging an der Vorderseite des nächsten Hauses entlang und wandte sich dann sofort wieder nach links. Sie blieb unvermittelt stehen.

Die Rha Bujo lag vor ihnen. Verlassen, wie beim ersten Mal, als er hier gewesen war.

Inzwischen war es längst Tag, so dass er das Fenster zu seiner Linken inmitten der langen Häuserfront sofort ausmachte. Standen Aakjaer und Schrajm, die beiden Meurg, jetzt dahinter und schauten auf die Gasse hinaus, um Djerid und ihn zu beobachten? Cortz sah genau hin, konnte aber nichts erkennen, nicht einmal einen schwachen Schatten hinter dem trüben Glas. Das bedeutete, dass auch die Enthee ihn nicht hatten entdecken können, als sie hier vorbeigegangen waren. Doch diese Erkenntnis beruhigte ihn nicht.

Er lenkte seine Schritte zum fünften Haus auf der rechten Seite, dem einzigen, das eine Tür zur Rha Bujo hin hatte. Es war unmöglich, sein Ziel zu verfehlen.

Er zögerte.

Cortz. Dein Name ist Cortz. Du lebst.

Wie lange hatte ihn dieses Mantra durch sein Schicksal begleitet?

Sieben Jahre. Sieben lange Jahre.

Damit war es jetzt vorbei. Definitiv vorbei.

Cortz. Dein Name ist Cortz. Du lebst.

»Was ist?« Djerids Stimme riss ihn aus seinen Gedanken. »Willst du jetzt reingehen oder nicht?«

Er starrte sie wortlos an, betrachtete den haarlosen Schädel, von dem die Regentropfen perlten, ihr bleiches Gesicht, die zahllosen Runzeln, schaute ihr in die ellipsenförmigen Augen, in denen ein Feuer brannte, das er noch bei keinem ihrer Artgenossen wahrgenommen hatte. Er sah aber auch die trostlosen Lumpen, die sie trug, und vor allem ihren rechten Arm, der an ihrem Körper herabbaumelte. Er fragte sich, ob er es verdiente, dass diese Frau ihm half. Und viel stärker beschäftigte ihn noch eine andere Frage, die sich genau in diesem Augenblick tief und kalt in seine Gedanken bohrte. *Verdient sie, was ich ihr antue?* Er wusste, dass er kurz vor einer wichtigen Entscheidung stand. Und er ahnte, dass er seinen Entschluss höchstwahrscheinlich bereuen würde. Sollte er Djerid wirklich mit ins Unglück reißen?

»Vielleicht …«, fing er an. »Vielleicht …« Seine Stimme klang rau. »Vielleicht wäre es wirklich besser, wenn wir das nicht tun würden. Wenn du das nicht tun würdest. Noch kannst du umdrehen, Djerid, davonlaufen, zurückkehren in dein Leben, als wäre nichts gewesen, als hättest du mich nie getroffen. Das wäre – vielleicht – besser für uns beide.«

Sie schaute ihn fassungslos an. »Du willst mich wegschicken?« Ihre Augen blitzten jetzt.

»Nein«, sagte er müde. »Nein, das will ich nicht. Aber dort drinnen droht Gefahr. Eine große Gefahr. Das spüre ich.« Er legte zwei Finger um seine Nasenflügel. »Ich muss mich ihr stellen«, sagte er. »Du musst das nicht.«

»Ich gehe mit hinein«, sagte sie unmissverständlich. Cortz wusste, dass eine weitere Diskussion sinnlos war. Er schalt sich einen Narren. Vorher wäre der richtige Zeitpunkt für seine Argumente gewesen, drüben, im Haus. Die beiden anderen Meurg wären sicher auf seiner Seite gewesen. Er zweifelte nicht daran, dass ihn selbst Schrajm dieses eine Mal sogar unterstützt hätte. Nicht mit seinem Knüppel, aber ganz sicher mit Worten. Und Aakjaer hätte die Frau mit Blicken gebeten, sich von der Gefahr fern zu halten. Vielleicht hätte das geholfen. Aber für diese Einsicht war es jetzt zu spät.

»Gehen wir«, sagte Cortz.

»Gehen wir«, antwortete Djerid. Ein leises Zittern lag in ihrer Stimme. Er hatte ihr gesagt, dass er damit rechnete, hier auf Enthee zu treffen. Nichts hassten die Meurg mehr als das Volk, mit dem sie diesen Planeten teilten. Aber sie fürchteten auch nichts mehr als die Enthee. Es musste Djerid eine ungeheure Überwindung kosten, dieses Haus mit ihm zu betreten.

Sie weiß, was uns erwartet. Sie hat ein Recht darauf mitzugehen.

Langsam tasteten seine Finger nach der Tür, glitten vorsichtig über das kalte, nasse Holz und drückten schließlich entschlossen dagegen. Die Tür schwang auf, wieder mit einem leisen Knarren, wie schon beim ersten Mal, als er hier gewesen war. Cortz hatte die Leiche des alten Mannes vor Augen, auf die er gestoßen war. *Was wäre geschehen, wenn mich meine Neugier nicht hierher getrieben hätte?*, fragte er sich. Würde er sich dann immer noch mit Tawnken ein Zimmer teilen, morgens zur Armenspeisung trotten, um einige Löffel des geschmacklosen Offor-Breis in sich hineinzustopfen, und anschließend vergeblich vor den Toren einer der Fabriken darauf warten, dass ihm jemand Arbeit gab? Hätte er sich die wahnwitzige Flucht durch halb Meurglys erspart? Die grausamen Momente im Bau der Enthee, als er glaubte, verhungern und verdursten zu müssen? Die Begegnung mit Djerid und den langen Weg zurück?

Es wäre anders gekommen, sagte sich Cortz. *Aber du kannst deinem Schicksal nicht auf Dauer entkommen.*

Er ging in das Haus hinein und Djerid folgte ihm. Jetzt hatte die Meurg die Führung abgegeben, jetzt ließ sie sich von ihm leiten. Er hoffte, dieses Vertrauen irgendwann zurückzahlen zu können. *Nicht irgendwann. Heute.*

Drinnen war es stockfinster, genau wie vor vier Tagen. Cortz verharrte, seine Augen gewöhnten sich nur langsam an die Dunkelheit. Er horchte, doch da war nichts. Die Umrisse der Einrichtung erschienen ihm vertraut, es hatte sich nichts verändert: In der Mitte des Zimmers stand ein großer Tisch, um den eine Hand voll Stühle gruppiert waren. Einige Betten standen längs an zwei Wänden. Regale schälten sich aus dem Dunkel, eine Arbeitsplatte, einige Schränke darüber. Sonst gab es hier nichts Bemerkenswertes.

Wo anfangen?, fragte er sich.

»Hier ist niemand«, sagte Djerid und durchbrach damit die Stille. Cortz fuhr zusammen, lauschte, doch nichts geschah.

»Hier nicht.« Er deutete auf den Fußboden. »Aber dort unten.«

Cortz musste nicht lange suchen, bis er die Vertiefung fand.

»Geh zwei oder besser drei Schritte zurück«, sagte er zu Djerid. Sie gehorchte. Vielleicht begriff sie.

Mit einem Schnappen öffnete sich die Luke. Vor ihnen lag ein tiefes Loch.

»Ein Bau der Enthee«, sagte Cortz.

»Ein Bau der Enthee ...«

Sie hat gewusst, was uns erwartet. Aber sie hat es nicht glauben wollen.

»Was … willst … du … tun?«, fragte Djerid.

»Ich gehe hinunter«, sagte Cortz.

»Das … kann … ich … nicht.« Jede einzelne Silbe kostete Djerid größte Anstrengungen.

»Ich zwinge dich nicht«, sagte er. Vielleicht wäre sie ihm dort unten sogar eine Hilfe gewesen. Aber darauf konnte er sich angesichts ihrer Angst nicht verlassen. »Ich gehe hinunter«, wiederholte er.

Djerid wich zurück, Schritt um Schritt, vor dem Loch, vor Cortz. »Ich … kann … nicht«, sagte sie. »Ich hole Schrajm. Und Aakjaer«, stieß sie hervor. »Wir warten hier auf dich.« Sie drehte sich um und rannte aus dem Haus.

Cortz folgte ihr nicht. Er war allein. Das war gut so.

Er trat direkt an das Loch heran und starrte hinab, konnte aber in der Dunkelheit den Grund nicht erkennen. Langsam ging er in die Knie und tastete behutsam über den Rand. Er war spiegelglatt. *Ein Seil*, dachte er. *Ich brauche ein Seil. Sonst breche ich mir alle Knochen.*

Dann kam ihm ein anderer Gedanke. Die Enthee mussten schließlich auch eine Möglichkeit haben, in das Loch hinabzuklettern. Irgendwo musste …

»Stopp.«

Die Stimme in seinem Rücken gehörte weder Djerid noch Schrajm.

Du bist ihnen in die Falle gegangen. Nur: Wer hat dir diese Falle gestellt?

Cortz erwartete nicht, eine Antwort zu erhalten. Doch der Schuss, der seinem Leben hier und jetzt ein Ende machen würde, kam nicht. Cortz zitterte.

Als aber endlos lange nichts geschah, fasste er sich ein Herz. Er erhob sich und drehte sich vorsichtig um. Seine Augen sahen in der

Dunkelheit inzwischen so gut, als herrsche hier drinnen heller Tag. Er sah …

Ein Sonnenstrahl, der ihn sanft an der Nase kitzelte, weckte Konsul Mazarin. Nur widerwillig freundete er sich mit dem Gedanken an, dass ein neuer Tag begonnen hatte. *Vielleicht passiert es heute.* Aber das war unwahrscheinlich. Schließlich wartete er schon viel zu lange.

Er drehte sich auf die andere Seite. Neben ihm lag niemand. Trotzdem musste er an Jana Lanús denken. Seit damals verbrachte er die meisten Nächte allein. Er hatte nie wieder eine vergleichbare Frau gefunden. Mazarin versuchte, sich ihr Gesicht in Erinnerung zu rufen, aber es gelang ihm nicht. Es war alles schon viel zu lange her …

Der Konsul lauschte in sich hinein und fand seinen Frieden. Alles war gut.

Er stand auf. Sein Weg führte ihn in seine kleine private Zentrale, von der aus er jederzeit die vollständige Kontrolle über die gesamte Garnison übernehmen konnte. Sein erster Blick galt den Daten und Bildern, die eine automatische Station vom einzigen Mond Enthees hierher übermittelte. Er überprüfte jede einzelne Kleinigkeit, bemerkte jedoch keine Unregelmäßigkeiten. *Gut*, dachte er. *Alles ist gut.*

Den zwei Schiffen dort oben galt seine größte Sorge. Es war nicht auszuschließen, dass sie die Aufmerksamkeit anderer – ob Lebewesen von außerhalb des Systems oder Lotsen – auf sich zogen. Waren die Schiffe erst einmal entdeckt, würde ein Krieg um sie entbrennen. Wert waren sie das, ohne Zweifel. Er hatte dafür zu sorgen, dass es nicht so weit kam. *Sie werden noch gebraucht. Beide.*

Die Bio-Daten machten ihm weitaus mehr Mühe. Aber er nahm sich auch hier die Zeit, beäugte jeden Wert überkritisch und ließ sich, wann immer ihm sein Gedächtnis einen Streich spielte, vom Computer zur Sicherheit auch die Vergleichsdaten vom Vortag präsentieren. Es gab keinerlei Abweichungen, wie er erleichtert feststellte.

Mazarin erinnerte sich noch gut an die ersten Tage. Damals hatte er fast stündlich damit gerechnet, dass auf dem Mond etwas geschehen würde. Er war zu dieser Zeit das reinste Nervenbündel gewesen, hatte sich völlig von seinen eigentlichen Aufgaben zurückgezogen und das Tagesgeschäft anderen überlassen. Letzteres war nicht weiter schlimm gewesen, denn die Situation auf Enthee hatte sich schon zu diesem Zeitpunkt längst stabilisiert. Selbst der manchmal etwas unsichere und zögerliche Witalczuk hatte mit der täglichen Routine, die ihm nur wenig mehr abverlangte, als die Patrouillen für ihren Weg durch Meurglys einzuteilen sowie ihre anschließenden Berichte entgegenzunehmen und auszuwerten, kaum Probleme. Trotzdem wäre das natürlich die Aufgabe des Konsuls gewesen. So litt die Moral der Truppe in dem Maße, wie er selbst unter den Umständen zu leiden hatte. Er schlief kaum noch, sondern saß fast Tag und Nacht vor den Holos, die ihm die Bilder vom Mond zeigten, dem noch immer niemand einen Namen gegeben hatte. Es zehrte damals an seinen Nerven, dass dort oben nichts, aber auch rein gar nichts geschah, obwohl er fest damit rechnete, dass sich irgendetwas tun würde. Tun musste.

Witalczuk war zu seiner rechten Hand geworden – es wäre unklug gewesen, dem Mann die Verantwortung wieder wegzunehmen, die er ihm in der Not übertragen hatte –, auch wenn er Jana Lanús natürlich nicht ersetzen konnte. *In keiner Hinsicht.* Mazarin verzog sein Gesicht zu einer Grimasse, halb erheitert, aber weitaus mehr wehmütig. Was ihm lästig war, delegierte er an den Kommandanten. Die wirklich wichtigen Punkte erledigte er längst wieder selbst.

Mazarin schaute auf die Uhr, die über seinem Sessel an der Decke des kleinen Raumes hing. Früher hatte sie auch die Erdzeit gezeigt, aber das hatte er abgestellt. Was vorbei war, war vorbei. Jetzt sagte ihm die Uhr, dass er schon seit fünfundvierzig Minuten hier saß und die Daten kontrollierte. Auch wenn heute nicht viel Wichtiges anstand, wurde es langsam Zeit, sich an die eigentliche Arbeit zu machen.

Der Konsul verließ seine Privat-Zentrale, sicherte den Zugang sorgfältig und begab sich in das Badezimmer. Die Dusche brachte er rasch hinter sich – heißes und kaltes Wasser in schnellem Wechsel, dann ein mächtiger Luftstrom, der erst jeden Muskel seines Körpers durchknetete, dann Haut und Haare trocknete. Danach legte er zunächst seine Kleider an, eine helle leichte Hose und ein ebenso leichtes Hemd, dessen Stoff sich angenehm an seine Haut schmiegte, nahm vom Frühstück, das ihm die unsichtbaren Hände der Robotküche bereitgestellt hatten, nur einige wenige Happen, ignorierte den dampfenden Kaffee und verließ schließlich seine Räume. Niemand begegnete ihm unterwegs. Das war nicht ungewöhnlich: Er wusste längst, dass seine Untergebenen ihn ganz bewusst mieden, wann immer sie konnten. Sie nannten ihn *das Gespenst*. Genauso fühlte er sich oft auch.

Kommandant Witalczuk erwartete ihn bereits in der Zentrale der Garnison, die ganz im Gegensatz zu den leeren Gängen von hektischem Treiben erfüllt war.

»Keine besonderen Vorkommnisse«, meldete Witalczuk knapp. Er blieb ein bis in die letzte Faser pflichtbewusster und seinen Vorschriften verhafteter Soldat, daran würde sich nichts mehr ändern. Der Konsul nickte.

»Zwölf Patrouillen sind bereits unterwegs. Weitere zwölf starten in dreißig Minuten. In Meurglys ist alles ruhig.«

Mazarin nickte erneut. Was hätte er auch sagen sollen? Alles war wie immer. »Training?«, fragte er.

»Vier Gruppen, die sich seit gestern in der Wüste …« Ein helles Fiepen unterbrach Witalczuk. »Das ist …«

»Das ist was?«

»Es …« Witalczuk tat sich vor Überraschung schwer, einen ordentlichen Satz über die Lippen zu bringen.

»Reden Sie.«

»Sagt Ihnen der Straßenname *Rha Bujo* etwas?«, fragte Witalczuk.

»Natürlich«, sagte Mazarin.

»Der Zugang, der sich dort befindet, wurde entdeckt.«

»Von wem?«

Er musste Witalczuks Antwort nicht hören, um sie zu kennen. Es war weit mehr als eine Ahnung. Es war die absolute, einhundertprozentige Gewissheit. Falls er sich nicht täuschte – und er verschwendete keinen Gedanken daran, dass das so sein könnte –, kamen die Dinge jetzt endlich in Bewegung.

»Ich dachte, er sei tot«, sagte Witalczuk.

Mazarin wusste seit langer Zeit, dass dem nicht so war. Und natürlich kannte er auch den Grund dafür.

Der Konsul lauschte in sich hinein. Die Melodie hatte sich verändert. *Ja*, dachte er dann. *Es geht los.*

Cortz hatte eine Gruppe Enthee erwartet. Nicht das.

Menschen. Zwei Männer. Eine Patrouille.

Er überlegte fieberhaft.

Die beiden Männer hatten ihre Waffen auf ihn gerichtet. Er musterte sie im Dunkel des Raumes, während er langsam die Hände hob, um ihnen zu zeigen, dass er unbewaffnet war. Die Soldaten trugen die üblichen dunkelgrauen Monturen der irdischen Truppen. Der größere war ein junger Bursche, der seinem Alter nach vermutlich noch nicht allzu lange auf diesem Planeten stationiert war. Unter dem kurz geschorenen schwarzen Haar war sein Gesicht ein einziges Fragezeichen. Ganz offensichtlich war er genauso verblüfft wie Cortz. Der kleinere der beiden war älter als sein Partner. Cortz entdeckte in den kantigen Gesichtszügen, die von einigen Narben geziert wurden, nichts Vertrautes. Auch diesem Mann war er niemals zuvor begegnet. Das beruhigte ihn.

»Du bist kein Meurg«, sagte der ältere Soldat.

Ihr seid keine Enthee.

Cortz gab keine Antwort. Er dachte an Djerid. Die Meurg war gegangen und kurz danach tauchten die Soldaten auf. Bestand da ein Zusammenhang? Hatte sie ihn verraten? Geholfen, ihn in die Falle zu locken? Er wollte es nicht glauben, trotzdem konnte er es nicht völlig ausschließen, nicht mit Gewissheit, ebenso wenig wie die andere Möglichkeit, dass auch Djerid und ihre Begleiter von den Menschen gefasst worden waren. *Es kann kein Zufall sein, dass sie hier sind*, dachte Cortz. Aber wie hing alles zusammen?

»Wer bist du?«, fragte der Soldat. Er senkte seine Waffe, während der Jüngere die seine immer noch auf Cortz gerichtet hielt.

»Mein Name ist Cortz.« Es brachte nichts, weiterhin zu schweigen. Vielleicht konnte er den Männern sogar wichtige Informationen entlocken.

»Woher kommst du? Du bist kein Meurg.«

»Ich …« Cortz durfte die Wahrheit nicht preisgeben. Noch bestand die Hoffnung, aus dieser misslichen Lage herauszukommen. *Vielleicht kehrt Djerid zurück. Mit Aakjaer und Schrajm.* Dann mochte sich das Blatt noch einmal wenden. Zu seinen Gunsten.

»Ich lebe hier. In Meurglys. Schon lange.«

»Du lebst unter den Meurg? Aber du siehst aus wie ein Mensch. Ich vermute, du bist ein Mensch. Ein Deserteur?«

»Ich lebe unter den Meurg.«

»Sieht nicht so aus, als wolle er mit der Wahrheit herausrücken, Haslan«, sagte der jüngere Soldat.

Haslan knirschte mit den Zähnen, nickte dann aber. »Was hast du zu verbergen? Du machst jetzt besser den Mund auf.« Seine Waffe zielte nun wieder auf Cortz.

»Ich habe das hier entdeckt. Es ist … ein Zugang. Er führt in einen Bau der Enthee. Enthee, die sich mitten in Meurglys verbergen. Das sollte interessanter für euch sein als jemand wie ich.«

Die beiden Männer wirkten nicht so schockiert, wie es Cortz erwartet hatte. *Wissen sie, was hier vor sich geht?* Aber das konnte nicht sein.

Die Menschen waren auf dem Planeten, um die Meurg zu schützen. Nicht, um die Machenschaften der Enthee zu fördern. Wenn er allerdings an Konsul Mazarin dachte, kamen ihm in dieser Hinsicht ganz erhebliche Zweifel. Er hatte den Mann nie wirklich durchschaut, wenngleich er immer davon ausgegangen war, dass Mazarin zumindest loyal zur Erde stand, egal, welches eigene Süppchen er sonst noch kochte. Die Reaktion der Soldaten deutete darauf hin, dass seine bisherige Vermutung nicht unbedingt den Tatsachen entsprechen musste.

»Schau dir das mal an, Mills. Hübsch vorsichtig. Und du, Cortz, gehst schön brav zwei Schritte vor und rührst dich dann keinen Millimeter mehr, verstanden? Keine Dummheiten.«

Cortz gehorchte.

Mills trat an den Rand des Loches. Aus einer der Taschen seiner Montur zog er eine Stablampe und leuchtete in den Abgrund. »Verdammt tief«, murmelte er. Dann starrte er noch einige Momente hinab, ehe er an die Seite Haslans zurückkehrte. »Der Kerl hat nicht gelogen. Sieht tatsächlich so aus, als ginge es da in einen Enthee-Bau runter. Tief ist es, den Boden konnte ich nicht einmal sehen, trotz der Lampe. Und die Ränder sind spiegelglatt.«

Haslans kantiges Gesicht zeigte keine Regung. Entweder er war wirklich so beherrscht, wie er sich gab, oder er hatte mit dieser Entdeckung gerechnet.

»Ich nehme Kontakt zur Zentrale auf«, sagte Haslan.

Die Ausrüstung der Soldaten, die auf Enthee stationiert waren, war längst nicht auf dem neusten Stand der Technik. Cortz schmunzelte. Die Waffen, die die beiden hier trugen, wären schon vor sieben Jahren ziemlich veraltet gewesen. Ein klares Zeichen, wie unwichtig diese Welt für die Erde war. Daran hatte sich also bis heute nichts geändert. Auch die Implantate der beiden Soldaten waren längst von der technischen Entwicklung überholt worden. *Schrott*, dachte Cortz. Aber die Dinger funktionierten noch. Immerhin.

»Witalczuk will ihn sehen«, sagte Haslan.

»Der Kommandant?«

Warum nicht der Konsul?, fragte sich Cortz. *Was ist mit Mazarin?*

»Witalczuk schickt uns eine Patrouille. So lange warten wir hier. Dann bringen wir unseren schweigsamen Freund hier in die Garnison. Dort wird sich seine Zunge schon lösen. Und wenn nicht …«

Cortz konnte es sich ausmalen, was dann geschehen würde, ohne seine Phantasie allzu sehr anstrengen zu müssen. Er fragte sich, wie sich die Drogen der Militärs auf seinen geschwächten Körper auswirken würden. *Unter normalen Umständen müsste ich mir keine Sorgen machen.* Aber die Umstände waren leider alles andere als normal.

Die Tür des Hauses öffnete sich mit einem Knarren. Cortz fühlte sein Herz vor Aufregung schneller schlagen. Hoffnung keimte in ihm auf. Djerid, Aakjaer, Schrajm. Kamen sie ihm zur Hilfe, dann wurden die Karten neu gemischt.

Doch es waren lediglich zwei weitere Menschen, die den großen Raum betraten. Eine Patrouille, die angekündigte Verstärkung. *Schon.* Sie waren schnell hier gewesen. Viel zu schnell.

»Ein Gleiter ist unterwegs«, sagte einer der neu eingetroffenen Soldaten. Er beäugte Cortz neugierig. »Der Kommandant möchte einen Transport durch die Stadt nicht riskieren. Er war ziemlich aufgeregt. Scheint, als hättet ihr einen wichtigen Fang gemacht.«

»Das Loch«, sagte Cortz. »Was ist mit dem Loch?«

Mills baute sich direkt vor Cortz auf und bohrte ihm den Lauf seiner Waffe in den Bauch. »Das sollte nicht deine Sorge sein. Du hast jetzt ganz andere Probleme.«

Paz Nadir wurde so heftig aus der Simulation gerissen, dass er den Schmerz in jeder Faser seines Körpers spürte. Er tastete sich ungläubig über die Brust. Aber dort war nichts von der Wunde zu bemerken.

Auf der Liege neben ihm schrie Magellan Crefeldt. Verängstigt, beinahe panisch, vermutlich ebenfalls von Schmerzen erfüllt. Nadir stieg der Geruch von verschmortem Fleisch in die Nase und er verstand sofort. Obwohl er selbst noch geschwächt war, beugte sich Nadir zu Crefeldt hinüber.

»Er ist getroffen«, krächzte er. Seine Stimme klang wie eine rostige Gießkanne und seine Kehle fühlte sich an, als habe man jeden Tropfen Flüssigkeit aus ihr herausgepumpt.

Von Magister Dahn, der an seinen Kontrollen stand, kam ein trockenes Knacken. Aber es klang nicht wie eine Entschuldigung. »Dieser Narr«, sagte Dahn. »Er weigerte sich standhaft, die Simulation zu verlassen. Deshalb hat es zu lange gedauert, ihn zurückzuholen.« Er klapperte mit dem Schnabel. »Das hat er nun davon.«

»Er braucht Hilfe.« Nadir sah, dass Vickers sofort reagierte. Der Roboter war ein Wunderwerk der Technik und offensichtlich auch für solche Fälle ausgerüstet. Es zischte kurz, dann hatte er auf Crefeldts nackte Brust einen Plasma-Verband aufgesprüht. »Alles unter Kontrolle«, erklärte der Roboter. »Er ist nicht lebensgefährlich verletzt.«

»Was ist geschehen?«, fragte Jana Lanús, die herbeigeeilt war.

Sie reichte Nadir einen Becher mit Wasser.

Der trank gierig, ließ sich auf die Liege zurücksinken, verdaute die Anstrengung, hob dann wieder den Oberkörper und stützte sich auf seinen Ellenbogen ab. »Ich habe auf ihn geschossen«, sagte er. »Und er auf mich.« Sein Lachen klang rau. »Mit einem feinen Unterschied: Ich habe mich bereitwillig aus der Simulation verabschiedet, als mich der Impuls von Dahn erreichte. Unser Freund Crefeldt scheint das Erlebnis dagegen voll ausgekostet zu haben.«

Der Senso-Tech schlug die Augen auf. »Unfassbar«, sagte Crefeldt. »Das werden unbezahlbare Aufnahmen.« Er hustete.

»Ich darf die Herren bitten, die Anschlüsse noch nicht zu lösen«, meldete sich Magister Dahn zu Wort. Sein Gefieder sträubte sich. »Die Übertragung der durch die Simulation gewonnenen Daten ist noch nicht zu einhundert Prozent abgeschlossen. Ein wenig Geduld, bitte.« Der Schnabel des Vogelwesens pickte nach unsichtbaren Kontrollfeldern.

»Ich würde gerne erfahren, was passiert ist«, sagte Jana Lanús.

Nadir seufzte. Die Frau hatte sich am Fuß seiner Liege niedergelassen und schaute ihn aus großen Augen an. Er schaffte es nicht, sie auf später zu vertrösten, auch wenn er dann Aulden noch einmal Bericht erstatten musste. Sie lächelte ihn an und reichte ihm einen weiteren Becher mit Wasser, den er dankbar annahm. Jetzt hatte sie wieder gewonnen. Nadir trank und fühlte die kühlende Frische der Flüssigkeit.

»Ich war Kah Err Sentheer, ein Krieger-Arbeiter aus dem Volk der Enthee.«

»Und ich war einer der Rebellen. Mein Name war Gastell«, sagte Crefeldt. Nadir konnte aus dem Augenwinkel erkennen, dass Vickers eng an der Seite des Senso-Techs blieb. *Natürlich.* Der Roboter zapfte höchstwahrscheinlich die Datenleitung Magister Dahns an und nahm sämtliche Erlebnisse, die Crefeldt innerhalb der Simulation gehabt hatte, in seine Speicher auf.

»Es war merkwürdig«, sagte Nadir. »Merkwürdig fremd. Ich bin nie einem Volk begegnet, das in derart seltsamen Bahnen denkt. Beinahe schien es mir …« Er musste einen Moment überlegen, um seine Gedanken in passende Worte kleiden zu können. »Es war fast, als sei ich Teil eines riesigen Kollektivs. Da war keine Sorge um mich, das Individuum. Immer nur die Frage nach dem großen Ganzen, nach …«

Er überlegte wieder, versuchte, sich zu erinnern.

»Nach der Mutter«, sagte er nach langen Augenblicken. »Daran hat Kah Err Sentheer gedacht: an die Mutter.«

»Entheete«, sagte Jana Lanús.

»Aller Wahrscheinlichkeit nach.« Paz Nadir nahm noch einmal einen Schluck Wasser, dann war der kleine Becher schon wieder leer. »Aber da war noch etwas, etwas, das ich mir nicht erklären kann. Eine seltsame Melodie in meinem … in seinem Kopf. Ich kann sie schwer beschreiben, die Töne klangen fremd, es war …«

Magister Dahn spielte eine Tonfolge ab, exakt wie Nadir sie in seiner Erinnerung hatte. Jana Lanús zuckte zusammen.

»Sie erkennen das?«, fragte er rasch.

Sie schüttelte den Kopf. »Nein … ich … es klingt nur … irgendwie merkwürdig, nicht wahr?« Sie wich seinen Blicken aus. »Ich finde es bedrohlich, es macht mir Angst.«

Nadir musterte sie. Die Frau verbarg etwas. Er war sich sicher, dass sie ihm mehr über diese Töne hätte erzählen können. Aber ganz offensichtlich wollte sie das nicht.

»Wie war es bei dir?«, fragte er deshalb Crefeldt. »Wie war es, der Meurg zu sein?«

»Gastell ist … Gastell war kein Meurg«, sagte der Senso-Tech zu Nadirs Überraschung. »Glaube ich zumindest«, fügte er mit einem schwachen Grinsen an. Er deutete auf Magister Dahn: »Unser Genie hat sich geirrt. Wenig von dem, was du eben beschrieben hast, trifft auch auf den Rebellen zu. Aber eines doch: die fehlende Individualität. Je länger ich darüber nachdenke, desto klarer wird mir das. Es war … unheimlich. Seine Gedanken kreisten beinahe ausschließlich um den bevorstehenden Kampf. Er war sich bewusst, dass der Angriff scheitern würde. Dennoch hat er sich völlig darauf konzentriert. Kein ernsthafter Gedanke an die Zurückgebliebenen, an die anderen Rebellen, vielleicht an seine Familie oder an Freunde. Gastell hatte nur diese Konfrontation im Sinn.« Crefeldt machte eine kurze Pause. »Ich würde behaupten, dass er deinem Enthee gar nicht so unähnlich war.«

»Aber dann …«

»Ich korrigiere mich«, unterbrach Magister Dahn und klapperte dazu mit seinem Schnabel. »Die Rebellen sind Enthee. Die aktualisierten Daten lassen keine andere Interpretation zu. Jedoch konnte ein signifikanter Unterschied festgestellt werden.«

»Der Tumor«, sagte Paz Nadir.

»Die Melodie«, erklärte Crefeldt. »Gastell hat sie nicht gehört.«

Das Vogelwesen schlug mit beiden Flügeln. »Hierin liegt die Erklärung«, sagte es würdevoll.

»Das verstehe ich nicht«, kam es leise von Jana Lanús.

Plötzlich sprachen alle durcheinander, um ihre Vermutungen zu erläutern. Erst Drabans Stimme, die aus den Lautsprechern von Alpha-Alpha schallte, beendete das Chaos. »Schlechte Nachrichten«, sagte der Coparr. »Il Shandt und seine Guer hatten Feindkontakt. Sie wurden angegriffen. Momentan existiert keine Verbindung mehr.«

Nadir erhob sich von seiner Liege. Er fühlte sich noch ein wenig wackelig auf den Beinen, ignorierte aber das leichte Gefühl der Übelkeit.

»Was ist mit Aulden?«, fragte er.

»Der Argonom ist noch auf der *Heim*«, antwortete Draban. »Ich habe ihn aber bereits benachrichtigt. Wir sollten unverzüglich aufbrechen.«

»Status der Revitalisierung?«

Frimang zögerte nicht. »Neunzig Prozent«, sagte er. »Bislang scheint alles nach Wunsch zu verlaufen.« Eine konkretere Aussage war von ihm nicht zu erwarten. Dafür war sein Wissen um die Funktionsweise der technischen Hinterlassenschaften, welche die *Heim* in ihrem gigantischen Inneren barg, zu bescheiden.

Aulden hatte damit kein Problem. Frimang konnte nicht aus seiner Haut, er selbst aber auch nicht. Er hatte beschlossen, dass Hetman derjenige sein sollte, der ihn im Kampf gegen die Lotsen vertreten würde, falls er nicht selbst an Bord sein konnte. Dafür war er auch bereit, ein großes Risiko einzugehen. Jedes Risiko.

Was würde Hetmans Verlust für dich bedeuten?

Über diese Frage wollte er sich eigentlich nicht allzu viele Gedanken machen, weil die Antwort zu schmerzlich sein würde.

Er saß längst wieder in dem Sessel, von dem aus er die *Heim* steuerte. Die feinen Drähte waren in seiner Haut verankert und verbanden seinen Körper mit allen Kontrollen. Aulden fühlte das mächtige Schiff und er sah weit darüber hinaus.

Der Argonom schickte seine Sinne auf den Weg. Sein Geist reiste durch den Weltraum, durchquerte das Sonnensystem und traf auf die Lotsen. Sie näherten sich gemächlich, aber unaufhaltsam. Erneut versuchte er, in das Bewusstsein eines dieser merkwürdigen Lebewesen einzudringen. Vergeblich. Sie schirmten sich erfolgreich vor ihm ab und ihm blieb nicht mehr, als Mutmaßungen über die Motivation der Lotsen anzustellen. Auf keinen einzigen der Funksprüche der *Heim* hatten sie geantwortet, wie er von Frimang wusste. Allein das war eigentlich schon Antwort genug.

Es wird zum Angriff kommen. Sie denken nicht daran, uns ungeschoren davon kommen zu lassen. Der Tod des Lotsen, der diese überflüssige Konfrontation ausgelöst hatte, war ihm nach wie vor ein Rätsel. *Hetman*, dachte Aulden. Vielleicht hatte der Coparr noch einen wichtigen Hinweis gefunden, bevor er gestorben war. *Alles hängt jetzt an Hetman.*

Er kehrte zurück auf sein Schiff und in seinen Körper.

»Status der Revitalisierung?«, fragte er.

»Zweiundneunzig Prozent«, sagte Frimang. Er hatte sich nicht von den Kontrollen weg bewegt, an denen er den Prozess überwachte. Die schweren Hautlappen, die sein Gesicht bedeckten, waren straff gespannt.

»Hetman wird rechtzeitig wieder bei uns sein«, sagte Aulden.

Der Coparr fuhr sich mit dem Linksdaumen seiner rechten Hand über den mittleren Kinnhöcker und spreizte den Rechtsdaumen im Neunzig-Grad-Winkel ab. »Rechtzeitig ja«, murmelte er. »Aber auch unbeschadet?« Obwohl er die Maßnahme des Argonomen nicht gut heißen konnte, weil er wie alle seine Artgenossen um Hetmans Leben fürchtete, stand er trotzdem loyal zum Argonomen.

»Du wirst sehen, Hetman wird schnell wieder ganz der Alte sein. Wir brauchen ihn, Frimang. Ich kann es mir nicht leisten, in dieser Situation auf ihn zu verzichten.«

Er wartete, doch der Coparr gab kein Zeichen der Zustimmung. Stattdessen sagte er nach einigen Momenten unangenehmer Stille: »Status der Revitalisierung: dreiundneunzig Prozent.«

Aulden nickte. »Bald«, sagte er.

Der Impuls, mit dem ihn der Rezip alarmierte, schnitt scharf durch seinen Geist. Der Argonom wusste, was das bedeutete.

»Ich muss auf den Planeten zurück«, sagte er.

Frimang tippte sich mit dem Linksdaumen an die Stirn.

»Ich werde bald wieder auf der *Heim* sein«, versprach Aulden. Den Augenblick, in dem Hetman wiedererwachte, wollte er sich nicht entgehen lassen. Denn im schlimmsten Fall musste er dann eine schnelle, schmerzhafte Entscheidung treffen.

»Wir müssen uns beeilen«, sagte Il Shandt. »Raus hier.« Er deutete auf Pekka Bloom und tippte dem Forscher gegen die Brust. »Sie kommen mit.«

»Ich …« Bloom blickte unschlüssig in die Runde. Dann schien er endlich zu begreifen. Er bückte sich, griff nach dem Datenlesegerät und presste es an sich, als habe er Angst, es zu verlieren. Mit der anderen Hand stopfte er sich hektisch so viele der Speichermedien in die Taschen, wie er dort unterbringen konnte.

»Energetische Aktivitäten in unmittelbarer Nähe«, meldete Infae Lyden.

»Los jetzt«, drängte Il Shandt.

Der Forscher sah unglücklich aus. »Sie werden uns nicht gehen lassen«, sagte er langsam.

»Feindkontakt in wenigen Sekunden«, zischte Lyden. Die Guer hatten längst ihre Waffen gezogen. Auch Il Shandt griff jetzt nach seinem Strahler. Er ahnte, was auf sie zukam.

Malest Teyre, der vorne am Eingang stand, stieß einen kurzen Warnruf aus, dann traf ihn ein Schuss. Der Guer drehte sich noch halb zu ihnen um, so dass Shandt sein schmerzverzerrtes Gesicht sehen konnte, ehe er zusammenbrach. Die Eindringlinge kamen aus dem Dunkel des Ganges und waren deshalb nur schwer auszumachen. Trotz der Kampfanzüge, die ihre Körper fast vollständig verhüllten, erkannte Shandt sofort, mit wem er es zu tun hatte: Enthee.

Die nah beieinander stehenden, ellipsenförmigen Augen hätten auch Meurg gehören können, doch das dünne Haar auf ihren Köpfen verriet sie. Hier und da konnte Shandt auch einen der dicken Kehlköpfe ausmachen, die ebenfalls charakteristisch waren.

Die ersten Angreifer wurden vom Abwehrfeuer der Guer erfasst und ließen ihr Leben. Doch für jeden, der tot zu Boden sank, schienen mindestens zwei neue Enthee nachzukommen. Sie strömten wie ein Insektenheer durch die schmale Öffnung in die Höhle, stiegen über ihre gefallenen Artgenossen, ohne sich um deren Schicksal zu kümmern. Stur folgte einer dem anderen, in Windeseile wurde jede neu entstandene Lücke wieder geschlossen.

Die kleine Höhle bot den Guer nicht die geringste Möglichkeit, in Deckung zu gehen. Zwar starben ihre Gegner unter ihren Schüssen wie die Fliegen, doch die enorme Masse der Enthee glich das mehr als aus. Es schien endlos viele von ihnen hier unten zu geben.

Wir sind nur noch sechs, dachte Il Shandt. In diesem Moment erwischte es Pekka Bloom. Der Forscher fiel vornüber, ohne dass ihm ein Laut über die Lippen kam. Einige der kleinen, runden Speichermedien lösten sich aus seinen Taschen und rollten durch die Höhle. Bloom würde sie nicht mehr brauchen.

»Valse«, sagte Il Shandt. »Wir werden die Stellung nicht halten können.«

Er erhielt keine Antwort. Der Pilot des Gleiters meldete sich nicht.

»Valse? Desused?«

Nichts.

Il Shandt konnte sich nicht mit der Frage aufhalten, was den Piloten daran hindern mochte, ihm zu antworten. Er musste sich auf den Kampf konzentrieren, so sinnlos ihm dieser auch erschien. Er schoss. Gleichzeitig sprach er leise in sein Kehlkopfmikrofon und gab einen Bericht ab, der die Lage zusammenfasste und alles Wissenswerte enthielt, was sie von Pekka Bloom erfahren hatten. Es war seine Pflicht, den Argonomen zu informieren. Er wartete aber damit, den Funkspruch loszuschicken. *Wir sind noch nicht geschlagen*, dachte er.

»Ausfall?«, fragte Lyden.

Infae Lyden denkt mit. Er hätte vielleicht eines Tages das Zeug dazu gehabt, sein Nachfolger zu werden. Wie es im Augenblick aussah, würde daraus aber nichts werden.

Il Shandt nickte. »Attacke.«

Sie feuerten, was ihre Waffen hergaben, und stürmten gleichzeitig in Richtung der schmalen Öffnung, die ihre einzige Möglichkeit darstellte, die Höhle vielleicht doch noch verlassen zu können. Die Enthee wurden von diesem plötzlichen Vorstoß offensichtlich überrascht. So todesverachtend sie bisher auch angegriffen hatten, wurden sie nun doch immerhin einige wenige Schritte zurückgedrängt. Shandt sah vor sich eine Waffe aufblitzen und ließ sich fallen. Der heiße Energiestrahl fauchte über ihn hinweg. *Gute Reflexe.* Er grinste. Dabei vergaß er nicht, weiter seinen Bericht zu diktieren.

Die zahlreichen Leichen der Enthee boten ihnen hier am Höhlenausgang jetzt genügend Deckung. Shandt brachte sich hinter den Körpern einiger Gefallener in Sicherheit. Lyden und Gield schossen durch Lücken, die sich im Wall der Leiber boten, und hielten die Enthee so auf Distanz.

»Der Gang«, sagte Lyden.

»Was ist damit?«, fragte Il Shandt.

»So weit ich erkennen kann, liegen auch dort draußen einige Tote am Boden. Wir könnten durchkommen.«

Shandt wusste, warum Lyden auf Nachtsicht verzichtete, die ihm eine exaktere Beurteilung der Lage ermöglicht hätte. Jetzt wurde die Energie für andere Funktionen ihrer aufgerüsteten Körper dringender gebraucht. Ihre schwarzen Monturen hielten mehr als nur einen Wirkungstreffer aus, wenn die Energie richtig eingesetzt wurde. Il Shandt wollte den Fehler seiner toten Kameraden nicht wiederholen.

»Dann los«, sagte er.

Während Lyden mit Sperrfeuer für Deckung sorgte, sprang er mit einem riesigen Satz in den Gang hinaus. Er landete genau am berechneten Punkt, an dem zwei tote Enthee übereinander lagen, hinter denen er sich verbergen konnte. Shandt feuerte und drängte die Angreifer weiter zurück. Die anderen Guer folgten ihm. Bis auf Gield schafften sie es alle. Er wurde mitten im Sprung von gleich drei Schussbahnen erfasst. Das konnte auch die beste Montur nicht absorbieren. Er starb.

»Wir rücken weiter vor«, sagte Shandt. Die Enthee feuerten jetzt nur noch vereinzelt. Ihre Schüsse verrieten ihm, dass sie zurückwichen. Das machte ihn misstrauisch.

Er hörte über sich ein leises Knacken, dann ein Grollen. »Vorsicht«, schrie er. Aber es war zu spät. Die ersten Felsbrocken prasselten auf ihn herab. *Sie lassen die verfluchte Decke einstürzen.* Ihm blieb nur noch eines: Er schickte den Bericht an Aulden ab. »Ich danke euch, Männer«, sagte er. Dann traf ihn ein großer Stein am Kopf.

»Kommen Sie ihm nicht zu nahe«, warnte Magister Dahn. Paz Nadir sah, dass Aulden einen angemessenen Sicherheitsabstand zu dem Gefangenen hielt. Crabb schwebte einen knappen Meter über dem Boden und hing wie leblos in dem Fesselfeld, mit dem ihn die Coparr hierher transportiert hatten.

Nadir und Crefeldt hatten den Argonomen in die Klause Dahns begleitet, um sich dort darüber informieren zu lassen, was der Magister inzwischen über Crabb herausgefunden hatte. Wie eigentlich immer verspürte Nadir beim Anblick des Vogelwesens ein tiefes Misstrauen.

»Sie könnten ihn töten«, sagte Dahn zu Aulden. »Alles, was mit Argonomen zu tun hat, löst panische Angst in ihm aus.«

Aulden schüttelte den Kopf. »Was mag nur auf dieser Welt geschehen sein, auf die es ihn mit Chrom verschlagen hat?«

»Das habe ich noch nicht vollständig herausfinden können«, sagte Dahn. »Aber dafür ist es mir gelungen, eine große Anzahl anderer, sicherlich nicht minder wichtiger Informationen von dem Gefangenen zu gewinnen.«

»Sprechen Sie, Dahn. Und bitte: Kommen Sie auf den Punkt.«

Das leise Keckern, das Dahn von sich gab, deutete auf Belustigung hin. Das machte ihn Nadir schon beinahe wieder sympathisch. Es war beruhigend zu erkennen, dass Dahn offensichtlich selbst wusste, wie sehr seine geschraubten Sätze seiner Umwelt auf die Nerven fallen konnten.

»Es trug sich vor fünf Jahren zu«, hob Magister Dahn umständlich an, keckerte wieder und sagte dann weniger umständlich: »Crabb hat sich zweifelsfrei auf der Welt Pfeil an Bord der *Stern* begeben.«

»Das wussten wir bereits«, sagte der Argonom.

Dahn klapperte zustimmend mit dem Schnabel, ließ sich von Auldens Worten aber nicht beirren. »Die Gründe lassen sich nicht näher spezifizieren, aber Ihre Artgenossin Chrom war mit an Sicherheit grenzender Wahrscheinlichkeit dazu gezwungen, Lücken, die sich innerhalb ihrer

Besatzung ergeben hatten, zu schließen. Auf Pfeil traten vermutlich zwanzig Frauen und Männer neu in Chroms Dienste.«

Nadir konnte sehen, wie bei jeder Erwähnung des Namens Chrom ein Zucken durch den Körper des Gefangenen lief.

»Auch das war uns schon bekannt.«

Nadir kannte Aulden. Er wusste, dass der Argonom nahe daran war, die Geduld mit dem Universal-Wissenschaftler zu verlieren.

Dahn merkte allerdings auch, woher der Wind wehte. Er bemühte sich, endlich einige neue Erkenntnisse preiszugeben. »Crabb erinnert sich an einen längeren Flug«, sagte er hastig. »Allerdings weiß er nichts von einem weiteren Zwischenstopp zu berichten. Glauben wir dem Gefangenen, hat die *Stern* nach ihrem Aufenthalt auf Pfeil direkt ihr Ziel angeflogen.«

Dahn machte eine Pause und sein Gefieder sträubte sich. Auf Auldens Stirn bildete sich eine steile Zornesfalte. Er stand kurz vor einem heftigen Wutausbruch.

»Die Welt, die von der *Stern* angesteuert wurde, trägt den Namen Enthee. Das habe ich von Crabb in Erfahrung bringen können. Er kannte zwar die Koordinaten nicht, doch nach einem Abgleich seines Gedächtnisinhalts mit unseren Daten über den in Frage kommenden Raumsektor habe ich den Standort dieses Planeten lokalisieren können. Mit einer Wahrscheinlichkeit von immerhin vierundachtzig Prozent.«

»Das ist gut«, sagte der Argonom, der von diesen Ausführungen besänftigt wirkte. »Das ist sogar sehr gut. Wir werden unverzüglich Kurs auf Enthee nehmen. Jetzt möchte ich lediglich noch wissen, was dort mit Crabb und vor allem mit Chrom geschehen ist.«

Paz Nadir bemerkte erneut das Zusammenzucken des Gefangenen. Was sich auch auf Enthee abgespielt haben mochte: Es war augenscheinlich, dass Crabb noch jetzt darunter zu leiden hatte.

»Ich weiß es nicht«, sagte der Universal-Wissenschaftler. »Noch nicht. Die *Stern* hat den Planeten zweifelsfrei erreicht und eine kleinere Gruppe, zu der auch Ihre Artgenossin und der Gefangene gehörten, hat sich zur Oberfläche begeben. Dann sind die gewonnenen Daten nur noch sehr fragmentarisch und bleiben in ihrem Informationsgehalt enorm vage. In aller Vorsicht möchte ich vermuten, dass die Gruppe eine Wüste durchquert hat, die Crabb *sehr groß* vorgekommen sein muss. Im Anschluss daran sperrt sich seine Erinnerung und gibt nicht einmal Bruchstücke des weiteren Geschehens wieder.«

Nadir schaute zu Crabb. Der hünenhafte Mann nahm nicht den geringsten Anteil am Geschehen. Er hielt die Augen geschlossen und bewegte sich nicht. *Als wenn er tot wäre*, dachte Nadir.

»Wodurch wird diese Sperre bewirkt?«

»Das habe ich ebenfalls noch nicht herausfinden können, Aulden«, antwortete Magister Dahn. »Selbstverständlich bin ich der nahe liegenden Vermutung nachgegangen, dass es sich um eine künstlich geschaffene Barriere in seinem Gedächtnis handeln könnte. Es war mir allerdings bislang unmöglich, dies zu verifizieren. Nach dem jetzigen Stand meiner Untersuchungen scheint es ebenso wahrscheinlich zu sein, dass die Blockade in den Erinnerungen des Gefangenen schlicht durch übergroße Angst ausgelöst wurde. Möglicherweise eine Art Schutzmechanismus, mit dem sich der Geist des Mannes den Gedanken an besonders unangenehme Erlebnisse versperrt.«

»So etwas gibt es?«, fragte Crefeldt, der bisher ungewöhnlich schweigsam dem Gespräch zwischen Aulden und Dahn gefolgt war.

Der Senso-Tech erhielt keine Antwort. Dahn behandelte ihn wie Luft und blickte durch ihn hindurch. Aulden dagegen hatte es mit einem Mal sehr eilig. »Wir fliegen Enthee an. Sie setzen die Untersuchungen des Gefangenen währenddessen fort, Magister Dahn. Jede noch so kleine Information kann hilfreich sein, Chrom zu retten.«

»Die Botschaft ist eindeutig«, sagte Draban. Er führte mit beiden Daumen kreisende Bewegungen aus, was sein großes Entsetzen zeigte.

Il Shandt hatte ihnen nicht einfach nur einen Funkspruch geschickt und darin um Hilfe gebeten, sondern einen ganzen Wust von Informationen. Das konnte nur eines bedeuten: Der Guer rechnete nicht damit, diese Daten noch selbst überbringen zu können. Und wenn ein Mann wie Il Shandt resignierte, musste die Lage mehr als nur hoffnungslos sein.

»Er ist tot«, sagte Nadir düster. »Vielleicht sind sie alle tot.«

Draban tippte sich mit dem Linksdaumen kurz an die Stirn, ehe der Daumen wieder parallel zum anderen zu kreisen begann.

»Leite Shandts Daten sofort an Magister Dahn weiter, Draban. Er wird sie richtig einzuordnen wissen.« Nadir sah, wie Alpha-Alpha, die halbkugelförmige Station des verschrobenen Universal-Wissenschaftlers, hinter den deutlich schnelleren Gleiter zurückfiel, da sie sich jetzt nicht mehr mit einer gründlichen Untersuchung der Umgebung aufhielten.

Vor ihnen tauchte mitten in der Wüste eine Felsformation auf. Das felsige Oval bedeckte eine Fläche von knapp einem Quadratkilometer.

»Die Heimat der Rebellen«, sagte Aulden. Nadir zuckte bei seinem plötzlichen Erscheinen nicht einmal mehr zusammen. Der Argonom war zum wiederholten Mal von einer seiner Stippvisiten auf der *Heim* in den Körper des Rezips zurückgekehrt. In sein Gesicht hatten sich tiefe Sorgenfalten gegraben: Das Schicksal der Guer um Il Shandt ließ auch Aulden nicht unberührt.

»Hohlräume unter dem Gestein«, meldete Draban.

»Ein Bau der Enthee?« Nadir erinnerte sich daran, wie er Kah Err Sentheer gewesen war. Ein Schauder lief ihm über den Rücken. Fast meinte er, wieder die allgegenwärtige Melodie zu hören, die den Geist des Enthee erfüllt hatte.

»Il Shandt teilt uns mit, dass Meurg und Enthee einst ein Volk waren«, meldete sich Magister Dahn über Funk. »Der offensichtlichste Unterschied der beiden heutigen Völker scheint das Organ im Gehirn zu sein, das von mir als Tumor klassifiziert wurde. Nach Ansicht des Guer handelt es sich bei den Rebellen allerdings nicht um Meurg, wie ich ursprünglich vermutet hatte, sondern um Enthee. Die Aufnahmen, die von Shandt mitgeschickt wurden, belegen das. Und die Angreifer, die für den Tod der Guer verantwortlich sein dürften, waren ebenfalls Enthee.« Dahn wartete die Antwort nicht ab. Ein leises Knacken beendete die Funkverbindung.

»Wir müssen dort hinein«, sagte Aulden. Nadir sah ihm an, dass er seine Männer noch nicht aufgegeben hatte.

»Vickers könnte …«

»Max, lass den Unsinn«, unterbrach Nadir Crefeldts Vorschlag.

»Das ist keine schlechte Idee«, sagte Aulden. »Der Roboter soll eines oder besser zwei seiner Module aussenden.«

»Schon geschehen«, antwortete Crefeldt. Der Senso-Tech funkelte Nadir triumphierend an.

»Da ist der Zugang.« Draban deutete auf die Bilder, die Vickers' Module lieferten. Sie zeigten ein Loch, das oben auf der Felsformation lag und tief in diese hineinführte.

»Da. Die Trümmer eines Gleiters«, sagte Nadir. »Die Maschine ist völlig zerstört.« Der Angriff musste die Besatzung überrascht haben. Anders war es nicht zu erklären, dass die Defensivbewaffnung den vergleichsweise primitiven Geschützen der Enthee nicht standgehalten hatte.

Die Module des Roboters hatten sich bereits auf den Weg in die Tiefe gemacht und lieferten weitere Bilder. Zunächst waren nur tote Enthee zu sehen. Die Angreifer mussten mit kaltblütiger Grausamkeit vorgegangen sein. Die Leichen der Rebellen lagen in großer Zahl über den Boden der Gänge verstreut, die sich unter dem Gestein hindurchzogen. Nirgends war auch nur ein Funken von Leben zu entdecken.

Dann verharrte das eine der Module vor einem Geröllberg. Hier war die Decke eingebrochen und die Felsen hatten einen kompletten Gang oder mehr verschüttet.

»Die Guer«, sagte Vickers. »Sechs von ihnen liegen unter den Steinen, die Ortungen lassen keinen Zweifel zu. Sie sind tot. Zwei weitere Leichen kann ich in der sich anschließenden Höhle ausmachen und einen ebenfalls toten Menschen. Laut Il Shandts Daten handelt es sich dabei um den Forscher Pekka Bloom.«

Aulden schnauzte weder Crefeldt noch Vickers an, weil der Roboter den Funkspruch des Guer angezapft und sich eigenmächtig Informationen beschafft hatte. Stattdessen war er blass geworden. Er presste die Hände an die Schläfen. »Sie sind tot.«

Das war keine Frage, sondern eine Feststellung, aus der Auldens Trauer um die Verstorbenen sprach. Kampf war das Leben der Guer, der Argonom wusste das ebenso wie Nadir. Il Shandt war schon Auldens Wegbegleiter gewesen, als Nadir den Argonomen kennen lernte, und sie hatten manchen kitzligen Einsatz Seite an Seite erlebt. Dass der Guer und seine Artgenossen jetzt auf so simple Art und Weise ums Leben gekommen sein sollten, wollte Nadir kaum glauben. Und doch sagte ihm sein Gefühl, dass er sich damit abfinden musste. Er hörte die Worte des Argonomen wie durch Watte, als dieser befahl, dass sich die beiden letzten Guer, die Il Shandt bei ihrer Gruppe zurückgelassen hatte, um die Leichen kümmern sollten. Von der *Heim* forderte Aulden Unterstützung an. »Ich will, dass sie im Weltraum bestattet werden«, sagte er. »Das bin ich ihnen schuldig, so hätten sie es gewollt. Und ich möchte dabei sein. Sobald alles andere hier erledigt ist. Wir fliegen inzwischen zur Energiekuppel, die Entheetes Bau schützt. Unverzüglich.« Draban tippte sich eilig mit dem Linksdaumen an die Stirn. »Ich kehre derweilen an Bord der *Heim* zurück. Hetman wird in Kürze aus der Revitalisierung erwachen.«

»Status: achtundneunzig Prozent«, sagte Frimang, der die Daten von seinem Armband ablas.

Er hatte den Argonomen sofort nach dessen Rückkehr auf die *Heim* in die Tiefen der gigantischen Pyramide begleitet. Weitere Coparr schlossen sich ihnen an. Aulden konnte es gut verstehen: Sie wollten alle unmittelbar dabei sein, wenn Hetmans Revitalisierung beendet sein würde.

Das Risiko, dachte Aulden.

Hatte er zu viel gewagt? Der Prozess, den die Maschinen aus grauer Vorzeit ausführten, barg eine Menge Gefahrenpotenzial. Diese Technik, entwickelt in einer Epoche, als sich die Argonomen auf dem Höhepunkt ihrer Evolution befanden, war nicht nur uralt, sondern auch niemals vollständig ausgereift gewesen. *Wer weiß*, dachte Aulden. *Wer weiß, was geschehen wäre, hätte die Blütezeit noch einige Jahrhunderte angedauert.* Aber er hatte sich längst damit abgefunden, einer der letzten eines sterbenden Volkes zu sein. Deshalb war es auch so wichtig, Chrom nicht einfach ihrem Schicksal zu überlassen. Selbst wenn sie beide wohl kaum zu den Stammeltern eines neuen, aufstrebenden Geschlechts werden würden, klammerte sich Aulden immer noch an die Hoffnung, dass sie vielleicht eines fernen Tages zumindest einen Nachkommen gemeinsam zeugen mochten. Dafür musste er Chrom jedoch erst einmal wieder finden.

Frimang und der Argonom betraten die *Kammer*. Keiner der anderen Coparr folgte ihnen in diesen kleinen Raum. Sie warteten draußen und starrten durch die transparenten Scheiben. Aulden bemerkte, dass es Frimang eine ungeheure Überwindung kostete, hier und nicht draußen bei den anderen zu stehen. Er wusste, warum: Der Vorfall war keine zwei Jahre her. Tenghers erster Tod war ein Unglücksfall gewesen, ein Missverständnis mit den Eingeborenen eines unbedeutenden Planeten, das er mit dem Leben bezahlt hatte. Seinen zweiten Tod aber hatten die Maschinen des Argonomen zu verantworten. Natürlich hatte deshalb bis heute keiner der Coparr Aulden einen Vorwurf gemacht. Ihm war damals nichts anderes übrig geblieben, als sofort zu schießen. Tenghers Körper war zwar wiederhergestellt worden, sein Geist aber hoffnungslos zerrüttet. Um das zu erkennen, hatte ein einziger Blick genügt. Und Aulden war dieser Anblick leidvoll vertraut. Über die Jahrhunderte hatte er so immer wieder Weggefährten verloren. Aber die Coparr fürchteten sich seit dem Tod Tenghers noch viel stärker als jemals zuvor vor dem Prozess der Revitalisierung, der nun nicht mehr nur unheimlich, sondern bedrohlich auf sie wirkte. Und nun war Hetman an der Reihe, ihr Anführer, derjenige, zu dem sie alle aufblickten.

Der Mann, der ihnen wichtiger war als Aulden selbst. Wäre Hetmans Loyalität nicht absolut gewesen, hätte das zu einem Problem werden können. Doch so wusste der Argonom, dass er sich keine Sorgen machen musste. Zumindest nicht, solange Hetman lebte.

»Status: neunundneunzig Prozent«, sagte Frimang. Er sprach leise, beinahe andächtig.

Sie standen vor der Maschine. Ein hoher Zylinder aus rötlich schimmerndem Metall, in den eine transparente Röhre eingelassen war. Im Inneren der Röhre schwebte der tote Coparr. Es gab hier keine Kabel oder Drähte, unsichtbare Finger arbeiteten fieberhaft an der Rückkehr Hetmans unter die Lebenden. Aulden konnte sein Gesicht sehen, die schlaff herabhängenden Hautlappen und die drei Kinnhöcker, sogar die fest geschlossenen Augen. Hetmans Anblick hatte etwas Friedliches. *Als ob er schon alles hinter sich gelassen hat*, dachte der Argonom. Damit würde es gleich vorbei sein – so oder so.

»Hetman«, stahl sich ein Flüstern über Auldens Lippen. »Du schaffst es.« Er hoffte, dass er sich nicht täuschte. »Wir brauchen dich.«

Frimang hielt den Blick gesenkt und starrte nur noch gebannt auf das Armband, an dem jeden Moment die Anzeige umspringen musste. Die Hautlappen in seinem Gesicht waren vor Aufregung in Schwingung geraten. Aulden konnte die ungeheure Anspannung, die den Coparr ergriffen hielt, fast körperlich spüren.

»Einhundert Prozent.«

Jetzt blickte auch Frimang wieder auf die transparente Röhre. Sie bewegte sich langsam. Millimeter um Millimeter schob sie sich aus dem metallenen Zylinder, so ungeheuer zäh, als wolle die Maschine Hetman nicht freigeben.

Aulden entging nicht, wie Hetman genau in dem Moment die Augen öffnete, in dem die Röhre ihre Bewegung beendete und zum Stillstand kam. Der Argonom konzentrierte sich ganz auf die Augen des Coparrs. *Es ist kein Wahnsinn in ihnen*, dachte er. Die Erleichterung, die er sich von dieser Feststellung versprochen hatte, wollte sich allerdings nicht einstellen. *Da ist etwas. Etwas, das dort vorher nicht zu sehen war.* Ein schwaches Funkeln glitzerte kurz aus Hetmans Augen. *Was war das?*

Die Röhre öffnete sich. Ein schwaches Klicken. Hetman krächzte etwas Unverständliches und Aulden reichte ihm die Hand. Der Coparr nahm sie und drückte sie fest. »Danke«, sagte er leise. »Danke, dass du mich zurückgeholt hast, Aulden.«

»Hetman.« Tränen schossen in die Augen des Argonomen. »Mein treuer Hetman.« Er erwiderte den Händedruck des Coparrs. »Wir brauchen dich. Ich danke meinen Ahnen, dass du wieder bei uns bist.« Er half dem Coparr, aus der Röhre zu klettern. »Hast du deinen … deinen Mörder identifizieren können?«

»Nein«, sagte Hetman. »Aber die Umstände meines Todes …«

»Spielen jetzt nur eine untergeordnete Rolle. Darum können wir uns später kümmern.«

Hetman schob Rechts- und Linksdaumen beider Hände gegeneinander. Offensichtlich war er mit den Worten des Argonomen nicht einverstanden. »Wir haben einen Mörder an Bord. Er hat den Lotsen getötet und dann …«

»Die Lotsen sind genau unser Problem«, sagte Aulden. »Sie greifen uns an. Deshalb musste ich das Risiko eingehen, deine Revitalisierung zu beschleunigen. Ich bin froh, dass ich dieses Wagnis nicht bereuen muss.«

Musste er das wirklich nicht? Er nahm Hetman noch einmal genau in Augenschein. Aber der wirkte nicht anders als vor seinem Tod. Seine Augen, in denen der Argonom das seltsame Funkeln bemerkt hatte, waren jedoch von den herabhängenden Hautlappen verborgen.

»Also werde ich mich erst später darum kümmern können. Wenn ich dich recht verstehe, gilt es jetzt zunächst, die Verteidigung der *Heim* zu organisieren.«

Aulden nickte. »Frimang wird dich über alles informieren. Draban weilt auf Enthee. Und auch ich muss schleunigst auf den Planeten zurückkehren.«

Hetman tippte sich mit dem Linksdaumen an die Stirn. »Die *Heim* wird auch diesen Sturm überstehen.«

»Daran habe ich nicht den geringsten Zweifel«, sagte Aulden. Ein schwaches Gefühl des Misstrauens blieb. Doch er wusste, dass er keine Zeit mehr hatte, seinem Gefühl nachzugehen.

Die Kuppel aus reiner Energie lag vor ihnen. Sie erhob sich mitten in der endlosen Wüste und schimmerte grünlich. Es war ein erhabener Anblick.

»Entheetes Reich«, sagte Jana Lanús.

»Wie kommen wir hinein?«, fragte Paz Nadir.

Jana Lanús schüttelte den Kopf und schob sich dann eine schwarze Haarsträhne aus dem Gesicht. »Überhaupt nicht«, sagte sie. »Es sei denn, es ist Entheetes Wille.«

»Unsere Waffen …«

»… werden den Schirm nicht knacken.«

Nadir erinnerte sich an das, was sie ihm von der Zeit erzählt hatte, als die ersten Menschen auf diesen Planeten gekommen waren, und darüber, wie damals der Krieg zwischen Enthee und Meurg beendet worden war. *Die Kuppel, unter der sich ihr Reich verbirgt, hat sich für uns niemals geöffnet.* Er musste davon ausgehen, dass die irdischen Militärs es mit allen Mitteln versucht hatten.

Oder hat sie mich belogen?

Er wusste immer noch nicht, wie weit er dieser Frau trauen konnte. »Wir werden sehen.«

Dann wandte er sich an Crefeldt. »Ich möchte, dass Vickers eines seiner Module ausschickt.«

»Das ist längst geschehen«, antwortete der Roboter. Crefeldt grinste nur unschuldig. »Das Modul verharrt wenige Zentimeter vor dem Energieschirm. Eine weitere Annäherung ist nicht empfehlenswert.«

»Ich würde nur ungern eines der Module verlieren«, ergänzte Crefeldt. »Es gibt keine Möglichkeit, durch den Schirm zu kommen. Die Daten zeigen zweifelsfrei, dass das Modul sofort zerstört werden würde.«

Nadir fluchte. »Magister Dahn?«, sprach er in das Funkgerät.

»Ich wünschte, mit einer positiveren Analyse aufwarten zu können«, kam die Antwort des Universal-Wissenschaftlers. »Jedoch muss ich die vorläufige Prognose kundtun, dass wir hier mit unseren bescheidenen Mitteln gewaltsam nichts ausrichten werden können. Die Energieform, aus der sich dieser Schutzschirm zusammensetzt, ist … ungewöhnlich.« Das letzte Wort flüsterte Dahn fast. Er musste beeindruckt sein. Oder ratlos.

Paz Nadir stieß einen weiteren Fluch aus. Er war mit seinem Latein am Ende.

»Sie sollten Ihr Vorhaben aufgeben«, sagte Jana Lanús. »Das führt zu nichts. Entheete ist gefährlich. Sie sollten sie nicht unterschätzen. Besser, wir verschwinden von hier.«

Der Vorstoß der Frau überraschte ihn. »Tragen Sie Ihre Warnungen dem Argonomen vor, sobald er wieder bei uns ist.« Sein Blick wanderte zum Rezip hinüber, der regungslos direkt neben Crabb am Boden saß, die Augen geschlossen. *Aulden*, dachte Nadir. *Jetzt bist du gefragt.*

Als habe dieser ihn gehört, kehrte Leben in den Körper des Rezips zurück. Er öffnete die Augen. Aulden war wieder in ihm.

»Hetman ist zurück«, sagte er. »Es geht ihm gut. Er wird die Lotsen abwehren.«

»Das freut mich.« Paz Nadir hatte großen Respekt vor dem Coparr. Ähnlich wie der tote Il Shandt war ihm auch dieser Begleiter Auldens längst ans Herz gewachsen. »Aber wir stecken in einer Sackgasse.« Er deutete auf den Energieschirm.

»Keine Möglichkeit, ihn zu durchbrechen?«

Natürlich hatte der Rezip alles mitangehört. Nadir wusste, dass er Aulden auf diese rhetorische Frage keine Antwort geben musste. Trotzdem schüttelte er den Kopf.

»Dann lass uns gehen.« Der Argonom erhob sich, überprüfte kurz seine Ausrüstung und verließ dann schnellen Schrittes den Gleiter. »Nimm den Gefangenen mit«, sagte er noch. Nadir übernahm mit einem Handgriff die Steuerung des Fesselfeldes, in dem Crabb hing, und folgte dem Argonomen. Was hatte Aulden vor?

Als sie draußen durch den Wüstensand stapften und sich dem Schirm näherten, bemerkte er, dass Crefeldt, Vickers und auch Jana Lanús ihnen nur zögernd folgten. Draban war im Gleiter zurückgeblieben. Wahrscheinlich befand sich der Coparr mit einem Ohr und all seinen Gedanken auf der *Heim*, wo der Jubel über Hetmans gelungene Revitalisierung groß war. Verständlich, dass Draban daran Anteil nehmen wollte.

»Was hast du vor?«, schrie Nadir gegen den Wind, der ihm ins Gesicht peitschte.

»Ich will hinein«, sagte Aulden.

Der Argonom stand jetzt nur noch einen einzigen Schritt vor dem Energieschirm. Langsam streckte er die rechte Hand aus. Seine Finger zitterten nicht, obwohl sie kurz davor waren, die tödliche Kuppel zu berühren.

Der Schirm erlosch.

»Folgt mir«, sagte Aulden.

zwölf

Cortz. Dein Name ist Cortz. Du lebst.

Die Menschen schienen es nicht eilig zu haben, Cortz zu verhören. Er saß eine lange Zeit in der Zelle, in die ihn die Soldaten gebracht hatten, und sprach sein Mantra lautlos vor sich hin. Eine schmale, harte Pritsche in der einen, eine schmuddelige Toilette in der anderen Ecke – mehr Einrichtungsgegenstände enthielt der kleine Raum nicht. Kein Tisch, kein Stuhl. So wälzte sich Cortz Stunde um Stunde auf der Pritsche, in der Kälte der Nacht, die in der unbeheizten Zelle bitterlich zu spüren war. Er hatte sich in eine kratzende Decke gehüllt, aus der er sich erst befreite, als draußen der Morgen graute. Ihm wurde bewusst, dass heute der achte Tag angebrochen war, seit das alles wieder begonnen hatte. Sein Leben, das er in Meurglys unter den Meurg geführt hatte, kam ihm vor, als sei es schon Jahre entfernt.

Cortz. Dein Name ist Cortz. Du lebst.

Er hielt seinen Blick auf das winzige Fenster gerichtet, während er die Worte murmelte, die ihm Halt gaben. Knapp unterhalb der hohen Decke angebracht, hatte er keine Chance, es zu erreichen. Immerhin erlaubte ihm die kleine Öffnung, nicht größer als seine beiden Hände zusammengenommen, mitzuverfolgen, wie es im Freien langsam hell wurde. In der Nacht hatte der Regen auf das Dach getrommelt, aber Cortz hätte vermutlich auch dann keinen Schlaf gefunden, wenn es rings um ihn totenstill gewesen wäre. Er fühlte, dass eine Entscheidung näher rückte. Wie auch immer sie aussehen mochte. Niemand hatte ihm Essen gebracht, auch jetzt nicht, am Morgen. Sein Magen knurrte. Vielleicht wollten sie ihn so weich kriegen.

Cortz. Dein Name ist Cortz. Du lebst.

Er dachte an den kurzen Flug zurück, mit dem die Soldaten ihn hierher gebracht hatten. Es war das erste Mal seit sieben Jahren gewesen, dass seine Füße den sicheren Boden des Planeten verlassen hatten. Sein erster Gedanke galt dem Weltraum und natürlich ganz besonders denen, die dort oben gestorben waren. Mit der Erinnerung, die er so lange ausgeblendet hatte, kam der Schmerz über ihn und die Sehnsucht nach den unendlichen Weiten, die früher sein Leben gewesen waren, denen er dann aber hatte entsagen müssen. Würde er das Weltall jemals wieder sehen? Im Moment deutete nichts darauf hin.

Als er Meurglys unter sich sah, die Stadt, in der er sieben Jahre verborgen und ungestört gelebt hatte, zwang sich ihm ein lauter Seufzer über die Lippen. Der ließ die beiden Soldaten – nicht Mills und Haslan, sondern zwei der anderen Menschen, die mit dem Gleiter zu dem Haus gekommen waren – nach ihren Waffen greifen. Cortz hob vorsichtig seine gefesselten Hände, so weit ihm dies möglich war. »Es ist nichts«, sagte er leise. »Nur Erinnerungen.« Die Soldaten grinsten, wirkten aber auch erleichtert, weil er offensichtlich nicht die Absicht hatte, ihnen Schwierigkeiten zu machen. Das wollte er keineswegs.

Meurglys, dieser riesige, endlos erscheinende Moloch, der sich unter ihnen bis zum Horizont und darüber hinaus erstreckte – sein Leben hier war Geschichte. Jetzt begann ein neues Kapitel. Eines, dem er sich stellen musste. Auch wenn die Gefahr bestand, dass er diese Konfrontation nicht überleben würde.

Jetzt wartete er hier in der Zelle darauf, dass ihn jemand holte, um ihn zu verhören.

Cortz. Dein Name ist Cortz. Du lebst.

Die Menschen würden ihm Fragen stellen, auf die er keine Antworten wusste oder wissen wollte. Und natürlich Fragen, auf die er ihnen die Antworten nicht geben wollte. Alles andere bedeutete, sich selbst zu verraten.

Was bleibt?, fragte sich Cortz. Warum fühlte er beinahe Zufriedenheit, seit er an diesem Ort angelangt war, wenn er sich doch allem versperren würde, was die Menschen von ihm wissen wollten?

Er dachte zurück: an Djerid. War sie tot? Oder entkommen? Oder hatte die Meurg ihn verraten? Letzteres glaubte er nicht, wenngleich er speziell Schrajm nicht über den Weg traute. Ihm wäre wohler gewesen, hätte er die Wahrheit gekannt. Tawnken drängte sich in seine Gedanken. Dann der alte Mann, der ebenfalls gestorben war und dessen Namen er nie erfahren hatte. Und andere Tote, die alle aus einer lange vergangenen Zeit stammten. *Ist es das wert?* Er schaute auf das Fenster und auf den schmalen Streifen Licht, der in seine düstere Zelle drang. *Vielleicht*, sagte er sich. *Aber nur, wenn ich jetzt nicht aufgebe.* Er musste die Stärke wiederfinden, die er irgendwann vor vielen Jahren einmal besessen, dann aber verloren hatte.

Nicht ich werde die Fragen beantworten, sagte er sich. *Ich möchte selbst Antworten bekommen.* Konnte das gelingen?

Er starrte auf das kleine Fenster dort oben. Jeder Gedanke an Flucht war sinnlos.

Cortz. Dein Name ist ...

Die Tür zu seiner Zelle öffnete sich. Cortz erschrak nicht. Er hatte damit gerechnet. Früher oder später.

Cortz blieb noch auf der Pritsche liegen, auch wenn er wusste, warum die vier Soldaten hier waren.

»Der Kommandant erwartet Sie«, sagte einer von ihnen, ein hagerer, junger Bursche. Seine Jugend erklärte die ungewöhnliche Höflichkeit. Er wusste nicht so recht, wie er den Gefangenen behandeln sollte.

Cortz erhob sich. Amüsiert bemerkte er, dass zwei der Soldaten sofort an ihre Waffen griffen. *Ich bin fertig, erledigt*, dachte er. *Seht ihr das nicht?*

Die Soldaten nahmen ihn in ihre Mitte, hielten aber einen deutlichen Sicherheitsabstand, als erwarteten sie, dass er jeden Moment damit beginnen mochte, wild um sich zu schlagen oder sie anzugreifen.

»Ich bin bereit«, sagte Cortz. »Bringen Sie mich zu Ihrem Kommandanten.«

Der einstöckige Trakt, in dem die Zellen untergebracht waren, lag ein wenig abseits des eigentlichen Hauptgebäudes, das sich hoch über die Landschaft erhob. Den Meurg, welchen die Höhe ebenso wie die Tiefe ein Gräuel war, musste dieser Anblick wie eine Verhöhnung ihrer Kultur vorkommen. Dort befanden sich die wichtigsten Einrichtungen der menschlichen Besatzer Enthees. Dort residierte auch der Konsul. *Ich würde dir nur ungern begegnen, Mazarin*, dachte Cortz. Und doch schien dieses Aufeinandertreffen unumgänglich. Vielleicht war das aber auch gut so. Eine Art Erlösung.

Cortz. Dein Name ist Cortz. Du lebst.

Eine Tür öffnete sich automatisch vor ihnen, als sie das Hauptgebäude erreichten, dann ging es durch lange Gänge, eine Treppe hinauf und wieder einen schmalen, kalten Gang entlang, der Cortz an den Gang in dem Haus erinnerte, in dem er und Tawnken sich noch vor wenigen Tagen eine Wohnung geteilt hatten. Dann blieb der vorderste der Soldaten stehen, bekam von irgendwoher Anweisungen, nickte ins Leere und öffnete eine weitere Tür, die in einen kleinen Raum führte, in dessen Mitte sich nur ein Tisch und auf jeder Seite jeweils ein Stuhl befanden.

»Nehmen Sie Platz«, sagte der junge Soldat.

Er ist zu höflich für diesen Job, dachte Cortz, erwiderte aber nichts. Stattdessen gehorchte er schweigend und setzte sich hin. Nichts geschah. Die Soldaten verharrten ebenso wie er regungslos.

Cortz schätzte, dass inzwischen mindestens eine Stunde vergangen sein musste. Doch er zeigte keinerlei Anzeichen von Ungeduld. Die Soldaten dagegen wurden langsam nervös. Warum hatte man derart blutige Anfänger damit beauftragt, ihn zu holen und zu überwachen? Unterschätzte man ihn so sehr? Vielleicht sollte er doch noch einen Versuch wagen, von hier zu entkommen. Früher hätte ihn dieser Gedanke amüsiert und ihm gleichzeitig Auftrieb gegeben. Heute fühlte er sich unsicher.

Cortz. Dein Name ist Cortz. Du lebst.

Er sagte es wieder und wieder vor sich hin und die Zeit verging. Die Soldaten schwitzten. Dabei war es im Raum nicht einmal sonderlich warm.

Plötzlich veränderte sich die Haltung des jungen Burschen, der zu ihm gesprochen hatte. Sein Körper straffte sich und er wischte sich mit einem Ärmel seiner Uniform den kalten Schweiß von der Stirn. Wahrscheinlich hatte er über Funk eine Anweisung erhalten. Jetzt endlich würde sich etwas tun. Cortz blieb sitzen, rein äußerlich ganz ruhig und gelassen. In seinem Inneren tobte jedoch ein Sturm der Gefühle. Würde er gleich Konsul Mazarin wieder gegenüberstehen? Entschied sich hier und jetzt sein Schicksal?

Der Mann, der den Raum betrat, war nicht Mazarin. Cortz kannte ihn nicht. Der Mann war weit über die vierzig hinaus und sein helles Haar wurde an einigen Stellen bereits licht.

»Wer sind Sie?«, fragte der Mann.

»Mein Name ist Cortz.«

»Das ist nicht Ihr richtiger Name.«

Cortz gab keine Antwort.

»Sie haben sich versteckt gehalten.«

Cortz schwieg.

»Warum?«

»Ich hatte meine Gründe.«

»Die Sie mir besser verraten.«

»Sonst?«

»Hören Sie«, sagte der Soldat. »Das hier ist kein Spaß. Wenn mir Ihre Antworten nicht gefallen, habe ich zwei Möglichkeiten: Ich versuche, die Wahrheit aus Ihnen herauszukriegen. Unsere Ärzte haben da ein paar ganz gute Mittelchen, die sie sicher gerne an Ihnen ausprobieren würden. Oder ich beschließe, dass es mich überhaupt nicht interessiert, was Sie zu sagen zu haben. Dann lasse ich Sie exekutieren.«

»Das werden Sie nicht«, sagte Cortz.
»Und was sollte mich daran hindern?«
»Weil Sie … haben Sie einen Namen?«
»Witalczuk«, sagte der andere und biss sich fast gleichzeitig auf die Lippen, als ärgere er sich darüber, seinen Namen preisgegeben zu haben. »Kommandant Witalczuk, Befehlshaber dieser Garnison.«
»Unter Befehl des Konsuls, vermutlich?«
»Natürlich.«
»Also, Kommandant Witalczuk. Sie werden mich nicht exekutieren lassen. Weil Sie sehr neugierig darauf sind, was ich zu erzählen habe. Vielleicht nicht Sie persönlich, aber der Konsul. Deshalb sollten Sie schon versuchen, mit mir ein vernünftiges Gespräch zu führen. Oder probieren Sie meinetwegen Ihre Drogen aus. Und danach führen wir ein vernünftiges Gespräch.«
Cortz fragte sich einen Moment lang, ob es der richtige Weg war, Witalczuk derart vor den Kopf zu stoßen. Aber er verspürte wenig Lust, so unterwürfig zu reagieren, wie es von einem Gefangenen üblicherweise erwartet wurde. *Angriff ist die beste Verteidigung*, dachte er. Schließlich hatte er kaum etwas zu verlieren.
Kommandant Witalczuk erhob sich von seinem Stuhl. »Wir sprechen später weiter«, sagte er. »Bringt den Gefangenen zurück in seine Zelle.«

Der Konsul saß in seiner kleinen privaten Zentrale und hatte sich einen vollständigen Überblick über die Situation verschafft. Auch auf dem Mond Enthees war nach wie vor alles in bester Ordnung. Eigentlich hätte er den Raum längst wieder verlassen können, um sich endlich seinem prominenten Gefangenen zu widmen. Aber etwas hielt ihn noch davon ab.
Er ertappte sich dabei, wie er in sich hineinlauschte. Doch dort war nichts. Nichts außer der sanften Melodie. Keine Anweisungen, kein Signal, das ihm sagte, was zu tun war. Er musste selbst entscheiden.
Fürchte ich mich?
Mazarin tat sich schwer damit, eine Antwort auf diese Frage zu finden. Er versuchte, ehrlich zu sich selbst zu sein. Furcht? Möglicherweise fürchtete er sich wirklich davor, diesem Mann wieder gegenüberzutreten, der sich heute Cortz nannte. Mazarin war das einerlei. Ein Name war so gut wie der andere.
Sieben Jahre.

Er hatte nie gedacht, dass es so lange dauern würde, den Plan zu vollenden. Sieben lange Jahre. Damals hatte er alles so gemacht, wie es ihm aufgetragen worden war, und er hatte sich nicht das Geringste vorzuwerfen. Dennoch quälte ihn immer wieder der Gedanke, ob er nicht falsch gehandelt hatte. Ob es nicht einen anderen Weg gegeben hätte, der Erfolg versprechender gewesen wäre.

Der Konsul starrte auf die Datenkolonnen, die in schneller Folge vor seinen Augen vorbeizogen, ohne sie noch wahrzunehmen. In diesem Moment, in dem ihn eigentlich wilder Triumph erfüllen sollte, weil letztlich doch alles so lief, wie geplant, fühlte er sich nur noch müde. Und er wünschte sich, dass schon alles vorbei wäre.

Was ist mit dir? Er spürte, dass er sich aus dieser Lethargie befreien musste, wollte er den großen Plan nicht behindern. Ihm musste niemand erklären, was mit denen geschah, die nicht so funktionierten, wie sie sollten. Kurz tauchte die Erinnerung an Jana Lanús in ihm auf.

Konsul Mazarin riss sich zusammen, stand auf, verließ den kleinen Raum und sicherte den Zugang sorgfältig. Entgegen seinen sonstigen Gewohnheiten verweilte er noch einige Minuten am Frühstückstisch, aß mehr als üblich und trank eine ganze Tasse Kaffee. Da war er wieder, der Wunsch, die Begegnung aufschieben zu können.

Auf dem Weg zu dem Raum, in dem das Verhör stattfinden würde, instruierte er Kommandant Witalczuk, der geduldig auf ihn gewartet hatte. Witalczuk nahm die Anweisungen des Konsuls wie immer ohne Widerspruch entgegen. Nur einmal schnappte er nach Luft. Mazarin grinste. Er freute sich, dass es ihm gelungen war, den Kommandanten aus der Ruhe zu bringen.

»Ich soll …?«

»Ja, Kommandant. Sie werden das Verhör führen. Ich möchte aus verschiedenen Gründen noch im Hintergrund bleiben. Sollte der Gefangene deshalb misstrauisch werden, ignorieren Sie seine Fragen nach meiner Person einfach.«

»Verstanden«, sagte Witalczuk.

Konsul Mazarin war zwar etwas unschlüssig, ob der Kommandant wirklich für diese schwierige Aufgabe geeignet war, doch es fehlte ihm an Alternativen. Witalczuk war und blieb sein bester Mann.

Der Konsul zog sich ganz allein in ein kleines Zimmer zurück, das direkt an den Verhörraum angrenzte. Hier konnte er nicht nur alles hören, was drüben gesprochen wurde, er konnte durch die halb transparente Wand auch alles sehen, was dort geschah. Mazarin fühlte, dass seine Handflächen feucht waren. *Die Aufregung.* Er fragte sich, ob es Cortz ähnlich erging.

Mazarin blieb gelassen, als die Soldaten den Gefangenen in den Verhörraum brachten. Cortz hatte sich seit damals fast nicht verändert, eigentlich überhaupt nicht. Die Art und Weise, wie er in den letzten sieben Jahren gelebt haben musste, hatte keine tiefen Spuren hinterlassen.

Es hätte niemals passieren dürfen, dass wir ihn aus den Augen verlieren.

Diese Panne war gestern mit der Gefangennahme ausgebügelt worden. In all den Jahren hatte es keinen Grund gegeben, die Suche nach Cortz allzu hektisch voranzutreiben. Aber jetzt wurde es langsam Zeit. Nach Mazarins Gefühl sogar höchste Zeit.

Witalczuk war inzwischen in den Raum getreten. Konsul Mazarin verfolgte das kurze Gespräch mit wachsendem Zorn. Dabei konnte er dem Kommandanten kaum einen Vorwurf machen: Cortz war ihm schlicht und einfach überlegen.

Mazarin signalisierte Witalczuk, das Verhör abzubrechen. Er würde sich selbst um den Gefangenen kümmern müssen. Aber nicht jetzt gleich, diesen Triumph wollte er Cortz nicht gönnen. Vorher sollte dieser noch ein bisschen in seinem eigenen Saft schmoren. Am besten eine ganze Nacht lang. Dass die Zeit drängte, durfte dabei ausnahmsweise keine Rolle spielen. Cortz war eine Schlüsselfigur in diesem Spiel. Er war wichtiger als ein lächerlicher Tag Verzögerung.

Und vielleicht erhalte ich noch genaue Anweisungen, was ich tun soll, dachte Mazarin.

Er schaute zu, wie Cortz wieder abgeführt wurde, dann verließ er das kleine Zimmer und ging auf dem schnellsten Weg in seine eigenen Räume zurück. Dort setzte er sich hin, starrte die Wand an und grübelte.

Zurück in seiner Zelle erfüllte Cortz eine lange nicht mehr gekannte Hochstimmung. Er hatte dem Kommandanten gegenüber den absolut richtigen Ton getroffen. *Vielleicht hätte ich mich schon vor langer Zeit wehren sollen*, dachte er. *Wer weiß, wie dann die letzten sieben Jahre verlaufen wären.*

Er hatte seine Gründe gehabt, sich zu verstecken. Aber es hätte auch noch andere Möglichkeiten gegeben. Nichts davon erschien ihm aus heutiger Sicht vollkommen abwegig. Und manches, so wurde ihm schmerzlich klar, wäre sogar logischer gewesen als die Entscheidung, die er letztendlich getroffen hatte.

Warum habe ich mich so entschieden?

Er saß wieder auf der unbequemen Pritsche, starrte zu dem winzigen Fenster hinauf und fühlte die Sehnsucht nach dem Leben außerhalb seiner Zelle, nach einem Leben in Freiheit, obwohl er wusste, dass er dort draußen keine Antwort auf die Fragen erhalten würde, die ihn quälten.

Es war keine bewusste Entscheidung gewesen. Er hatte nicht agiert, sondern sich vom Geschehen treiben lassen. Emotionen spielten damals eine zu große Rolle. Sicherlich wäre es besser gewesen, den Verstand einzuschalten und die Situation nüchtern und sachlich, vor allem aber gründlich zu analysieren.

War es Panik?

Cortz nickte schweigend.

Ja, vielleicht.

Natürlich hatte er in seinem Leben schon öfter Angst verspürt. Es hatte Zeiten gegeben, da war sie ihm ein ständiger Begleiter gewesen. Er erinnerte sich an diese Tage, die so lange zurücklagen, dass es ihm beinahe erschien, als habe ein anderer diese Dinge erlebt.

»Es war nicht die Angst«, murmelte er. »Nicht nur, nicht allein.« Erleichterung machte sich in Cortz breit, weil er es geschafft hatte, wenigstens diese Tatsache auszusprechen.

Was war es dann?

Was hatte ihn noch zu dieser Entscheidung, zu dieser Flucht, getrieben? Er starrte zum Fenster hinauf.

Cortz schüttelte den Kopf. Sieben Jahre lang hatte er nicht darüber nachgedacht. Und jetzt wurde er diesen Gedanken nicht mehr los.

Aktion statt Reaktion, das war früher seine Devise gewesen. Damals, vor sieben Jahren ...

Etwas war mit ihm geschehen, hatte ihn verändert. Damals …

Cortz. Dein Name ist Cortz. Du lebst.

Er lachte und merkte, wie viel Bitterkeit in den Worten lag. *Du lebst.* Das war sein einziger Antrieb gewesen. Wieder und wieder hatte er sein Mantra heruntergebetet und nie hatte sich auch nur ein Funken des Zweifels in ihm geregt.

Jetzt würde sich das ändern. Es musste sich ändern. Nur wie? Gab es denn überhaupt eine Möglichkeit von hier aus, als Gefangener, aktiv zu werden? Oder musste er weiter warten? Warten, bis andere über sein Schicksal entschieden und es in die Bahnen lenkten, die ihnen genehm waren?

Er starrte hinauf zu dem kleinen Fenster und versank tiefer in seine Gedanken.

Viele Stunden mussten an ihm vorbeigezogen sein, während er nur hier gesessen und vor sich hin gegrübelt hatte, denn draußen war es bereits dunkel geworden.

Vielleicht ist es besser, wenn ich schlafe.

Der Kommandant oder der Konsul hatten offensichtlich beschlossen, ihn zappeln zu lassen.

Auch gut.

Ein Geräusch ließ Cortz zusammenfahren.

Er lauschte. War das ein … Kratzen? Vor seiner Zelle, an der Tür? Es kam definitiv nicht von draußen, nicht durch das Fenster.

Er horchte. *Es ist an der Tür.*

Aber wer konnte das sein? Die Soldaten, die ihn zu einem neuerlichen Verhör bringen sollten? Wohl kaum.

Es konnte nur jemand sein, der nicht dabei gesehen werden wollte, wie er sich Zutritt zu seiner Zelle verschaffte. Jemand, der gute Gründe dafür hatte, heimlich zu ihm zu kommen: Konsul Mazarin. Für den Konsul gab es einen Grund, Cortz nicht offiziell, im Beisein seiner Soldaten und des Kommandanten, zu verhören.

Jetzt fühlte Cortz wieder die Furcht, die ihn lähmte, die verhinderte, dass er sich von der Pritsche erhob. So blieb er sitzen, ängstlich in eine Ecke gekauert.

Konsul Mazarin kam, um ihn zu töten. Er wollte einen Schlussstrich unter die ganze Geschichte setzen. Er hatte vor, das Spiel zu beenden. Und er hatte alle Trümpfe in der Hand.

Es gibt keine Hoffnung. Das war's. Hier endet dein Weg.

Ein dumpfes Geräusch erklang.

Die Tür schwang auf. Cortz bewegte sich nicht. Da es draußen und auch in der Zelle dunkel war, konnte er nicht das Geringste erkennen.

»Ich bin es«, sagte eine raue Stimme. Cortz erkannte sie sofort wieder.

»Lassen Sie ihn holen«, sagte Konsul Mazarin. Er hatte sich nach endlos langem Grübeln endlich zu einer Entscheidung durchgerungen, die ihm schwer genug gefallen war. »Sofort.«

Witalczuk wirkte noch nicht richtig wach. Der Kommandant rieb sich über die Augen und sagte leise: »Es ist mitten in der Nacht.«

»Sind Sie um den Schlaf unseres Gefangenen besorgt oder um Ihre eigene Nachtruhe?«, fragte Mazarin mit boshaftem Unterton.

Witalczuk schüttelte den Kopf. »Die Männer schlafen. Wer im Moment Dienst hat, ist auf seinem jeweiligen Posten unersetzlich und kann dort nicht abgezogen werden. Ich muss erst ein paar Leute wecken. Das dauert.«

Der Konsul wollte sich jetzt nicht mit der Frage aufhalten, ob in Witalczuks Worten unterschwellige Kritik an ihm mitschwang. Falls der Mann nicht zu einhundert Prozent kooperierte und tat, was ihm befohlen wurde, würde er das rasch bereuen. Aber damit konnte Mazarin sich jetzt nicht beschäftigen. Es gab weitaus Wichtigeres zu tun.

»Auf ein paar Minuten kommt es nicht an. Aber holen Sie ihn. Holen Sie ihn, so schnell wie möglich. Und bringen Sie ihn her zu mir. Hierher.«

»Nicht in den Verhörraum?«

»Sie verstehen doch, was ich sage, oder nicht? Gut. Dann führen Sie einfach meine Befehle aus.«

Auf Witalczuks Stirn glänzten einige Schweißperlen. Offensichtlich merkte er, dass er mit seinen Fragen über das Ziel hinausgeschossen war.

»Entschuldigen Sie, Konsul, aber …«

»Schweigen Sie, Witalczuk, und gehorchen Sie vor allem endlich.«

Er atmete auf, als Witalczuk verschwunden war. *Sind denn nun alle verrückt geworden? Du selbst eingeschlossen?*

Mazarin hatte die Holofelder in seiner privaten Zentrale aktiviert und konnte mühelos den Weg des Kommandanten durch die Garnison verfolgen.

Es ist richtig, dachte er. Auch ohne konkrete Anweisungen musste er jetzt eine Entscheidung herbeiführen. Die Konfrontation mit dem Mann, der sich Cortz nannte, war unausweichlich. Es machte keinen Sinn, bis morgen früh damit zu warten oder sie noch länger hinauszuzögern.

Es muss jetzt sein.

Er fragte sich, warum er darauf verzichtet hatte, auch in der Zelle, in der Cortz gefangen gehalten wurde, Kameras installieren zu lassen. *Weil du ihm aus dem Weg gehen wolltest, solange es nur irgendwie machbar war.* Natürlich hätte Cortz' Anblick ihn wieder und wieder an damals erinnert, an unangenehme Vorkommnisse und vor allem auch daran, dass Cortz niemals hätte verschwinden dürfen. Auch wenn ihn selbst keine Schuld an diesem Vorfall traf. Doch war es fast unerklärlich und damit auch für ihn persönlich beinahe eine Niederlage, dass es Cortz gelungen war, sich sieben Jahre lang in der Anonymität dieser grässlichen Stadt Meurglys zu verstecken. Mazarin hatte deshalb nie einen Vorwurf zu hören bekommen. Der Konsul wusste aber auch, dass ihm das ganz gewiss keine Pluspunkte eingebracht hatte.

»Konsul.«

Der Klang von Witalczuks Stimme ließ Mazarin aufhorchen. Etwas war geschehen. Etwas höchst Unerwartetes.

»Der Gefangene … Er …«

»… ist weg?«

Witalczuk nickte.

»Verdammt«, sagte Mazarin. »Warten Sie auf mich, Witalczuk!«

dreizehn

Der Energieschirm war verschwunden, als habe er nie existiert. Ohne auch nur einen Moment zu zögern, trat Aulden über die unsichtbare Schwelle, die vor wenigen Sekunden noch unüberwindbar und vor allem tödlich für ihn und seine Begleiter gewesen wäre.

»Schaut euch das an.«

Aulden drehte sich um. Der Ausruf war von Magellan Crefeldt gekommen, dem Senso-Tech, der mit Vickers und Jana Lanús im Schlepptau herbeieilte. Paz Nadir, neben dem der regungslose Crabb im Fesselfeld schwebte, blieb direkt neben ihm stehen.

»Unglaublich«, sagte Nadir.

Auch Aulden war ziemlich überrascht. In wenigen hundert Metern Entfernung stand eine Gebäudefassade, die mitten aus der Wüste emporwuchs. Nichts sonst ringsum deutete auf eine auch nur halbwegs hochentwickelte Zivilisation hin. In seiner Schlichtheit hätte es sich bei dem Bauwerk durchaus um eine Häuserfront in Meurglys handeln können. Wären da nicht die drei Kuppeln gewesen, die links, rechts und im Zentrum über den Komplex hinausragten. Sie mochten ungefähr drei Mal so hoch wie das restliche Gebäude sein.

»Das ist …« Jana Lanús biss sich auf die Unterlippe und starrte verblüfft nach vorne.

Da war noch etwas. Eine weitere Kuppel, direkt dahinter. Größer als die drei anderen.

»Das Ding muss mindestens fünfzig Meter hoch sein«, sagte Paz Nadir.

»Zweiundfünfzig Meter, siebenundzwanzig Zentimeter«, korrigierte ihn Vickers.

»Beeindruckend«, sagte Crefeldt. »Hast du das im Kasten?«

»Natürlich.« Einige Module des Roboters hatten das Gebäude längst angesteuert. Hier und da reflektierten sie das Licht der Sonne.

»Das hattest du nicht erwartet, oder?«, fragte Nadir.

Aulden schüttelte den Kopf. »Nein. Ich hatte mit einem Bau der Enthee gerechnet, nicht mit einem riesigen Gebäude. Ich hatte geglaubt, Entheete irgendwo tief im Inneren dieses Planeten zu finden und nicht … dort.«

»Es ist so … untypisch.« Jana Lanús konnte den Anblick nicht fassen.

»Wahrscheinlich wird uns hier noch einiges erwarten, mit dem wir so nicht gerechnet haben«, sagte der Argonom. »Aber es hilft nichts. Ich muss mich Entheete stellen.« Er wollte keinen drängen, mit ihm zu kommen. Nadir würde ihm ohnehin freiwillig folgen. Bei Crefeldt und Lanús war er sich nicht sicher, ob sie ihm wirklich von Nutzen sein konnten. Im Moment erschienen sie ihm eher wie unnötiger Ballast. *Den Roboter könnte ich dagegen gut brauchen.* Er grinste. Vielleicht ließ sich mit dem Senso-Tech ein Geschäft machen, wenn die Begegnung mit Entheete überstanden und Chrom gerettet war. Um seine Aufzeichnungen in unversehrtem Zustand zu erhalten, würde Crefeldt vermutlich alles tun.

Plötzlich lag ein leises Surren in der Luft, als fliege ein ganzer Libellenschwarm über sie hinweg.

»Der Schirm«, sagte Nadir. »Er hat sich wieder aufgebaut.«

»Eine Falle.« Auf Crefeldts Stirn standen Schweißperlen.

»Das ist typisch für Entheete«, sagte Jana Lanús trocken.

»Ich hatte eigentlich nicht vor, noch einmal zum Gleiter zurückzugehen.« Aulden klang gelassen. Gleichzeitig erfüllte ihn große Unruhe. Irgendetwas stimmte nicht. Er lauschte in sich hinein. Etwas fehlte. Der Argonom im Körper des Rezips schloss die Augen und streckte seine geistigen Fühler nach seinem echten Körper aus, der nach wie vor auf der *Heim* weilte. Er erschrak. Da war nichts. Der Kontakt war abgerissen. Er griff ins Leere. Wieder und wieder.

»Keine Funkverbindung mehr mit Draban oder Magister Dahn«, meldete da Paz Nadir. »Und auch die *Heim* schweigt.«

Aulden begriff. »Ich habe ebenfalls den Kontakt verloren«, sagte er leise. »Wir sind vollständig von der Außenwelt abgeschnitten. Auf Hilfe von der *Heim* sollten wir uns nicht verlassen.«

Magellan Crefeldt war bleich geworden. »Das ist nicht gut. Und sehr merkwürdig. Dass die Enthee einem Argonomen technologisch überlegen sein sollen, mag ich kaum glauben.«

Ich auch nicht, schoss es Aulden durch den Kopf. Hatte er Entheete unterschätzt? War er in dieselbe Falle getappt wie vor ihm auch schon Chrom? Würde er vielleicht sogar ihr Schicksal teilen?

»Wir sollten den Blick nach vorne richten«, sagte er, statt nach Antworten auf diese Fragen zu suchen. Sie würden sich in irgendeiner Form schon von selbst ergeben. Wenn er aber dafür sorgen wollte, dass sie so ausfielen, wie er sich das wünschte, musste er dafür etwas tun. Und zwar jetzt. »Noch ist von den Enthee nichts zu sehen. Gehen wir also in das Gebäude.«

Das gefällt mir nicht, dachte Nadir.

Die mittlere der drei Kuppeln hatte eine Tür, von einem weiteren Zugang war nirgends etwas zu sehen. Auch Auldens Anweisung an Vickers, die Rückseite des lang gestreckten Gebäudes mit seinen Modulen zu überprüfen, brachte kein anderes Ergebnis.

Sie mussten durch diese eine Tür ins Innere. Paz Nadir konnte die Falle beinahe riechen. »Wir sollten das nicht tun«, sagte er.

»Wir haben keine Wahl.« Der Argonom blickte Nadir nachdenklich an. »Wenn die Enthee uns hätten angreifen wollen, wäre dazu längst Gelegenheit gewesen.«

Das klang logisch. »Wir werden sehen«, sagte Nadir skeptisch.

»Soll ich ...«

»Nein, Crefeldt. Die Zeit der Spielchen ist vorbei. Jetzt bin ich selbst gefordert.«

Der Argonom trat vor die Tür und sie glitt zur Seite, als er direkt vor ihr stand. »Man erwartet uns«, sagte Aulden.

Nadir konnte im Inneren des flachen Gebäudes kein Empfangskomitee entdecken. Stattdessen war der Raum völlig leer. Er war sich nicht sicher, was er erwartet hatte, auf jeden Fall aber mehr – mehr Technik, mehr Leben. Crabb schwebte in geringem Abstand hinter ihm her, als Nadir den Raum betrat, da er dem Computer seines Kampfanzugs inzwischen die Steuerung des Fesselfeldes übertragen hatte.

»Dort.«

Der Argonom zeigte auf die gegenüberliegende Wand. Nicht einmal zehn Meter von ihnen entfernt befand sich eine weitere Tür.

»Das ist der Zugang zur großen Kuppel«, sagte Aulden.

»Sollten wir nicht erst diesen Komplex überprüfen?« Das beinahe schon draufgängerische Verhalten des Argonomen bereitete Nadir Sorgen. Etwas erwartete sie hier. Und sie taten seiner Meinung nach gut daran, dem nicht allzu forsch entgegenzutreten.

»Nein«, sagte Aulden. »Damit verschwenden wir nur unsere Zeit.«

Paz Nadir wünschte sich, Hetman wäre hier gewesen. Der Coparr hätte den Argonomen vielleicht zu mehr Besonnenheit bewegen können als er selbst. Trotz ihrer langjährigen Freundschaft schien Aulden in der gegenwärtigen Situation nicht bereit zu sein, von ihm Ratschläge anzunehmen.

Widerwillig folgte er dem Argonomen, als auch diese Tür geräuschlos zur Seite glitt. Nadirs Hand zuckte gerade noch rechtzeitig vor und packte Aulden an der Schulter. Seine Finger gruben sich tief in die widerstandsfähige Kombination, die der Argonom trug. Mit einem Ruck riss ihn Nadir zurück.

»Das war knapp«, sagte er.

»Danke.« Auldens Antwort ließ keine Emotionen erkennen. Und das, obwohl er nur wenige Zentimeter vor einem riesigen Loch stand.

»Das Loch ist so groß wie die ganze Kuppel«, meldete sich aus dem Hintergrund Crefeldt zu Wort. Wahrscheinlich lieferte ihm sein Roboter bereits die ersten verwertbaren Daten. »Und es führt sehr tief unter die Oberfläche dieser Welt. Wie tief, kann ich im Moment allerdings nicht sagen.«

Immerhin fielen die Wände nicht senkrecht nach unten ab.

»Ein Bau der Enthee«, sagte Jana Lanús, die bisher, seit sie im Gebäude waren, geschwiegen hatte.

»Nicht irgendein Bau«, widersprach Aulden. »Der Bau, in dem Entheete lebt. Und der Bau, in dem wir Chrom finden werden.«

Falls sie noch am Leben ist, dachte Paz Nadir.

»Wir sollten uns besser zurückziehen«, sagte Jana Lanús. »Entheete empfängt keine Gäste.«

»Dann wird sie heute eine Ausnahme machen müssen«, erwiderte der Argonom. »Wir klettern nach unten.«

»Klettern?«, fragte Crefeldt verblüfft.

Nadir, der Aulden besser kannte als der Senso-Tech, vergewisserte sich mit einem schnellen Blick auf die Anzeigen seines Anzugs. »Schau mal auf deine Energiewerte, Max.« Er konnte sich ein Grinsen nicht verkneifen.

»Merkwürdige Schwankungen. Irgendetwas macht uns da ordentlich Schwierigkeiten.«

»Oder jemand«, antwortete Nadir. Die Enthee hatten sie im Visier. Wie auch immer sie es anstellten, es war ihnen gelungen, die Energieversorgung der Kampfanzüge zwar nicht lahm zu legen, aber zumindest zu beeinflussen. Daher durften sie sich nicht zu sicher fühlen und sich ausschließlich auf ihre Technik verlassen.

»Wir sollten besser nicht nach unten fliegen«, sagte Aulden.

»Also klettern wir«, stimmte Crefeldt zu.

Was wird dort unten auf uns warten?, fragte sich Paz Nadir.

Der Abstieg war kein Kinderspiel, ganz im Gegenteil. Er erwies sich sogar als schwieriger als in der Simulation. Außerdem hatten sie Anfänger dabei: Aulden schlug sich zwar gut, Jana Lanús hatte dagegen einige Probleme. Nadir gelang es zwei Mal gerade noch, sie vor dem Absturz zu bewahren, trotz des Fesselfeldes mit Crabb, das er ständig im Auge behalten musste. Selbst Vickers war ihnen keine große Hilfe: Der Roboter litt unter den geheimnisvollen Einflüssen, die seine Energiezufuhr beeinträchtigten. Er weigerte sich, erneut seine Module auszuschicken.

Es sieht nicht gut aus, dachte Nadir und kletterte wie die anderen schweigend weiter.

»Ich sehe den Boden«, rief Crefeldt endlich. Nadir schaute auf sein Chronometer: Sie waren seit fast achtzig Minuten unterwegs.

Die letzte Wand barg jedoch noch einmal eine große Herausforderung. Sie fiel steil nach unten ab und natürlich hatten sie keine Seile dabei. Vorsichtig tastete sich Nadir von einem der winzigen Vorsprünge zum nächsten, immer darauf bedacht, sich keinen Fehltritt zu leisten.

Vielleicht noch fünf Meter. Nadir fühlte schon die Erleichterung. *Gleich haben wir es geschafft.*

In diesem Augenblick fiel Crabbs Fesselfeld in sich zusammen.

Nadir presste sich so eng an den Felsen, wie es ihm möglich war. Doch Crabb tat ihm nicht den Gefallen, an ihm vorbei zu stürzen. Einer seiner Stiefel erwischte Nadir an der rechten Schulter. Er verlor den Halt und stürzte ebenfalls in die Tiefe, nur knapp an Crefeldt vorbei, der schon fast den sicheren Boden erreicht hatte.

Nadir landete direkt auf Crabb. Dennoch trieb es ihm die Luft aus den Lungen. Ihm wurde schwarz vor Augen. Würde er hier, tief unter der Oberfläche dieser merkwürdigen Welt am Rand des bekannten Universums, sterben? Jemand berührte ihn an der Schulter und jagte damit eine Welle des Schmerzes durch seinen Körper. »Ich …Ver… verdammt.«

»Vickers, kümmere dich um ihn«, hörte er eine Stimme wie durch Watte.

Crefeldt war schon bei Nadir und gab seinem Roboter Anweisungen, ihn zu behandeln. Aulden kannte die medizinischen Künste von Vickers. Das machte ihm Hoffnung.

Dann aber hatte er keine Zeit mehr, sich weiter um den alten Gefährten zu sorgen. Ein Mann näherte sich langsam. Er war nicht sonderlich groß, hager, fast dürr. Seinen Kopf bedeckte dunkles, merkwürdig dünnes Haar, wie eine Ansammlung loser Fäden. Die Handflächen des Mannes zeigten offen nach vorne. Eine universelle Geste: Er signalisierte seine friedlichen Absichten.

»Obadun«, sagte Jana Lanús. »Ich dachte, Sie wären tot. Was machen Sie hier?«

Der Mann wirkte nicht überrascht. Er lächelte. »Mit Ihnen hatte ich hier auch nicht gerechnet, Lanús.« In seiner Stimme schwang feiner Spott mit. »Ich wurde geschickt, um den Argonomen bei seiner Ankunft willkommen zu heißen.«

»Wer hat sie geschickt?«, fragte Aulden.

»Von Rechts wegen sollte ich Sie festnehmen lassen«, sagte Jana Lanús beinahe gleichzeitig.

Der Mann, den sie Obadun genannt hatte, ignorierte ihren Einwurf und wandte sich dem Argonomen zu: »Entheete schickt mich. Ich soll Sie zu ihr führen.«

»Vorsicht, Aulden. Dieser Mann ist ein Deserteur. Sein Name ist Josev Obadun. Es wurde angenommen, er sei tot. Ich würde ihm nicht trauen.«

Obadun lächelte immer noch, beinahe freundlich. »Ich kann Sie zu Entheete bringen«, sagte er. »Wir sollten nicht zu lange warten. Sie wird schnell ungeduldig. Wer kann schon sagen, wie lange dieses seltene Angebot gelten mag.« Er leierte die Worte herunter, als liege ihm überhaupt nichts daran, seinen Gesprächspartner zu überzeugen. Und er lächelte.

»Was tun Sie hier?«, fragte Jana Lanús.

»Ich habe hier eine neue Heimat gefunden«, sagte Obadun. Dann starrte er ins Leere, als sei damit alles erklärt.

»Nur einen Moment noch, bitte.« Aulden drehte sich um und sah, dass Nadir sich bereits wieder hingesetzt hatte. Die Behandlung schien erfolgreich gewesen zu sein.

»Wird es gehen?«, fragte der Argonom.

»Es muss«, sagte Nadir. »Um Crabb steht es schlechter.«

Aulden blickte auf den Hünen hinab. »Ist er tot?«

»Nein.« Obadun beugte sich jetzt über Crabb. »Er lebt.«

Crabb, der auf dem Bauch gelegen hatte, rollte sich herum. Er war eindeutig wieder bei Bewusstsein. Aber in seinen Augen war kein Leben.

»Crabb«, sagte Obadun. »Entheete wird sich über deine Rückkehr freuen.«

Crabb sagte überhaupt nichts. Er nickte lediglich stumm.

»Kommen Sie.« Obadun drehte sich um und marschierte einfach davon. Aulden zuckte mit den Schultern. »Wir folgen ihm«, sagte er zu seinen Begleitern.

Aulden fühlte keine Furcht, als sie einen Tunnel betraten, obwohl er sich durchaus darüber im Klaren war, dass er ein beträchtliches Risiko einging, diesem Mann – ob nun von Entheete geschickt oder nicht – allzu vertrauensselig zu folgen. Natürlich hätten sie auch auf eigene Faust in das Labyrinth der Gänge und Stollen vordringen können, die es hier ebenso geben musste wie in jedem anderen Bau der Enthee. Aber er bezweifelte, dass das die bessere Lösung gewesen wäre. Führte Obadun sie direkt in eine Falle, waren sie keinesfalls wehrlos. Brachte er sie zu Entheete, hatte er sein Ziel auf dem schnellstmöglichen Weg erreicht. Etwas Besseres konnte ihm nicht passieren. Ob Chrom noch am Leben war?

Natürlich.

Ihm schien, als führe Obadun sie bewusst auf einem Weg durch das unterirdische Reich Entheetes, der möglichst wenige Berührungspunkte mit seinen Bewohnern aufwies. Sie durchquerten zwar einige kleinere Wohnhöhlen, die aber zu diesem Zeitpunkt allesamt verlassen waren. Nur ein einziges Mal kamen ihnen im dunklen Gang zwei Enthee entgegen, beachteten sie aber nicht und marschierten stur geradeaus weiter.

»Krieger-Arbeiter wie Ka Err Sentheer«, sagte Paz Nadir. Er schien sich recht gut von dem Sturz erholt zu haben.

Aulden war, als habe er bei Obadun, der sich bei Nadirs Worten kurz zu ihnen umwandte, einen Ausdruck der Überraschung bemerkt. Aber dann sah er wieder dieses seltsame Lächeln, ehe der Mann rasch weiterging. *Er mag einiges über uns wissen. Aber längst nicht alles, was wir herausgefunden haben.*

Der Argonom dachte an Il Shandt und seine Guer, die gestorben waren. Auch wenn vieles darauf hindeutete, dass Entheete – oder zumindest ihre Untergebenen – für den Tod der Männer verantwortlich war, wollte er noch abwarten. Und selbstverständlich wollte er wissen, was aus Chrom geworden war. Erst dann würde er für den Mord an den Guer Gerechtigkeit einfordern. Auch wenn sie das nicht wieder lebendig machte.

Seine Gedanken beschäftigten sich während des Marsches noch mit etwas anderem. Ihm fiel es schwer zu glauben, dass Obadun, der immerhin ein Soldat, ein Mensch in Diensten des Konsuls gewesen war, ohne besonderen Grund zu Entheete übergelaufen sein sollte und nun hier unten für sie den Laufburschen spielte. War es Entheete gelungen, ihn geistig zu beeinflussen, so wie sie offensichtlich auch die Enthee steuerte? Dieser Gedanke erschreckte den Argonomen. Denn es bedeutete, dass sie alle sich an diesem Ort keine Sekunde zu sicher fühlen durften. Entheetes Kräfte waren größer, als er erwartet hatte.

Ich bin Aulden. Ein Argonom. Er würde nicht Entheetes Opfer werden. Und wenn er sich mit allen Mitteln dagegen wehren musste.

Obadun verließ das Halbdunkel des Gangs und es sah aus, als trete er ins Freie. Denn plötzlich stand er mitten im Licht, auf einer schmalen Balustrade. Die riesige Grotte, auf die sie hinabblickten, war in grelle Helligkeit getaucht. Der Argonom regulierte die Augen des Rezips. Die anderen hatten diese Möglichkeit natürlich nicht.

»Was ist das für ein Ort?« Magellan Crefeldt deutete nach unten, Vickers war wie immer dicht an seiner Seite.

»Entheete erwartet euch«, sagte Obadun. Sein Zeigefinger deutete auf einen Punkt: »Dort.«

Wahre Heerscharen von Enthee hatten sich in der Grotte im Halbkreis um ihre Herrscherin versammelt. Keines der Wesen stand still. *Ein Ameisenhaufen*, dachte Aulden. Wenn ihn seine Augen nicht trogen, war Entheete – von hier oben nur ein winziger Punkt – die Einzige, die ruhig an ihrem Platz verharrte, inmitten einer wild umher wimmelnden Menge.

»Gehen wir hinunter«, sagte Obadun.

Aulden nickte.

»Ich werde hier bleiben«, sagte Jana Lanús. Ihre Stimme klang schrill. »Dort gehe ich nicht runter.«

»Das ist nicht Ihr Ernst.« Nadir machte ein Gesicht, als wolle er sie anflehen, es sich noch einmal anders zu überlegen.

»Ich werde Sie nicht zwingen, mit uns zu kommen«, sagte der Argonom.

»Sie können hier auf unsere Rückkehr warten. Oder selbständig zurückgehen.« Obadun überraschte Aulden mit diesem Angebot. Er hatte nicht damit gerechnet, dass es irgendjemandem erlaubt sein würde, sich hier unten frei zu bewegen. Hatte er sich in Entheete wirklich so sehr getäuscht?

»Ich bleibe hier.« Jana Lanús setzte sich auf den felsigen Boden.

»Gehen wir hinunter«, wiederholte Obadun.

Nach dem Sturz, den er wahrscheinlich nur dank Crabb und einer gehörigen Portion Glück überhaupt überlebt hatte, fühlte sich Nadir völlig zerschlagen. Obadun war nicht übermäßig schnell durch die Gänge des Enthee-Baus marschiert. Dennoch schmerzte ihn jede Faser seines Körpers und er sehnte sich danach, sich endlich irgendwo hinsetzen oder noch besser hinlegen zu können. Daraus würde aber so schnell nichts werden.

Jana Lanús' Weigerung, mit nach unten zu kommen, brachte zudem seine Gedanken in Schwung. Er war nicht dazu gekommen, sie nach dem Grund dafür zu fragen, da Obadun sich sofort auf den Weg gemacht hatte. Was verbarg die Frau? Und wie schaffte sie es, dass er sich schon nach wenigen Minuten wünschte, sie wäre hier bei ihnen?

Nadir verfluchte die Eile des Argonomen. Dieser schien nur noch ein Ziel zu haben: Auskünfte über Chrom zu erhalten oder sie vielleicht sogar hier zu finden. *Nach fünf Jahren. Völlig abwegig*, dachte Nadir. Aber er hielt seinen Mund. Er war gespannt auf die Begegnung mit Entheete. Extrem gespannt.

Ihre Gruppe war jetzt nur noch klein. Crabb, der alles um sich herum kaum wahrzunehmen schien, ging mit steifen Schritten direkt hinter Obadun, danach kam Aulden, dann Nadir. Crefeldt und sein Roboter bildeten den Abschluss. Die Enthee waren in ständiger Bewegung, hielten ihre Blicke aber immer nach vorne gerichtet, dorthin, wo irgendwo Entheete sein musste. Dennoch bemerkten sie die Ankömmlinge sofort, als sie unten angelangt waren. Nadir rechnete jeden Moment mit einem Angriff. Aber nichts dergleichen geschah. Die Enthee starrten sie an, doch er konnte in ihren Blicken weder Aggressivität noch Neugierde ausmachen. Sie schauten nur, wer da kam, ohne für die kleine Gruppe größeres Interesse zu entwickeln. Stattdessen machten sie sogar bereitwillig Platz. Die Menge teilte sich vor ihnen, nur um sich hinter ihnen sofort wieder zu schließen.

Endlich hatte Nadir die Gelegenheit, die Enthee eingehend zu betrachten. Entscheidende Unterschiede zu dem Eingeborenen, dem sie während ihres Flugs durch die Wüste begegnet waren, konnte er keine ausmachen. Auch nicht zu Kah Err Sentheer, zu dem er selbst in der Simulation Magister Dahns geworden war. Dieses Volk war dem der Menschen in seiner äußeren Gestalt nicht unähnlich: Ungewöhnlich waren vielleicht ihre Augen, die Ellipsen glichen und so nahe beieinander standen, dass sie fast wie ein einzelnes wirkten. Nadir sah ihr dünnes Haar, dunkel wie nasse Erde, und er bemerkte auch jetzt wieder, dass sie keine Ohrmuscheln hatten, sondern links und rechts am Schädel winzige, ungeschützte Öffnungen. Natürlich fielen ihm auch die Kehlköpfe auf, die dicker als bei Menschen waren, fast so groß wie ein Kropf.

Die Bewegungen der Enthee, die nicht etwa spontan wirkten, sondern koordiniert, als ob sie einem Plan folgten, gaben ihm Rätsel auf. *Was geschieht hier?* Er hatte den Eindruck, als *tanzten* sie. Sie schienen einem streng festgelegten Schema zu gehorchen, das sie eifrig, aber innerlich kalt abarbeiteten. Nadir versuchte, Muster in ihren Bewegungen zu erkennen, Schritte, die sich wiederholten, einen Takt, der von irgendwoher vorgegeben wurde.

Die Musik fehlt, dachte Nadir. *Wo ist die Musik?*

Er erinnerte sich an Kah Err Sentheer. An die Melodie in seinem Kopf. Wie hatte er sie genannt? *Das Lied der Mutter.* Nadir nickte. Es war leise gewesen, leise und beruhigend. Vielleicht ein wenig zu monoton. Trotzdem war es natürlich gut möglich, dass alle Enthee, die hier versammelt waren, ebenfalls diesem Lied lauschten und nach ihm tanzten.

Nadir wünschte sich in diesem Augenblick, länger ein Teil Kah Err Sentheers innerhalb der Simulation gewesen zu sein. Dann hätte er vermutlich mehr verstanden. So war ihm nur ein kurzer Einblick in das Bewusstsein des unglücklichen Krieger-Arbeiters vergönnt gewesen, nicht einmal ein halber Tag. Dies war viel zu kurz gewesen, um wirklich wichtige Erkenntnisse gewinnen zu können.

Ka Err Sentheer war tot, aber Entheete lebte. Wo war sie? Paz Nadir konnte es kaum erwarten, ihr jetzt endlich zu begegnen. Seine Erwartungen waren groß, auch wenn er sich selbst nicht genau darüber im Klaren war, was er sich unter der Bezeichnung »Entheete« vorzustellen hatte.

Er schaute auf Aulden. Der Argonom schien seine Umgebung fast überhaupt nicht mehr wahrzunehmen, beinahe so wie Crabb. *Natürlich.* Aulden fieberte wie kein anderer dem Zusammentreffen mit Entheete entgegen. Dann standen sie Entheete gegenüber. Nadir fühlte Enttäuschung. Das sollte die Herrscherin über diesen Planeten sein? Die Geheimnisvolle, die Mächtige?

Rein äußerlich unterschied sich Entheete nur in einem einzigen, aber doch entscheidenden Punkt von ihren zahllosen Untergebenen:

Ihre Augen verrieten ein außergewöhnliches Maß an Intelligenz und Wachsamkeit. Davon abgesehen wäre es Aulden allerdings schwer gefallen, sie inmitten ihrer Artgenossen als etwas Besonderes zu identifizieren. Die ellipsenförmigen Augen, das dünne Haar, ein grobes, erdfarbenes Gewand. Kein Schmuck oder etwas Vergleichbares. Nichts an Entheete deutete darauf hin, dass sie die Herrscherin der Enthee war. Bis auf ihre Augen.

Wirklich?

Nein, da war noch mehr. Er konnte es selbst im Körper des Rezips spüren, der ihm in diesem Augenblick wie ein finsteres Gefängnis vorkam, ein Ort, der seine Kräfte lähmte. Entheetes Geist war mächtig. Mächtiger als alles, was er bisher kennen gelernt hatte. Sie war mit absoluter Sicherheit eine ebenbürtige Gegnerin.

Oder sogar mehr?

Sie saß auf einem einfachen Stuhl, der auf einem natürlichen Podest stand, regungslos inmitten der Menge, die sich ständig um sie herum bewegte – ein Fixpunkt, um den sich alles drehte. Nur ihre Blicke folgten dem Tanz. Und sie folgten auch den Neuankömmlingen, die Obadun jetzt an den Fuß des Podestes führte. *Diesen Augen entgeht nichts.* Aulden beschloss, noch wachsamer zu sein.

Obadun verneigte sich nicht und machte auch sonst keinerlei Demutsbezeugung. Er blieb einfach stehen und sagte: »Der Argonom Aulden und seine Begleiter.«

Die Betonung, die er der ersten Satzhälfte verlieh, gab deutlich zu verstehen, wem Entheetes Aufmerksamkeit gelten würde.

Mir allein.

»Ich grüße dich, Aulden«, sagte Entheete mit einer Stimme, klar und hell, aber auch kalt wie Eis.

Er hatte sich Entheete als alte, weise Frau vorgestellt. Doch musste er diese Vorstellung jetzt revidieren. Wäre sie eine menschliche Frau gewesen, hätte er sie vielleicht auf dreißig Jahre geschätzt. Es war schwer zu glauben, dass sie in diesem Alter die Herrscherin ihres Volkes sein sollte.

»Ich grüße dich, Entheete«, erwiderte er die Grußformel.

Einige Enthee eilten heran und stellten hinter ihrer Herrscherin weitere einfache Holzstühle auf. Dann zogen sie sich sofort von dem Podest zurück, das den Boden um nicht einmal einen halben Meter überragte, und verschwanden wieder in der Menge.

»Nehmt Platz«, sagte Entheete. Ihre Worte klangen freundlich.

Aulden setzte sich in die Mitte, Nadir zu seiner Rechten, Crefeldt zu seiner Linken. Direkt neben dem Senso-Tech ließ sich auch Vickers auf dem äußeren Stuhl nieder. Niemanden kümmerte es, dass sie bewaffnet waren. An Nadirs Seite saß Crabb und ganz außen Obadun.

Entheete drehte sich zu ihnen um und wandte den tanzenden Enthee jetzt den Rücken zu. Sie schwieg.

Aulden fühlte die Ungeduld in sich wachsen. »Wir haben viele Fragen«, sagte er.

»Fragt«, antwortete Entheete. Dann schwieg sie wieder.

Die Offenheit überraschte den Argonomen. Er benötigte einen Augenblick, um sich die Worte sorgfältig zurechtzulegen.

»Meine Artgenossin Chrom ist vor fünf Jahren auf dieser Welt verschwunden.«

»Sie ist nicht mehr hier.«

»Aber sie war hier?«

»Ja.«

»Was ist mit ihr geschehen? Wohin ist sie gegangen?«

»Das kann ich nicht sagen.«

Entheete verzog keine Miene, sondern verbarg ihre Gefühle hinter einer starren, wenn auch freundlich wirkenden Maske. Nur ihre Augen funkelten. Unentwegt.

Es war Aulden nicht entgangen, dass die letzte Antwort mehrdeutig war.

»Du weißt es nicht? Oder willst du es nicht sagen?«

In einer beinahe menschlichen Geste zuckte Entheete mit den Schultern. »Du stellst die Fragen, Argonom Aulden. Ich gebe dir Antworten.«

Entheete wich ihm aus.

»Wie lange hat sich Chrom hier aufgehalten?«

»Einen Tag.«

»Crabb war einer ihrer Begleiter.« Aulden deutete auf den Hünen, der mit geschlossenen Augen zwischen Nadir und Obadun saß und ihrem Gespräch nicht zu folgen schien.

Entheete erwiderte nichts.

»Ist er von hier geflohen?«

»Nein.«

»Habt ihr ihn weggeschickt?«

»Wir ließen ihn gehen. Es war besser für ihn.«

Der Argonom musterte Crabb. Die Panik, die ihn noch zu Beginn seiner Zeit auf der *Heim* erfüllt hatte, war verschwunden. Er erschien ihm jetzt völlig ruhig und gelassen. Mit der Einschränkung, dass niemand im Moment sagen konnte, ob er wirklich bei Bewusstsein war und mitbekam, was um ihn herum geschah.

»Er wirkt jetzt glücklicher als zu dem Zeitpunkt, an dem wir ihn gefunden haben.«

»Nicht alle Lebewesen sind gleich. Manche brauchen eine gewisse Zeit, bis sie verstehen.«

Eine rätselhafte Aussage. Aulden fragte sich, warum Entheete ihn hinhalten wollte. Was hatte sie vor?

»Crabb war Chroms Begleiter. Warum ist er nicht mit ihr gegangen?«

»Frag ihn selbst«, sagte Entheete. »Ich kann nur für mich und mein Volk sprechen.«

Aulden bezweifelte langsam, dass er hier überhaupt wichtige Informationen bekommen würde. Wahrscheinlich war es besser, wenn sie bald wieder aufbrachen.

»Es müssen noch andere außer Crabb bei Chrom gewesen sein. Menschen, Coparr. Was ist aus ihnen geworden?«

»Das kann ich nicht sagen.«

Wieder dieser Satz, den er so oder so verstehen konnte. Er versuchte es mit einem Themenwechsel: »Wirst du mir etwas über den Krieg deines Volkes mit den Meurg erzählen?«

»Nein. Es betrifft euch nicht.«

Wir werden nichts erfahren, dachte der Argonom. *Gar nichts.*

»Crabb, möchtest du mit mir reden?«

»Ja.« Die Antwort war nicht mehr als ein Flüstern gewesen.

Aulden war dennoch höchst überrascht. »Was ist damals geschehen, damals, als du mit Chrom hier gewesen bist?« Würde Entheete jetzt gleich eingreifen und versuchen, Crabb an einer Antwort zu hindern?

»Wir kamen hierher«, sagte Crabb leise. »An den Schutzschirm. Der verschwand. Wir gingen in die Kuppel, Chrom an der Spitze. Sie fand den Weg und wir stiegen hinab.« Er holte tief Atem. »Man brachte uns zu Entheete. Chrom sprach mit ihr. Dann …«

»Was ist dann geschehen? Verdammt, Crabb, was ist dann geschehen?«

Entheete griff noch immer nicht ein. Wollte sie Crabb wirklich ausreden lassen?

»Was ist geschehen?«, wiederholte Aulden.

»Chrom … verschwand. Ich … wollte weg. Sie ließen … mich gehen.« Jetzt zitterte Crabb wieder, wie damals, als ihm Aulden das erste Mal gegenüberstand. Die alte Panik war zurückgekehrt. Er hatte die Augen weit aufgerissen. Nur noch ein unverständliches Wimmern kam über seine Lippen.

Entheete erhob sich. Aulden verfolgte jede ihrer Bewegungen mit tiefem Misstrauen. Was hatte sie vor?

Sie trat zu Crabb und strich ihm über die Stirn. »Ruhig«, sagte sie.

Crabb beruhigte sich augenblicklich.

»Der Energieschwund macht mir zu schaffen«, sagte Vickers plötzlich. »Ich würde es begrüßen …«

Entheete wandte sich von Crabb ab und ging mit würdevollen Schritten an Aulden, Nadir und Crefeldt vorbei zu dem Roboter. »Du bist noch funktionsfähig«, sagte sie.

»Ja, aber …«

»Es handelt sich um eine reine defensive Maßnahme zu unserem Schutz. Erst mit Verlassen des Baus werden dir und deinen Begleitern wieder eure vollen technischen Möglichkeiten zur Verfügung stehen. Solange ihr hier unten seid …«

Entheete stand jetzt direkt vor dem Roboter.

Und Vickers explodierte.

Nadir nahm alles wie durch einen Schleier wahr. Die Müdigkeit machte ihm schwer zu schaffen und er war dankbar für den Stuhl, auf den er sich setzen konnte. Er bemühte sich, die Erschöpfung noch für eine Weile zurückzudrängen. Trotzdem hatte er Schwierigkeiten, dem Gespräch zwischen Aulden und Entheete zu folgen.

Inzwischen hatte er seine anfängliche Meinung über Entheete korrigiert. Sie war mehr als nur eine normale Enthee: Die Art und Weise, wie sie sprach, wie sie sich gab und vor allem wie aufmerksam und konzentriert sie ihre Umgebung verfolgte, zeigte das.

Er erinnerte sich an Kah Err Sentheer. Der hatte seine Umwelt wie mit Scheuklappen betrachtet, war zum großen Teil auf sich selbst fixiert gewesen und hatte alles um sich herum beinahe vollständig ausgeblendet.

Entheete war anders.

Nadir erkannte aber auch, dass sie hier ihre Zeit verschwendeten. *Das kann ich nicht sagen.* Eine Antwort, die sie jetzt schon zwei Mal auf Auldens Fragen gegeben hatte. Sie verriet nur, was sie verraten wollte. Nadir wartete gespannt darauf, wann der Argonom nach dem Kampf zwischen den Rebellen und den Enthee fragen würde, in dem Il Shandt und seine Guer gestorben waren. *Er wird ihren Tod nicht ungesühnt lassen.*

Er sah, wie Entheete aufstand und zu Crabb trat. Der beruhigte sich erstaunlich schnell. Das machte Nadir stutzig. Obadun schien sich Entheete bedingungslos unterworfen zu haben. Was, wenn es eine ähnliche Verbindung auch zwischen Crabb und ihr gab? Wenn Crabb ein Teil einer Falle sein sollte, die unerwartet zuschnappte?

Entheete erhob sich und ging an ihm vorbei zu Vickers. Sie sprach mit ihm. Es klang logisch, was sie sagte. Das konnte die schwankende Energiezufuhr erklären.

Nadir hörte die Explosion. Dann sah er, wie der Körper des Roboters in Stücke gerissen wurde, wie glühend heiße Metallteile durch die Luft schossen. Instinktiv ließ er sich fallen. Crefeldt hatte genauso schnell reagiert, aber näher an Vickers gesessen. Er stöhnte. Anscheinend war er verletzt.

Entheete hingegen hatte unmittelbar vor dem Roboter gestanden. Der tödliche Regen aus Metall und frei gesetzter Energie hatte sie voll getroffen. Sie lag bewegungslos am Boden. An mehreren Stellen war ihre Haut verbrannt. Ein großes Metallteil steckte mitten in ihrem Hals. Überall war Blut.

Sie ist tot. Entheete ist tot. Es gelang Nadir nicht, darüber nachzudenken, warum der Roboter explodiert war. Er fühlte sich wie betäubt.

Die Enthee hatten ihren Tanz abgebrochen. Schweigend starrten sie herauf. Dann kam Bewegung in die Menge. Sie näherten sich dem Podest, auf dem ihre Herrscherin gestorben war, Schritt um Schritt, wie in Zeitlupe.

Sie werden uns in Stücke reißen, dachte Nadir. *Sie werden uns töten.*

vierzehn

»Wie kommst *du* hierher?«

Hatte sie ihn wirklich verraten? Cortz konnte, nein, er wollte es nicht glauben.

»Die Soldaten sind nachlässig«, flüsterte Djerid. »Menschen.«

»Aber … wie …?«

Cortz war verwirrt. Wenn Djerid ihm jetzt nicht eine sehr gute Erklärung lieferte, durfte er ihr nicht trauen. Er horchte in sich hinein. Was er dort fand, überraschte ihn nicht: Er wünschte sich, dass es nicht so wäre, dass sie ihn nicht verraten hatte. Trotzdem durfte er sich in dieser Situation nicht von seinen Gefühlen leiten lassen.

»Wir müssen hier raus«, sagte Djerid.

»Erst möchte ich Erklärungen.«

Jetzt sah sie ihn erstaunt an. Das konnte er selbst in der Dunkelheit erkennen. Sie begriff nicht, was er wollte.

»Ich würde dir gerne vertrauen, aber ich kann es nicht. Erst muss ich verstehen, was geschehen ist.«

Die Meurg sagte nichts, aber er meinte, einen Anflug von Schmerz bei ihr zu erkennen. Sein fehlendes Vertrauen verletzte sie. Doch vielleicht war sie auch einfach nur eine gute Schauspielerin. Alles war möglich.

»Wir müssen zunächst hier raus«, wiederholte sie. »Anschließend kann ich dir alles erzählen. Aber hier drin sind wir nicht sicher. Jeden Moment könnte jemand auftauchen.«

Cortz zögerte. War das eine Falle?

»Ich gehe jetzt«, sagte Djerid rau. »Und ich komme nicht zurück. Wenn du hier bleiben willst, kannst du das tun.«

Er musste sich entscheiden. Nur wie? Djerid zu folgen, konnte ein Teil des großen Plans seiner Feinde sein, ihn endgültig zu vernichten. Andererseits blieb die Frage, warum sich jemand so viel Mühe mit ihm machen sollte. Schließlich befand er sich bereits in Gefangenschaft.

Was hast du zu verlieren?

Schlimmer konnte es nicht kommen, als ohne Hoffnung auf die Möglichkeit, ausbrechen zu können, in dieser Zelle eingesperrt zu sein.

Wenn sie mich wirklich in eine Falle lockt …

»Warte«, sagte er. »Ich komme mit dir.«

»Rasch«, flüsterte sie.

Cortz folgte ihr hinaus in den Gang, in dem es auch nicht heller war als in seiner Zelle. Djerid schloss die Tür sorgfältig. Er konnte außen keinerlei Anzeichen für Gewalteinwirkung entdecken.

»Wie hast du die Tür aufgekriegt?« Da war es wieder, das Misstrauen.

»Imdit.«

Er nickte. Das erklärte den merkwürdigen Knall, den er gehört hatte, bevor sich die Tür öffnete. Wie die Meurg, eine Ausgestoßene, an dieses Material kam, blieb ihm allerdings ein Rätsel. Das Imdit war ebenso teuer wie nützlich. Auch bei den Menschen gehörte es nicht zur Standardausrüstung von Soldaten. Steckte vielleicht doch jemand anderes hinter dieser Befreiungsaktion? Konsul Mazarin? Welche Teufelei mochte er ausgeheckt haben?

Lass dich überraschen.

Djerid hetzte durch den langen Gang, ohne sich nach ihm umzudrehen. *Sie vertraut darauf, dass ich ihr folge.* Hätte sie nicht nervöser sein müssen, wenn es ihr Auftrag war, ihn an ein bestimmtes Ziel zu bringen, an dem die Falle zuschnappte? Oder vertraute sie allein darauf, dass ihm jeder Ausweg recht war zu entkommen und er deshalb vielleicht die vielen Anzeichen für ihr falsches Spiel übersah?

Es könnte ihr auch einfach egal sein, ob ich mitkomme, dachte er. Wenn ihn Djerid nicht verraten hatte, sondern tatsächlich hierher gekommen war, um ihn zu befreien, war sie ein extrem hohes Risiko eingegangen. Für einen Fremden, den sie nicht einmal richtig kannte. Seine eisige Reaktion auf ihr Erscheinen musste sie in diesem Fall fürchterlich verletzt haben. Und jetzt wollte sie womöglich nur noch lebendig aus dieser prekären Situation entkommen. Ob mit oder ohne Cortz.

Warte ab, was sie zu sagen hat.

Djerid öffnete eine weitere Tür. Sie traten hinaus ins Freie. Draußen regnete es. Ein Blitz zuckte über den dunklen, von Wolken verhangenen Himmel.

Das hätte auch ein Schuss sein können. Der Gedanke ging ebenso schnell wieder, wie er gekommen war. Eine solche Lösung des Problems hätte der Konsul auch leichter arrangieren können. Dann wäre er jetzt schon lange tot.

Die Meurg begann zu laufen, er rannte ihr hinterher. Ihm fiel auf, dass sie nicht auf das Zentralgebäude zuhielt. Der Fluchtweg führte auch nicht in Richtung Meurglys.

Wohin bringt sie mich?

Djerid hielt auf eine Gruppe von Bäumen zu, die mit ihren dichten Kronen zumindest ein wenig Schutz vor dem prasselnden Regen versprachen. Sie befanden sich trotzdem weiterhin auf dem Gelände der menschlichen Garnison und waren noch längst nicht in Sicherheit. Doch Cortz hatte überhaupt nicht vor, ganz von hier zu verschwinden. Ihm schwebte etwas anderes vor.

Die Meurg stoppte, als sie die Bäume erreicht hatte. Cortz keuchte. Er befand sich in einer miserablen Verfassung.

»Was jetzt?«, fragte er, als er wieder zu Atem gekommen war.

»Jetzt können wir reden«, sagte sie. Ihr gelang es tatsächlich, ihn zu verblüffen. Er hatte mit weiteren Ausflüchten gerechnet.

»Rede.«

»Als ich dich verlassen habe …«, sagte sie. »Ich ging aus der Rha Bujo. Aber noch ehe ich um die nächste Ecke biegen konnte, hörte ich ihre Schritte. Ich konnte mich gerade noch rechtzeitig vor ihnen verbergen und beobachten, wie sie in die Gasse marschierten. Eine menschliche Patrouille. Zwei Soldaten. Ich wollte dich warnen. Auch wenn das gefährlich für mich geworden wäre. Du musst mir das glauben, Cortz. Ich wollte sofort umkehren. Aber …«

»Ich habe sie zurückgehalten«, sagte Schrajm. Der Meurg tauchte aus der Dunkelheit auf. Vermutlich war auch Aakjaer nicht weit.

»Sie wäre in ihr Verderben gerannt«, fuhr Schrajm fort. »Das konnte ich nicht zulassen. Wir sind in das Haus zurückgekehrt und haben von dort aus einiges sehen können. Die Menschen haben uns glücklicherweise nicht entdeckt.« Er knirschte mit den Zähnen, als er das Wort »Menschen« sagte.

»Mir war klar, wohin sie dich bringen würden«, sagte Djerid. »Aakjaer und Schrajm wollten zu den anderen zurückkehren. Ich wäre ihnen beinahe gefolgt.«

»Und warum hast du es nicht getan?«, fragte Cortz. Bisher klang das alles sehr plausibel. Dennoch hatte er keine Ahnung, wie viel er davon glauben durfte.

»Ich war neugierig«, sagte Djerid. »Und ich fühlte mich schuldig.« Die letzten Worte fügte sie nur noch sehr leise an.

Cortz nickte, obwohl er noch längst nicht überzeugt war. »Aber wie seid ihr in die Garnison gekommen? Wie habt ihr mich gefunden? Und wie konntet ihr mich befreien?« Das waren die wichtigen Fragen. *Darauf hätte ich gerne Antworten.*

»Die Soldaten sind nachlässig«, wiederholte sie. »Offensichtlich rechnen die Menschen nicht damit, dass sie angegriffen werden. Vor uns Meurg müssen sie ja nun wirklich keine Angst haben. Ich kann allerdings nicht beurteilen, wie das mit den Enthee aussieht …«

»Es gibt Kameras, ID-Taster …«

»Aakjaer ist stumm, aber er hat noch im Krieg gekämpft. Dank ihm könnten wir sogar in einen Bau der Enthee eindringen, ohne dass sie uns bemerken würden. Und die Enthee sind wesentlich aufmerksamer als diese … Menschen.«

Cortz fand, dass alles, was sie sagte, irgendwo schon glaubhaft klang. Dennoch war er noch nicht völlig zufrieden. »Ich bin mir nicht sicher …«

»Ich werde dir etwas zeigen«, sagte Djerid.

»Ohne mich. Ich warte hier«, brummte Schrajm. »Auf dich.« Letzteres war nicht für Cortz' Ohren bestimmt gewesen. Sofort erwachte wieder das Misstrauen in ihm.

Doch Schrajm überraschte ihn. Er hielt Cortz unvermittelt eine Waffe hin. »Die wirst du brauchen«, sagte er, ehe er sich abwandte. Der Strahler stammte definitiv aus den Beständen der Menschen. Cortz grinste. »Danke«, sagte er.

Djerid führte ihn einige hundert Meter durch den Regen, bis sie ein Gebäude erreichten, ähnlich wie die Bauten der Meurg nur ein Stockwerk hoch.

»Das Geheimnis der Menschen«, sagte Djerid.

»Was verbirgt sich darin?«, fragte Cortz.

»Komm«, antwortete sie.

In dem fensterlosen Gebäude war es noch finsterer als draußen, trotzdem erkannte Cortz sofort, was die Meurg gemeint hatte.

»Der Zugang zu einem Bau der Enthee«, sagte er überrascht. Es ging tief hinab. Viel tiefer als in den beiden anderen Zugängen, die er in Meurglys entdeckt hatte.

»Mitten in der Garnison der Menschen.«

»Was bedeutet das?«, fragte er nach einigen Augenblicken stummen, aber intensiven Nachdenkens.

»Ich weiß es nicht«, sagte Djerid. »Ich weiß nur, dass hier etwas nicht stimmt. Und dass du, Cortz, vielleicht der richtige Mann bist, um Licht ins Dunkel zu bringen.«

»Ich muss hinunter«, sagte er.

Muss ich das wirklich?

Er nickte. Dort unten lag die Lösung.

»Hier trennen sich unsere Wege.« Djerid sagte es emotionslos, als mache ihr der Abschied nichts aus. Vielleicht war es so.

»Was hindert dich daran, mit mir zu kommen?«, fragte Cortz. Er sah die Antwort in ihren ellipsenförmigen Augen: Es war die nackte Angst. Die Angst vor der Tiefe.

»Ich kann nicht«, sagte sie. Sie warf dabei nicht einmal einen Blick auf das Loch. »Ich kann nicht«, wiederholte sie.

Cortz nickte. »Ich verstehe. Doch nur bis zu einem gewissen Punkt. Die Angst sitzt in dir. Aber es ist nicht deine Angst, sondern die deines Volkes. Du bist stark genug, sie zu überwinden. Das weiß ich.«

Er konnte ihr ansehen, wie sie mit sich kämpfte. Doch er schwieg und ließ ihr die Zeit, die sie brauchte. Dann bemerkte er den Ruck, der durch ihren Körper ging.

»Du hast Recht«, sagte sie. »Ich sollte es wenigstens versuchen. Gehen wir. Dort unten wartet die Lösung des Rätsels.«

Cortz lachte erleichtert. Sie hatte seine eigenen Gedanken beinahe wortgetreu wiederholt.

»Was ist mit Schrajm und Aakjaer?«, fragte er.

»Sie werden warten«, sagte Djerid.

»Dann lass uns gehen.«

Cortz' Zelle war leer, der Mann schien wie vom Erdboden verschluckt zu sein. Und niemand hatte es bemerkt. Das war beinahe noch schlimmer als die Tatsache an sich.

Konsul Mazarin war nicht bereit, das Verschwinden des Gefangenen einfach auf sich beruhen zu lassen. Cortz' Flucht konnte ihn in enorme Schwierigkeiten bringen. Dafür würde jemand bezahlen.

»Ich kann es mir nicht erklären«, sagte Kommandant Witalczuk. Er fuhr sich nervös durch sein lichtes Haar und wirkte ratlos.

»Es muss Aufzeichnungen geben.«

Witalczuk schüttelte den Kopf. Auf seinem Gesicht hatte sich ein gequälter Ausdruck breit gemacht. »Ich habe die Überprüfung bereits angeordnet.«

»Ergebnisse?«

»Keine«, sagte der Kommandant. »Es ist nichts zu sehen, nicht das Geringste. Jemand muss die Kameras manipuliert haben ...« Seine Stimme war bei den letzten Worten immer leiser geworden. Er bot in seiner Hilflosigkeit ein jämmerliches Bild und sah aus, als wolle er jeden Moment in Tränen ausbrechen.

»Wer sollte das getan haben? Etwa Cortz? Aus seiner Zelle heraus? Ohne Hilfsmittel?« Mazarin schrie jetzt. »Machen Sie sich nicht lächerlich, Kommandant.«

»Es ist nicht anders zu erklären. Eigentlich ist es überhaupt nicht zu erklären. Aber es kann nur so gewesen sein.«

Der Konsul wollte Witalczuk erneut scharf anfahren, zwang sich aber zur Ruhe.

Du musst deine Beherrschung wiedergewinnen.

Er durfte sich nicht gehen lassen. Nicht in dieser prekären Lage, in der er sich gerade befand. Ein Versagen konnte ihn das Leben kosten. Er musste kämpfen.

»Er muss Helfer gehabt haben«, sagte Witalczuk.

»Wer hätte ihm helfen sollen, Kommandant? Benutzen Sie Ihren Verstand. Wer wusste von der Anwesenheit dieser Person in der Garnison? Wer außer unseren eigenen Männern?«

»Nach unserem Kenntnisstand niemand«, sagte Witalczuk. Er senkte den Kopf. »Für meine Männer lege ich die Hand ins Feuer. Keiner von ihnen hat dem Gefangenen geholfen. Aber es ist nicht völlig ausgeschlossen, dass er in Meurglys doch auf jemanden gestoßen sein könnte, der ihn unterstützt hat. Der ihm gefolgt ist und …«

»Er war sieben Jahre lang dort ...«

»Sieben Jahre sind eine lange Zeit.«

»Trotzdem. Ein Mensch?« Konsul Mazarin schüttelte den Kopf. »Ein Enthee?«

»Ein Meurg«, sagte Kommandant Witalczuk.

»Das ist unwahrscheinlich. Sie geben sich nicht mit anderen ab. Sie bleiben lieber für sich.« Konsul Mazarin wusste, dass es so war. Aber dennoch bohrte ein Zweifel in ihm. *Hat Cortz doch jemanden gefunden? Hat ihm jemand geholfen? Ihn befreit?*

»Es kann nur ein Meurg gewesen sein. Oder mehrere«, beharrte Witalczuk auf seiner Vermutung.

»Ich möchte die Aufzeichnungen sehen.« Mazarins Wut war fast verraucht. Einen Schuldigen für diese Panne zu finden, war zunächst sekundär. Zuerst galt es, den entflohenen Gefangenen wieder aufzuspüren. Und zwar rasch, bevor es für ihn selbst zu spät war.

Der Kommandant ließ die Bilder abspielen. Sie zeigten den leeren Gang vor der Zelle und sonst nichts.

»Wurden alle Aufnahmen des gesamten Gefängnis-Traktes gesichtet?«

Witalczuk nickte. »Alle mit dem gleichen Ergebnis. Negativ. Es gibt nichts Ungewöhnliches zu sehen.« Er fuhr sich wieder durch sein schütteres Haar.

Mazarin dachte nach. Er erkannte, dass er im Moment nicht herausfinden konnte, ob Cortz allein geflohen war oder ob er Unterstützung gehabt hatte. Also galt es, sich auf die Frage zu konzentrieren, was das Ziel des Gefangenen sein mochte. Natürlich konnte es sein, dass er die Garnison längst verlassen hatte. Genauso gut wie es ihm gelungen war, die Überwachungskameras hier zu narren, mochte ihm das auch an anderer Stelle keine Probleme bereiten. »Wie sieht es mit den Grenzen unseres Territoriums aus? Sind die Wachen alarmiert?«

»Die Posten wurden verdreifacht, sobald wir das Verschwinden des Gefangenen bemerkt hatten.« Witalczuk schien froh zu sein, wenigstens in diesem Punkt richtig reagiert zu haben. »Auch diesbezüglich wurden sämtliche Aufzeichnungen studiert. Ohne Erfolg. Es hat keine besonderen Vorkommnisse gegeben. Das muss natürlich nichts heißen, aber …«

Konsul Mazarin ließ den Kommandanten nicht ausreden, sondern unterbrach ihn mit einer harschen Handbewegung. Falls Cortz die Flucht tatsächlich bereits geglückt sein sollte, waren er und seine Männer auf Glück und Zufall angewiesen, um ihn wieder zu finden. Meurglys war groß, ein riesiger Moloch, in dem sich ein Mensch jahrelang erfolgreich verbergen konnte. Vom Rest des Planeten ganz zu schweigen. Es gab immer noch eine ganze Menge unberührte Gegenden. Unmöglich, dort jemanden aufzuspüren. Absolut unmöglich.

»Wir müssen hoffen«, sagte Mazarin. Aber er meinte damit vor allem sich selbst. Denn wenn sich seine vage Hoffnung nicht erfüllte, war es aus mit ihm.

»Hoffen? Worauf?«, fragte Witalczuk verwirrt.

Der Konsul lächelte, aber es lag keine Freude darin. »Dass unser Freund Cortz von der Neugierde angetrieben wird. Und vielleicht von dem Wunsch, es zu Ende zu bringen.«

Wird er wirklich so dumm sein?

»Ich verstehe nicht«, sagte der Kommandant.

Der Konsul gab ihm keine Antwort. Er überlegte, ob er allein gehen sollte. Dann entschied er sich gegen diese Idee. Cortz' mysteriöse Helfer, falls es sie wirklich gab, mochten immer noch bei ihm sein. In diesem Fall wäre es gut, ein paar seiner Leute bei sich zu haben.

»Der Bau der Enthee«, sagte Mazarin. »Womöglich war der Bau sein Ziel. Lassen Sie mir einen Kampfanzug bringen. Es könnte sein, dass eine Auseinandersetzung mit Waffengewalt bevorsteht.«

»Warum sollte er sich in die Höhle des Löwen begeben?«, fragte Witalczuk.

Mazarin lachte. Ein Soldat kam und reichte ihm einen Kampfanzug, in den der Konsul nur noch hineinschlüpfen musste. Er überprüfte die Anzeigen und sah, dass alles in Ordnung war. Er würde es Cortz nicht leicht machen. Ein weiteres Mal durfte er ihm nicht entkommen.

»Weil er den Löwen erlegen will. Aber genau das müssen wir verhindern. Folgen Sie mir. Und nehmen Sie vier Ihrer Männer mit.«

Die Innenseite des Schachtes war glatt. Doch Cortz entdeckte kleinere Vertiefungen, die es ihm und Djerid erlaubten, hinabzuklettern. Die Enthee brauchten derartige Hilfen nicht, wie Cortz wusste. Sie waren mühelos in der Lage, auch die glattesten Wände hochzusteigen. Menschen und Enthee machten gemeinsame Sache. So viel war klar. Jetzt galt es nur noch herauszufinden, was sie mit ihrer Verschwörung bezweckten. Cortz zweifelte nicht daran, dass sich die Pläne gegen die Meurg richteten. Aber was genau mit den Meurg geschehen sollte, wusste er ebenso wenig, wie er seine eigene Rolle in diesem undurchsichtigen Spiel einschätzen konnte.

Er kletterte voraus, Djerid folgte ihm deutlich vorsichtiger.

Es kostet sie eine unheimliche Überwindung.

Der Schacht war tief und sie brauchten einige Minuten, bis sie auf seinem Grund standen. Hier unten roch es nach feuchter Erde. Und es war so dunkel, dass Cortz seine eigene Hand nicht vor Augen sehen konnte. Er tastete die Wände ab und fand schließlich nach einigem Suchen den Ausgang. Die Öffnung befand sich unten am Boden.

»Hier geht es raus«, flüsterte er.

»Einen kleinen Moment, bitte«, sagte Djerid. Auch wenn alles in Cortz danach drängte, sofort weiter zu eilen, gönnte er ihr doch die kleine Unterbrechung. Er verstand, dass die Meurg sich nach dem für sie höchst ungewöhnlichen Gang in die Tiefe erst wieder sammeln musste. *Vielleicht ist es gar nicht so gut, wenn sie sich Gedanken darüber machen kann.*

Trotzdem wartete er geduldig.

»Ich bin so weit«, sagte Djerid dann leise. Ihre Stimme klang noch rauer als sonst.

»Bleib nahe bei mir.« Das musste ihr schwer fallen, denn sie mied gewöhnlich die körperliche Nähe, wie alle Meurg. Dennoch folgte sie ihm in geringem Abstand. Cortz wunderte sich, was diesen Wandel in ihr ausgelöst haben mochte. Er? Schwer zu glauben. Vieles von dem, was ihn früher ausgezeichnet haben mochte, war heute längst verschwunden. Es war unwahrscheinlich, dass sich noch jemand von ihm mitreißen ließ.

Sie tut es für ihr Volk.

Das war die einzige logische Alternative. Die Anwesenheit der Enthee mitten in Meurglys hatte Djerid einen Schock versetzt. Sie erkannte die Bedrohung. Und obwohl sie eigentlich eine Ausgestoßene war, die von ihrem eigenen Volk nicht mehr viel zu erwarten hatte, tat sie jetzt doch alles, um es vor einem möglichen Schaden zu bewahren. Dass es zudem noch eine unheilvolle Verbindung zwischen Menschen und Enthee gab, war vielleicht der letzte Grund gewesen, den sie gebraucht hatte, um über ihren Schatten zu springen.

Cortz lächelte bitter. Mit ihm hatte Djerids erwachter Mut definitiv nichts zu tun.

Das spielt keine Rolle, dachte er. Nur dank ihrer Unterstützung war er jetzt überhaupt hier. Da konnte er es gut verkraften, wenn die Meurg eigene Ziele verfolgte, so lange sich diese weitgehend mit seinen deckten.

Sie krochen vorsichtig durch den niedrigen Tunnel, der schon nach wenigen Metern wieder endete. Der lange Gang, in dem sie jetzt standen, war ebenfalls unbeleuchtet.

»Langsam«, sagte Cortz.

Er tastete sich vorsichtig voran und spähte in die undurchdringliche Dunkelheit. Was erwartete sie dort?

Sie gelangten schließlich in eine der Wohnhöhlen der Enthee. Cortz suchte mit seinen Fingern den Boden ab, stieß auf Widerstand und fand eine der kleinen Luken, in denen die Enthee ihre Nahrung aufbewahrten. Er zog ein schmales Päckchen heraus und betrachtete es sorgfältig, so gut das im Dunkeln ging. Dann öffnete er die Folie und schnupperte am Inhalt.

»Das ist nicht alt«, sagte er schließlich. »Dieser Bau ist nicht verlassen, sondern mit Sicherheit bewohnt. Zumindest war er es vor kurzer Zeit noch.«

»Dann sind sie hier«, flüsterte Djerid. Ihre Stimme zitterte. Trotzdem blieb sie relativ dicht bei ihm.

Cortz nickte. »Weiter.« Er fühlte sich zwar unbehaglich, doch er wollte diese Kette von Rätseln lösen. Hier und jetzt.

Ein weiterer Gang schloss sich an, eine andere Wohnhöhle. Auch sie war leer.

»Da ist etwas«, sagte Djerid leise.

Cortz fuhr zusammen. Er schaute ins Dunkel. Seine Augen schmerzten von der ungewohnten Anstrengung. Tatsächlich. Da war etwas. Jemand. Keine drei Schritte von ihm entfernt, bewegte sich ein Schemen.

»Stehen bleiben«, sagte er und griff nach seiner Waffe.

Er wurde von dem gewaltigen Sprung überrascht, mit dem sich der andere auf ihn warf. Die Waffe fiel ihm aus der Hand und er schlug hart auf dem Boden auf.

Langgliedrige Finger schlossen sich fest wie ein Schraubstock um seinen Hals und nahmen ihm die Luft zum Atmen. Cortz schlug mit den Händen auf den Angreifer ein, aber der andere lag schwer wie ein nasser Sack auf ihm und rührte sich keinen Zentimeter. Die Finger drückten ihm die Kehle immer fester zu und Cortz fühlte, wie ihm die letzten Kräfte zu schwinden drohten.

Ein Schrei gellte durch die Höhle. Er musste von Djerid stammen. War auch sie angegriffen worden?

Doch dann spürte er, dass sich der Druck um seinen Hals verringerte. Die Finger lösten sich. Cortz bäumte sich auf, der Angreifer rutschte von ihm herunter.

»Ich …« Djerid schluchzte.

Cortz begriff. Sie hatte ihn gerettet.

Schon wieder.

Er betastete den reglosen Körper, der vor ihm lag. Alles deutete darauf hin, dass es sich um einen Enthee handelte. »Er ist tot«, sagte er.

»Gut.« Nur dieses eine Wort, dann schwieg Djerid wieder. Sie drückte ihm seine Waffe in die Hand. Die Feuchtigkeit, die er am Lauf spürte, war sicherlich das Blut des Toten, den die Meurg irgendwo am Kopf erwischt hatte.

Cortz fühlte sich müde. »Weiter«, sagte er trotzdem. »Wir müssen weiter.«

Sie durchquerten rasch zwei Wohnhöhlen, trafen aber auf keine Enthee mehr.

»Wo stecken sie?«, murmelte Cortz.

Plötzlich sahen sie vor sich schwaches Licht. Es wurde mit jedem Schritt, den sie machten, stärker. Sie erreichten eine Stelle, an der der Weg um neunzig Grad zur Seite abbog. Noch ein Schritt, dann war es zu spät, umzukehren.

Er kannte die Szene, die sich ihnen darbot. Er kannte sie von damals.

Die ganze Höhle war voller Enthee.

Sie *tanzten*.

Cortz blickte sich um.

Dort sitzt sie.

Die Enthee hatten ihn und Djerid längst bemerkt. Zwar hielten sie in ihren raschen Bewegungen nicht inne, trotzdem war sich Cortz sicher, dass die Meurg und er von hier nicht mehr entkommen würden.

Langsam ging er durch die Menge der tanzenden Enthee, die ihn und Djerid ignorierten.

Er glaubte, die Frau wiederzuerkennen, die dort saß, auf einem schlichten Stuhl, mitten auf einem niedrigen Podest. Sie war älter als damals – *natürlich*. Cortz sah ihre Augen leuchten. *Diese Augen.*

»Entheete«, sagte Cortz fassungslos. »Aber …«

Er verstand nicht. Er konnte es nicht verstehen. Sie war doch tot. Gestorben. Damals …

Hinter ihnen war Lärm zu hören. Es war Konsul Mazarin, begleitet von einigen seiner Soldaten. Auch Kommandant Witalczuk gehörte zu ihnen. Sie hielten ihre Waffen auf Cortz und Djerid gerichtet.

Aber das war jetzt bedeutungslos.

Entheete erhob sich von ihrem Platz. Sie lachte. Und sie bewies ihm, dass sie ihn erkannt hatte. Denn sie sagte seinen Namen.

Seinen *richtigen* Namen.

Die Enthee hatten sie nicht getötet. *Nicht sofort*, dachte Paz Nadir düster. Aber bald.

Wir haben Entheete ermordet. Ihre Herrscherin. Warum sollten sie uns das verzeihen? Warum?

Neben ihm jammerte Crefeldt. Im rechten Oberarm des Senso-Techs steckte noch immer das scharfkantige Metallteil, das ihn bei der Explosion des Roboters mit voller Wucht getroffen hatte. Nadir zögerte, es zu entfernen. Er sah keine Möglichkeit, die Blutung, die dann einsetzen würde, zu stillen. Im Moment war es besser, die Wunde so zu lassen, wie sie war. Auch wenn Crefeldt unter großen Schmerzen litt.

Vielleicht hat er es verdient, dachte Nadir. Noch hatte er dem Senso-Tech nicht entlocken können, wie viel Mitverantwortung er an der Explosion trug. *Was hat er gewusst? Steckt er hinter dem Mord an Entheete? Und warum?*

Es war alles rasend schnell gegangen. Vickers war explodiert, Entheete lag tot am Boden. Die Enthee hatten ihren Tanz sofort beendet. Nadir fühlte jetzt noch die panische Angst, die ihn in dem Moment erfüllt hatte, als sich der Kreis der Fremdwesen immer enger um sie zog. Doch anscheinend wollte man sie nicht auf der Stelle töten. Stattdessen hatten die Enthee sie gepackt und in diese Zelle hier befördert. Aulden war von ihnen getrennt worden. Um Obadun und Crabb hatte sich ohnehin niemand gekümmert. Nadir fragte sich, wo Jana Lanús jetzt sein mochte. Hatten die Enthee auch sie geschnappt?

»Verdammt«, ächzte Crefeldt. *Ein echter Fortschritt*, dachte Nadir, *nach den unverständlichen Lauten, die er bisher von sich gegeben hat.*

»Was ist passiert? Wo ist Vickers?«

Nadir sah, dass die Augen des Senso-Techs jetzt geöffnet waren. »Vickers ist explodiert«, sagte er.

Crefeldt schwieg einige Augenblicke. »Ja. Ich erinnere mich.«

»Entheete ist tot. Sie stand mitten im Trümmerhagel.«

»Das …«

»Das bringt uns mächtig in die Bredouille, Max. Dein verfluchter Roboter hat die Herrscherin dieses Volkes umgebracht. Ich glaube nicht, dass wir sonderlich gute Karten haben. Falls uns überhaupt noch jemand die Zeit gibt, wenigstens ein paar Worte zu unserer Verteidigung zu sagen.«

»Aber …« Crefeldt schluckte. »Wir sind unschuldig. Vickers … er …«

»Das ist genau die Frage«, sagte Nadir. »Warum ist der Roboter explodiert? Wie zum Teufel konnte das geschehen?«

Crefeldt schwieg einen Augenblick. »Du glaubst, ich hätte damit etwas zu tun?«

Nadir schüttelte den Kopf. »Nein«, sagte er. »Ich glaube nicht, dass du für Entheetes Tod verantwortlich bist, Max. Aber ich frage dich trotzdem: Wie konnte das geschehen? Immerhin ist … war Vickers dein Roboter und stand unter deiner Kontrolle. Hat jemand unbemerkt die Steuerung übernommen? Hat er ein Eigenleben entwickelt? Ich weiß, das klingt absurd. Aber wir müssen diese Fragen klären.«

»Wozu?«, fragte Crefeldt. »Wir sind so gut wie tot. Hier kommen wir nicht mehr raus.«

»Das wird sich noch zeigen. Immerhin ist auch Aulden noch am Leben.«

»Aber ebenso gefangen wie wir, oder nicht? Und er steckt im Körper des Rezips – ohne Kontakt zur *Heim*. Ich hatte zuletzt nicht wirklich das Gefühl, dass er noch im Vollbesitz seiner wahren Kräfte ist.«

Da ist etwas dran. Auldens Macht war ohne die Verbindung zu seinem Körper deutlich eingeschränkt. »Trotzdem. Ist dir an Vickers etwas Merkwürdiges aufgefallen?«

Der Senso-Tech schüttelte den Kopf, ohne lange überlegen zu müssen. »Nein. Ich wüsste auch nicht, wie es jemandem gelungen sein sollte, ihn zu beeinflussen. Er war ständig an meiner Seite.«

Nadir grübelte. »Wann hast du ihn zuletzt aus den Augen gelassen? Wann war Vickers allein?«

»Das war noch an Bord der *Heim*. Als wir in der Simulation steckten.«

… und als Hetman ermordet wurde. Dieser Gedanke schoss Nadir unvermittelt durch den Kopf. Gab es einen Zusammenhang? Nadir konnte sich keinen Reim darauf machen. Noch nicht.

»Wer hat einen Nutzen von Entheetes Tod?« Er stellte die Frage absichtlich laut. Sollte sich Crefeldt ruhig darüber Gedanken machen.

»Die Meurg natürlich«, sagte der Senso-Tech sofort. »Soweit ich alles verstanden habe, ist damit ihre größte Widersacherin ausgeschaltet.«

»Hatten die Meurg eine Gelegenheit, Vickers zu manipulieren?«

»Unwahrscheinlich«, brummte Crefeldt und schüttelte wieder den Kopf. Seine Schmerzen schien er vergessen zu haben. »Ich war ständig mit ihm verbunden, seit wir auf diesem Planeten gelandet sind. Eine Einflussnahme hätte ich eigentlich feststellen müssen.«

»Auch wenn sie in der Garnison der Menschen erfolgt sein sollte?«

»Auch dann«, bestätigte der Senso-Tech. »Die Menschen? Der Konsul? Ist das nicht vollkommen abwegig? Was haben sie davon, Entheete zu töten?«

»Ich denke einfach nur nach, Max, nichts weiter. Ich möchte alle Möglichkeiten durchspielen. Vielleicht stoßen wir dann auf eine halbwegs plausible Erklärung.« Nadir wurde allmählich wütend auf sich selbst, weil er keine Lösung fand. Den Meurg fehlte es an den technischen Möglichkeiten, Vickers unter ihre Kontrolle zu bringen. Ein schlüssiger Grund, warum die Menschen Entheete hätten umbringen sollen, fiel ihm nicht ein. Was blieb? Die Enthee selbst? Gab es hier unten Kräfte, die sich gegen ihre Herrscherin auflehnten? Er konnte es nicht völlig ausschließen. Dennoch blieb auch in diesem Fall die Frage, wie es ihnen gelungen sein sollte, den Roboter zur Explosion zu bringen.

»Vielleicht ein simpler Defekt«, sagte Crefeldt. »Die Schwankungen in der Energieversorgung ...«

Nadir gab keine Antwort. An diese Möglichkeit glaubte er nicht. Es steckte mehr dahinter. Dessen war er sich sicher.

Vickers war zuletzt an Bord der *Heim* nicht unter Crefeldts Kontrolle gewesen. Zur gleichen Zeit, als Hetman starb. Der Mörder des Coparrs war bis jetzt noch nicht identifiziert worden. Gab es einen Zusammenhang?

Ein Geräusch drang unvermittelt an Nadirs Ohr. Er blickte zu der massiven Tür, die ihre Zelle verschloss. »Hast du das gehört?«

»Sie kommen«, sagte Crefeldt dumpf. »Das war's dann wohl. Jetzt heißt es Abschied nehmen von der Welt.«

Nadir konzentrierte sich. Was er hören konnte, klang keinesfalls nach einer größeren Anzahl von Enthee, die vor ihrer Tür stand. Es war lediglich ein feines Rascheln, vielleicht ein Kratzen von Metall auf Metall. Möglicherweise waren das nicht die Enthee, sondern Aulden, der kam, um sie zu befreien.

»Ich glaube nicht, dass ...«, begann er.

In diesem Moment schwang die Tür geräuschlos auf.

Aulden fühlte sich hilflos, wie niemals zuvor in seinem langen Leben. Die Enthee hatten ihn von Nadir und dem Senso-Tech getrennt und allein in eine Zelle gesteckt. Kurz war ihm der Gedanke an Gegenwehr gekommen. Doch er hatte darauf verzichtet. Das Blutbad, das er unter den Enthee hätte anrichten können, wäre auch keine vernünftige Lösung gewesen. Dank ihrer schieren Masse hätten sie ihn und seine Gefährten schließlich dennoch überwältigt.

Also hatte er sich widerstandslos gefangen nehmen lassen. Jetzt saß er hier, ohne Waffen, eingesperrt. Am schlimmsten aber war, dass die Verbindung zu seinem Körper an Bord der *Heim* immer noch unterbrochen war. *Solange der Schutzschirm aktiviert ist, wird sich daran auch nichts ändern.* Ob ihm jemand den Gefallen tun würde? Mit Entheetes Tod war dieser auf jeden Fall nicht erloschen.

Entheetes Tod. Der Argonom fragte sich, was zur Explosion des Roboters geführt haben mochte.

Aulden saß auf dem kalten Boden und hielt die Augen geschlossen. Er lauschte wieder in den Körper des Rezips hinein und versuchte, die Grenzen dieses Gefängnisses zu überwinden, indem er nach weiter außen vordrang. Es gelang ihm nicht. Er war im doppelten Sinne ein Gefangener. Wie mochte es Hetman und den anderen auf der *Heim* gehen? War die Konfrontation mit den Lotsen schon im Gange?

Etwas riss ihn aus der Konzentration. Aulden öffnete die Augen. Vor ihm stand jemand, mitten in seiner Zelle. Ein Enthee. Er hatte ihn nicht kommen gehört.

»Wer sind Sie?«, fragte Aulden.

»Mein Name ist Sherwojn«, sagte der andere. »Ich bin ein Meurg.«

Wie kommt ein Meurg hierher? Mitten ins Zentrum der Macht der Enthee? Das klingt sehr unwahrscheinlich. Zumal der Kopf des Fremden eindeutig von dünnem Haar bedeckt und nicht etwa kahl war wie bei einem Meurg. Auch von den Runzeln im Gesicht, durch die sich dieses Volk von den Enthee unterschied, war nichts zu sehen. Sherwojn sah eindeutig aus wie ein Enthee.

Der Enthee, der behauptete, ein Meurg zu sein, schien die Gedanken des Argonomen an seinem verblüfften Gesichtsausdruck ablesen zu können. »Ich bin ein Spion, wenn Sie so wollen. Das hier« – er fasste sich an den behaarten Schädel und strich sich übers Gesicht – »ist Maskerade. Nichts weiter. Vertrauen Sie mir.«

Ein Spion der Meurg mitten unter den Enthee? Wie glaubhaft war das? »Was wollen Sie von mir?«

»Sie haben meinem Volk einen großen Gefallen getan. Durch Entheetes Tod ist die wichtigste Bedrohung für unser Fortbestehen beseitigt. Ich hätte nie gedacht, dass ich das eines Tages erleben darf.«

»Wir … ich …« Aulden schwieg. Er begriff, dass es nicht klug war, wenn er dem angeblichen Meurg erklärte, dass er mit dem Tod Entheetes nichts zu tun hatte.

Falls es sich aber doch um einen Enthee handelt, der mich auf die Probe stellen will, könnte es nützlich sein, meine Unschuld zu beteuern. Er schüttelte den Kopf. Vielleicht dachte er zu kompliziert. Womöglich war der Enthee vor ihm wirklich ein Meurg.

»Ich kann Sie hier herausbringen«, sagte Sherwojn. »Ich biete Ihnen Asyl in Meurglys.«

Aulden überlegte. Hier bot sich ihm ein Strohhalm, nach dem er greifen sollte. Zweifel hin, Zweifel her. »Ich muss zurück auf mein Schiff.«

»Auch das ist eine Möglichkeit«, erklärte der Enthee, der vielleicht doch ein Meurg war. »Wir können Ihre Leute anfunken, sobald wir in Sicherheit sind.«

»Die Menschen …«

»… sollten Sie meiden«, unterbrach ihn Sherwojn. »Konsul Mazarin ist Entheete längst hörig. Seit Jahren war er Teil ihrer Pläne. Er wird Sie gnadenlos jagen. Ebenso wie das die Enthee tun werden. Man wird Ihnen den Tod der Mutter nicht verzeihen.«

Aulden begann langsam, Sherwojn Glauben zu schenken. Was er sagte, klang logisch. Der Argonom verstand jetzt einiges besser – vorausgesetzt, der angebliche Meurg sprach die Wahrheit. Dass Mazarin von Entheete beeinflusst worden war und in ihren Diensten stand, würde vieles erklären. Damit entfiel für ihn aber auch die Möglichkeit, mit Hilfe der Menschen auf die *Heim* zurückzukehren. Es blieb nur zu hoffen, dass der Kampf mit den Lotsen doch noch nicht begonnen hatte. In diesem Fall konnte Hetman sofort ein Schiff schicken, das ihn abholte. Falls die Schlacht aber schon ausgebrochen war …

»Meine beiden Begleiter«, sagte Aulden. Er hatte nicht vor, Nadir im Stich zu lassen.

»Ich habe das überprüft«, sagte Sherwojn. »Sie sind aus ihrer Zelle verschwunden. Vielleicht ist es ihnen gelungen, aus eigener Kraft zu fliehen. Möglicherweise sind sie aber auch bereits tot.«

Nadir sollte tot sein? Daran wollte der Argonom nicht glauben. Dann schon eher an eine geglückte Flucht. Aber wäre sein alter Gefährte wirklich ohne ihn von hier verschwunden?

»Vertrauen Sie mir, Argonom. Sie werden sehen: Die Dankbarkeit meines Volkes kennt keine Grenzen. Sollten Ihre beiden Begleiter noch am Leben sein, werden wir uns auch um sie kümmern. Das verspreche ich Ihnen.«

Aulden nickte. Ihm blieb ohnehin keine Wahl. Er musste hinaus aus dem Bau der Enthee, den Einflussbereich des Schutzschirms verlassen und dann zurück auf die *Heim*. Von dort aus konnte er Nadir und Crefeldt am ehesten helfen. Und wenn er sämtliche Guer aus dem Tiefschlaf wecken musste, die sich noch an Bord befanden.

»Ich glaube Ihnen«, sagte Aulden und war über diese Aussage selbst überrascht.

Tue ich das?, fragte er sich. *Ja.* Sherwojn hatte ihn überzeugt.

Er schaute den Meurg ernst an. »Gehen wir«, sagte er.

Sherwojn öffnete die Zellentür einen Spalt breit und blickte vorsichtig hinaus. »Es ist niemand zu sehen«, sagte er. Aulden folgte ihm nach draußen. Im Gang lagen zwei Enthee. Beide waren tot. »Die Wachen«, erklärte der Meurg. »Kommen Sie, wir müssen uns beeilen, bevor wir entdeckt werden.«

Sherwojn führte den Argonomen in ein Labyrinth aus Gängen, in dem Aulden bald die Orientierung verlor. Immerhin konnte er feststellen, dass der Weg zwar langsam, aber doch beständig nach oben führte. Sherwojn schien kein falsches Spiel mit ihm zu spielen. Er näherte sich wieder der Freiheit.

»Sie?«

Damit hatte Nadir nicht gerechnet. Die Tür öffnete sich und Jana Lanús trat in die Zelle. Sie legte den Zeigefinger auf die Lippen.

»Still«, flüsterte sie. »Keine Fragen. Wir müssen unverzüglich verschwinden.«

»Aber …«

Crefeldt konnte den Satz nicht zu Ende zu bringen. Die Stellvertreterin des Konuls, die so überraschend bei ihnen aufgetaucht war, packte ihn am verletzten Arm. »Verdammt. Passen sie doch auf.«

»Still«, wiederholte Jana Lanús. »Kommen Sie.«

Jana Lanús sagte nichts weiter, sondern eilte hastig voran. Sie schien sich hier unten recht gut auszukennen, denn sie zögerte kein einziges Mal, wenn sich die Gänge teilten und eine Entscheidung anstand, in welche Richtung sie zu gehen hatte.

Sie war schon einmal hier. Wahrscheinlich mehr als einmal. Das bedeutete, dass Lanús ihn und die anderen belogen hatte. Ein weiterer

Mosaikstein, der sich in das Puzzle einfügte. Und wenn Jana Lanús in der Vergangenheit bereits hier unten gewesen war – *mehr als einmal* – musste ihr Kontakt zu den Enthee sehr eng gewesen sein.

Und jetzt? Führt sie uns in die nächste Falle?

Nadir dachte an Josev Obadun, den menschlichen Soldaten, der so ganz offensichtlich unter Entheetes Einfluss gestanden hatte. War dieser Mann keine Ausnahme? Sollte sich die Herrscherin der Enthee noch andere Menschen unterworfen haben? Etwa Jana Lanús?

Dann wäre ihre Empörung, diesen Obadun hier anzutreffen, nur gespielt gewesen.

»Ich gehe keinen Schritt weiter.« Nadir blieb mitten in dem dunklen Gang, in den sie gerade eingebogen waren, stehen.

»Hören Sie …«

»Nein, Sie hören jetzt zu. Ich erwarte Erklärungen von Ihnen. Am besten gute Erklärungen. Oder wir suchen alleine einen Weg ins Freie.«

»Das sollten Sie besser nicht«, sagte sie spöttisch. »Was wollen Sie denn? Ihr Roboter hat Entheete getötet. Ich konnte von oben alles genau verfolgen. Seither ist ihr Einfluss erloschen. Ich bin endlich wieder ich selbst. Und genau wie Sie habe ich keinen anderen Wunsch, als lebend hier herauszukommen.«

Ihr Geständnis überraschte Paz Nadir. »Wer noch? Wen hat Entheete …«

Sie lachte bitter. »Der Konsul natürlich. Obadun. Wahrscheinlich auch dieser Crabb. Sicher kann ich das allerdings nicht sagen. Entheete hat mich nicht über ihre Pläne informiert. Ich war nur Befehlsempfänger.«

Sie verteidigt sich. Oder steckte mehr als die Scham dahinter, eine Marionette an den Fäden einer Außerirdischen auf einem eigentlich primitiven Planeten gewesen zu sein? *Fühlt sie auch Schuld?*

»Crabb«, sagte Nadir. »Sie behaupten, dass er ebenfalls von Entheete beeinflusst war? Die ganze Zeit?«

»Ich weiß es nicht«, antwortete sie. »Ich halte es jedoch für sehr wahrscheinlich. Als ich da oben saß, ganz allein, nachdem der Roboter explodiert und die Mutter … Entheete tot war, hatte ich Zeit, über alles nachzudenken. Ich denke, dass er der Lockvogel war. Für den Argonomen. Entheete wollte Aulden. Sie wollte seine Macht. Sein Schiff, seine Technik, einfach alles.«

»Was ist mit Chrom?«, fragte Nadir. »Lebt sie noch?«

Jana Lanús zuckte mit den Schultern. »Tut mir Leid, ich weiß es nicht.«

»Und Aulden? Können wir ihn befreien?«

Sie schüttelte den Kopf. »Ich habe keine Ahnung, wohin er gebracht worden ist. Falls er überhaupt noch lebt. Es ist sinnlos, nach ihm zu suchen. Das kostet uns Zeit, die wir nicht haben. Sobald die Enthee Ihre Flucht entdeckt haben, wird hier unten die Hölle los sein. Besser, wir sind bis dahin verschwunden.«

»Wir können Aulden nicht hier lassen«, sagte Nadir. »Ich werde ohne ihn nicht gehen.«

»Dann werde ich ohne Sie gehen«, gab die Frau kalt zurück. »Tun Sie, was Sie tun müssen. Andererseits, wenn wir wieder auf der Oberfläche sind, könnten Sie Kontakt zu Ihrem Schiff aufnehmen und Verstärkung anfordern. Eine echte Alternative zu einem Partisanenkampf hier unten ...« Sie wandte sich an Crefeldt, der hinter Nadir stehen geblieben war. »Was ist mit Ihnen? Wollen Sie auch lieber nach dem Argonomen suchen, statt sich in Sicherheit zu bringen?«

Der Senso-Tech schüttelte den Kopf. »Natürlich nicht. Tut mir Leid, Nadir. Aber meine eigene Haut ist mir wichtiger. Und was sie sagt, ist richtig. Mit Hilfe der *Heim* wird es leichter sein, den Argonomen zu befreien.«

Nadir biss sich auf die Unterlippe. »Gut«, sagte er und fühlte sich schlecht dabei. »Gehen wir.«

Die Gänge waren leer, ebenso die Wohnhöhlen, die sie durchquerten. Nadir wünschte sich, wenigstens eine Waffe bei sich zu haben, um sich nicht ganz so hilflos fühlen zu müssen. Doch lediglich Jana Lanús besaß noch ihren Strahler.

»Das war schon ein dreistes Stück«, sagte Jana Lanús, als sie den Talkessel erreichten, in dem die schroffen Felswände fast senkrecht nach oben anstiegen.

»Was meinen Sie?«

»Der Roboter. Ich hätte niemals damit gerechnet, dass er die Waffe ist, mit der Sie Entheete ausschalten wollten.«

»Das war nicht geplant«, sagte Nadir. »Niemand von uns hatte die Absicht, Entheete zu ermorden. Wirklich. Ich weiß nicht, warum der Roboter explodiert ist.«

»Ich auch nicht.« Crefeldt konzentrierte sich sofort wieder auf die Kletterei, die ihm wegen seines verletzten Armes alles abverlangte.

Jana Lanús pfiff leise durch die Zähne. »Vielleicht war es allein Auldens Plan.«

»Er hätte mich darüber informiert«, sagte Nadir.

»Sind Sie sicher?«

Darauf wusste er keine Antwort. Während er weiter nach oben kletterte, versuchte Nadir, sich das Gespräch zwischen dem Argonomen und Entheete wieder in Erinnerung zu rufen. Ja, Aulden war wütend gewesen, weil die Enthee ihm keine klaren Antworten gegeben hatte. *Aber so wütend, dass er sie deshalb getötet hätte?* Nadir wusste, wie viel dem Argonomen an Chrom lag. So lange noch eine Chance bestand, doch noch etwas über ihren Verbleib herauszubringen, hätte er niemals derart reagiert.

Es war ein langer Aufstieg und es waren düstere Gedanken, mit denen er sich beschäftigte. Als sie endlich oben ankamen, atmete Nadir erleichtert auf.

»Jetzt raus hier«, sagte er. »Und dann funken wir sofort die *Heim* an.«

Sie verließen die Kuppel und traten ins Freie, hinaus in den Wüstensand. Dicke Regentropfen durchnässten sie in wenigen Sekunden bis auf die Haut.

»Wie ich das vermisst habe«, brummte Crefeldt.

»Fällt Ihnen nichts auf?«, fragte Jana Lanús.

»Der Schirm«, sagte Nadir. »Der Energieschirm ist verschwunden.« Hastig betätigte er die Kontrollen seines Kampfanzugs. »Nichts«, sagte er. »Entweder die Geräte sind zu Bruch gegangen oder auf der *Heim* gibt es Schwierigkeiten. Ich bekomme keinen Kontakt.«

»Ebenfalls Fehlanzeige«, bestätigte der Senso-Tech.

»Wunderbar«, sagte Jana Lanús. »Also sind wir ganz auf uns selbst gestellt. Gleich in der Nähe gibt es ein geheimes Depot. Es sind dort Waffen und Funkgeräte gelagert, aber auch mehrere Gleiter, leider nur planetentaugliche.«

»Fürs Erste nicht schlecht«, sagte Nadir. Als Jana Lanús aufbrechen wollte, hielt er sie an der Schulter fest. Sie drehte sich um und er schaute ihr in die Augen.

»Warum?«, fragte er. »Sie hätten auch allein fliehen können. Warum haben Sie uns geholfen?«

Sie strich sich mit zwei Fingern über die Nasenflügel. Dann lächelte sie. »Ich hatte das Gefühl, dass ich etwas gut machen müsste. Reicht Ihnen das?«

Nadir nickte.

Sherwojn hatte ihn auf verschlungenen Pfaden nach oben geführt, nicht durch den Talkessel und über die Steilwand, durch die sie in den Bau geklettert waren. So war es auch nicht die große, mittlere Kuppel des Gebäudekomplexes, aus der sie ins Freie hinaustraten, sondern die linke der drei Kuppeln. *Ein anderer Weg*, dachte der Argonom. Draußen prasselte sofort der Regen aus einem dunklen Himmel auf sie herab. *Die Nacht wird bald hereinbrechen. Und der Schutzschirm ist verschwunden.*

Augenblicklich sandte er seine geistigen Fühler aus, schickte sie auf die Reise zur *Heim*, hinaus in den Orbit, wo sein wahrer Körper auf ihn wartete. *Gleich bin ich zurück.*

Doch sein Geist stieß ins Leere. Er fand die *Heim* nicht. Und auch nicht seinen Körper, der bereit gewesen wäre, ihn zu empfangen. Ihm blieb keine Zeit, weiter nach dem Schiff oder nach seinem Körper zu suchen. Ohne Anker, der ihn packte und zu sich zog, erwies sich sein Geist als zu schwach. Er wurde buchstäblich in die armselige Hülle des Rezips zurückkatapultiert. Höllische Schmerzen tobten durch seine Gedanken.

Was war dort oben geschehen? Wo war die *Heim*? Wo sein Körper?

»Was ist mit Ihnen?«, fragte Sherwojn, der natürlich bemerkt hatte, dass sich Aulden jetzt vor Schmerzen krümmte. »Kann ich Ihnen helfen?«

Aulden schüttelte den Kopf. »Ich … habe versucht, mein Schiff zu erreichen. Die *Heim*. Sie müsste im Orbit auf mich warten. Aber … ich habe sie nicht finden können.«

Vielleicht hat der Kampf mit den Lotsen bereits begonnen, dachte der Argonom. Dann war es gut möglich, dass Hetman die *Heim* aus der Umlaufbahn um den Planeten gesteuert hatte, um sie anderswo in Sicherheit zu bringen. *Zu weit weg, als dass ich sie erreichen könnte.* Aulden verfluchte den schwachen Körper des Rezips, der ihm jetzt mehr eine Bürde als eine Stütze war. Er fesselte ihn an diese Welt. Das war die bittere Wahrheit.

Es gibt natürlich noch eine andere Möglichkeit.

Wenn die *Heim* nach dem Kampf für ihn unerreichbar war, dann vielleicht nicht, weil sie sich zu weit von ihm entfernt hatte. *Sondern weil es sie nicht mehr gibt. Weil sie vernichtet wurde.*

Er musste in Erfahrung bringen, was wirklich geschehen war.

»Wo sind meine Männer?«, sagte er. »Draban, Magister Dahn?«

»Verschwunden«, sagte Sherwojn.

»Ich muss Verbindung mit der *Heim* bekommen. Schleunigst.«

Nicht weit von hier ist mein Fahrzeug verborgen«, sagte der Meurg ruhig. »In der Nähe der Kuppeln möchte ich es nicht riskieren, das Funkgerät einzusetzen. Aber sobald wir weiter draußen in der Wüste sind, näher an Meurglys …«

»Ja, lassen Sie uns dorthin gehen«, sagte Aulden. Das ungewisse Schicksal der *Heim* und ihrer Besatzung ließ ihm keine Ruhe.

Die Enthee würden sie verfolgen, sobald sie seine Flucht entdeckten. Deshalb würde es besser sein, das Funkgerät in der Wüste überhaupt nicht zu benutzen, um die Enthee nicht unnötig auf ihre Spur zu lenken. *Ich will wissen, was passiert ist.* Er musste die Geduld aufbringen, mit einem Funkspruch zur *Heim* so lange zu warten, bis sie die Anonymität von Meurglys erreicht hatten. Konnte er das?

Sie stapften schweigend durch die Wüste, bis hinter einer der vielen Dünen ein auffälliger Felsen auftauchte. Lautlos öffnete sich direkt vor Sherwojn ein Spalt im Gestein, der rasch breiter wurde. Dahinter tauchte eines der primitiven Bodenfahrzeuge auf, die Aulden bereits beim Kampf zwischen Enthee und den Rebellen hatte beobachten können.

Sie waren noch keine dreißig Minuten unterwegs, als sich Aulden an Sherwojn wandte: »Ich will … muss es jetzt versuchen.«

Der Meurg deutete wortlos auf das Funkgerät. Entweder war er, aus welchen Quellen auch immer, recht gut über Auldens Lage informiert, so dass er Verständnis für ihn aufbrachte – oder er sah zu diesem Zeitpunkt tatsächlich schon keine Gefahr mehr.

»Nichts«, sagte Aulden enttäuscht. Keine Reaktion. Die *Heim* meldete sich nicht.

An einer anderen Stelle der Instrumentenkonsole begann in diesem Moment, ein rotes Licht zu blinken.

»Wir haben eine Botschaft erhalten«, sagte der Meurg.

»Von Ihren Leuten?«

»Ich glaube nicht.«

»Spielen Sie sie ab.«

Der kurze Film war eindeutig. Er zeigte den Weltraum und eine gigantische Pyramide. Die *Heim*. Um sie herum kreisten die Schiffe der Lotsen, die sich gegen den riesigen Klotz wie winzige Insekten ausnahmen. Und doch gab es für Aulden schon nach wenigen

Sekunden keinen Zweifel mehr daran, wer diesen Kampf gewinnen würde. In einem Meer aus Flammen zerbarst die *Heim*. Sein Schiff war vernichtet.

Tränen füllten die Augen des Argonomen. Sein Schiff, seine Leute.

»Wer hat diese Nachricht geschickt?« Er schaffte es nur langsam, wieder einen klaren Gedanken zu fassen.

Über den kleinen Monitor flimmerten weitere Bilder. Sie zeigten Nadir und Crefeldt auf der Flucht, hinter ihnen zahllose Enthee. Ein Schuss traf den Senso-Tech. Er stürzte und blieb reglos liegen. Nadir rannte noch ein paar Schritte. Dann erwischte es auch ihn.

Ein lauter Knall riss Aulden aus seinen Gedanken. Er drehte sich um und entdeckte einen Gleiter, der rasch aufholte. Unzweifelhaft ein Fahrzeug der Menschen, nicht der Enthee. Sherwojn hatte also nicht gelogen, als er behauptete, dass es eine Verbindung zwischen Konsul Mazarin und Entheete gab.

»Schneller«, schrie Aulden. »Sie schießen auf uns.«

Aber es war zu spät. Der nächste Schuss traf ihr Fahrzeug genau an der Stelle, an der Sherwojn saß. Er starb binnen Bruchteilen von Sekunden.

Aulden fühlte die Hitze, dann riss ihn die Wucht des Treffers aus dem Sitz. Der Argonom wurde weit durch die Luft geschleudert und prallte hart auf dem Boden auf.

»Treffer«, frohlockte Konsul Mazarin. Der Mann am Waffenpult verstand seinen Job: Der Meurg war tot, der Argonom würde den Sturz aus dem Fahrzeug mit Sicherheit überlebt haben.

Der Konsul lauschte in sich hinein. Als er die vertrauten Töne vernahm, war er beruhigt.

Es widerstrebte Mazarin zwar, Aulden entkommen zu lassen, aber sein Auftrag hatte gelautet, den Spion der Meurg auszuschalten, damit sich der Argonom nicht mit der Rebellenorganisation in Verbindung setzen konnte. Er sollte sich ganz alleine in Meurglys durchschlagen müssen, das war der Plan der Mutter.

Jetzt hieß es für den Konsul, sich im Hintergrund zu halten und Auldens Flucht aus sicherer Entfernung zu beobachten. Der Argonom durfte nicht bemerken, dass er überwacht wurde.

»An den Kuppeln tut sich etwas«, meldete der Funker.

»Wie bitte?«, fragte der Konsul. »Was sollte sich dort noch tun?«

»Drei Menschen sind an die Oberfläche gekommen, meldet der Posten. Jana Lanús ist bei der Gruppe.«

Verdammt, was hat das zu bedeuten? Er wusste, dass er sich besser sofort darum kümmern sollte. »Smidh, Baumgartner. Sie bleiben hier und behalten den Mann im Auge. Nur beobachten, verstanden?«

Die beiden nickten und sprangen aus dem Gleiter.

»Wir fliegen zurück zu den Kuppeln.« Während sie unterwegs waren, ließ er sich die Bilder einspielen. Er sah drei Gestalten, die aus der großen Kuppel hinaus in den Regen traten. Er fluchte, als er Jana Lanús erkannte. *Tatsächlich.* Seine Stellvertreterin, zusammen mit Paz Nadir und Magellan Crefeldt.

Das war nicht geplant, dachte Mazarin. Er musste verhindern, dass die drei entkamen. Mit allen Mitteln.

Natürlich erkannte er sofort, welche Richtung sie gewählt hatte. Dort lag in nicht allzu weiter Entfernung eines der geheimen Depots, in denen die Menschen Ausrüstungsgegenstände gelagert hatten. *Und einen Gleiter.* Jana Lanús wusste selbstverständlich davon.

»Wir folgen ihnen«, sagte Mazarin. »Zugriff, sobald wir sie erreicht haben. Aber denkt daran: Die beiden Männer brauchen wir lebend.«

Sie waren bald so nah, dass der Konsul den Blick vom Bildschirm abwenden und durch die Frontscheibe sehen konnte. Die drei hörten natürlich das Geräusch des nahenden Gleiters und begannen zu rennen. *Glauben sie wirklich, dass sie es noch schaffen?* Das Depot war noch viel zu weit entfernt.

Gemeinsam mit seinen Soldaten ließ sich Mazarin direkt über den Köpfen der Fliehenden aus dem Gleiter fallen. Sie landeten sicher im nassen Wüstensand.

»Stopp«, rief er. Die drei Gestalten, nur wenige Meter von ihnen entfernt, erstarrten.

Die Hand des Konsuls zitterte, als er die Waffe hob. Für Verräter konnte es nur diese eine Lösung geben. Auch wenn es ihn schmerzte.

Mazarin wartete nicht, bis Jana Lanús sich umdrehte. Er schoss ihr in den Rücken. »Nehmt die beiden Männer gefangen«, sagte er leise.

Er lauschte in sich hinein. Das Lied der Mutter gab ihm Kraft, als er in den Gleiter zurückkehrte, der inzwischen gelandet war. »Was meldet Smidh?«

Der Funker machte ein ratloses Gesicht. »Kein Kontakt«, sagte er unsicher.

»Baumgartner?«

»Ebenso wenig.«

»Sofort alle Mann an Bord. Wir müssen zurück«, befahl Konsul Mazarin. Doch als sie wenig später den Ort erreichten, an dem sie das Fahrzeug des Meurg abgeschossen hatten, fanden sie nur zwei weitere Tote. Von Aulden dagegen fehlte jede Spur. Der Argonom war verschwunden. Und er hatte die Ausrüstung der beiden Soldaten mitgenommen.

Mazarin wurde blass. »Sucht ihn«, befahl er. »Sucht ihn mit allen Mitteln.« Er hoffte, dass die Suche erfolgreich verlief. Wenn nicht, hatte er kläglich versagt.

Per Funk gab er den Soldaten in Meurglys den Befehl, die Verbindungsleute des Spions, der Aulden befreit hatte, auszuheben. Falls der Argonom die Stadt tatsächlich erreichen sollte, würde er dort niemanden mehr vorfinden, der ihn unterstützte. Auch wenn das für Mazarin nur noch ein schwacher Trost war. Er hatte Aulden aus den Augen verloren.

Aulden stapfte durch den Sand in Richtung Meurglys. Dank der Ausrüstung der beiden Soldaten, die er in seinem Zorn getötet hatte, mochte er die Stadt vielleicht sogar erreichen. Was er dann tun würde, wusste er noch nicht. An die Menschen konnte er sich nicht wenden. Und Sherwojn hatte ihm nichts über seine Organisation verraten. Von dieser Seite brauchte er sich keine Unterstützung zu erhoffen. Er war auf sich allein gestellt. Draban und Dahn waren verschwunden, womöglich tot. Er selbst steckte im dreimal verfluchten Körper des Rezips fest. Nadir war tot. Und die *Heim* war vernichtet. Das war das Schlimmste von allem.

Verzweifelt schickte er ein letztes Mal seinen Geist hinaus ins Weltall. *Nichts. Keine Resonanz.*

Aulden schaltete sein bewusstes Denken aus und gab sich ganz dem Schmerz hin. Er betrauerte jeden einzelnen Toten, den dieses Abenteuer gekostet hatte. So marschierte er im Regen durch die Wüste.

sechzehn

Aulden hörte das Lied der Mutter.

Es drängte sich in seinen Kopf. So sehr er sich auch anstrengte, es wollte nicht mehr verstummen. Leise, beinahe eintönig – und doch war er nicht in der Lage, es zu überhören, sich aus seinem Bann zu lösen. Der Argonom begriff: Wie ein blutiger Anfänger war er Entheete in die Falle gegangen. Das Spiel war zu Ende. Und er hatte es verloren.

Entheete lachte. Ihre Augen leuchteten. Aulden starrte sie nur an, hilflos, unfähig, sich zu bewegen.

»Aulden«, wiederholte sie seinen Namen. Ihre Stimme war kalt wie Eis. »Der Argonom. Hast du geglaubt, dich auf ewig hinter dieser Maske vor mir verstecken zu können?«

Er sagte nichts. Worte waren in diesem Moment auch nicht nötig. Sieben Jahre lang war er Cortz gewesen und hatte sich im Verborgenen aufgehalten. Damit war es jetzt vorbei. Er war wieder Aulden, der Argonom. Abgesehen davon, dass er im Körper des Rezips steckte, der alles andere als ein gleichwertiger Ersatz für seinen eigenen, seinen wahren Körper war. *Der nicht mehr existiert. Der mit der* Heim *verglüht ist.* Die Erinnerung an die Bilder aus der Vergangenheit schmerzte. Sie hatten sich ihm unauslöschlich eingebrannt. Und doch war es ihm gelungen, sie für eine lange Zeit zu verdrängen. Jetzt kehrten sie mit Macht zurück. Es tat weh.

»Es hat gedauert, dich wieder aufzuspüren.« Entheete warf Mazarin, der inzwischen ebenfalls nach vorne getreten war, einen Blick zu, unter dem sich der Konsul schuldbewusst krümmte. *Natürlich. Sie gibt ihm die Schuld für mein Verschwinden. Ein Wunder, dass er überhaupt noch lebt.*

»Warum?« Auf diese Frage hatte er noch keine Antwort gefunden, also sprach er sie aus, auch wenn er nicht glaubte, dass Entheete ihm ihre Pläne verraten würde. Weshalb auch? Aulden hörte das Lied der Mutter, Entheetes Lied. Er hatte längst verstanden: Er stand in ihrem Bann. Es gab kein Entkommen. Er war zu Entheetes Marionette geworden. Wie Djerid, wie Mazarin und viele andere vor ihnen – und wahrscheinlich auch nach ihnen.

Entheete lachte wieder. Sie genoss ihren vollkommenen Triumph. Doch gleichzeitig ließ sie sich nicht dazu verleiten, unvorsichtig zu werden. Sie streckte ihm einen ihrer langen, schlanken Finger entgegen und machte eine typisch menschliche, verneinende Geste. »Wir haben keine Zeit zu verlieren.« Die Herrscherin der Enthee erhob sich. »Ich habe lange auf diesen Moment warten müssen. Viel zu lange. Jetzt wird es Zeit, endlich zu handeln.«

Entheete erhob sich aus ihrem Stuhl. Sie wandte sich um und drehte Aulden den Rücken zu. In diesem Augenblick wirkte sie verletzlich. Konnte er sie töten? Das Unheil abwenden? Das Vergangene ungeschehen machen?

Das ist der Moment, dachte er. *Ich ... muss ... sie angreifen.*

Aber er konnte es nicht. Etwas hinderte ihn daran. Das Lied der Mutter. Es plätscherte weiter in seinem Kopf dahin und es raubte ihm seinen freien Willen. Er konnte zwar darüber nachdenken, was er tun wollte. Doch er war nicht in der Lage, diese Gedanken auch in die Tat umzusetzen. Er war hilflos. Gefangen.

Entheete verließ die Höhle. Aulden bemerkte zu seiner eigenen Überraschung, dass er ihr folgte. Seite an Seite mit der wortlosen Djerid, den vielen Enthee, Konsul Mazarin und dessen Soldaten marschierte er hinter Entheete her.

Wie kann sie noch am Leben sein?

Aulden wusste keine Antwort darauf. Er hatte mit eigenen Augen gesehen, wie Vickers explodiert war und die umherfliegenden Trümmer Entheete getötet hatten. Sieben Jahre lang hatte er sie tot geglaubt. Trotzdem lebte sie, hatte ihn in die Falle tappen lassen. Wie war es ihr gelungen, ihn derart zu täuschen? Der Argonom verspürte den brennenden Wunsch, das herauszufinden, was sich in den vergangenen sieben Jahren wirklich abgespielt hatte.

Das Lied in ihm veränderte sich. Die Töne folgten plötzlich schneller aufeinander, hektischer. Eine nervöse Unruhe erfüllte den Argonomen. Er verstand: Entheete drängte sich in seinen Geist.

Du verstehst nichts, sagte ihre Stimme in seinen Gedanken. *Nicht das Geringste.*

Dann sah er seinen eigenen Körper und den des Rezips. Sie standen nebeneinander und auf einmal verschmolzen sie, wurden eins. Und er sah Entheete: zwei schlanke, hochgewachsene Körper, die sich miteinander verbanden.

Aulden begriff. Wie er den Rezip benutzt hatte, um auf Enthee und gleichzeitig auf der *Heim* sein zu können, hatte sich auch Entheete eines Ersatzes bedient, einer Hülle für ihren Geist, um ihn und alle anderen zu täuschen.

Warum?

Er erhielt keine Antwort. Das Lied der Mutter war wieder zu der leisen Melodie geworden, die nicht mehr aus seinem Kopf verschwinden wollte.

Entheete hatte ihm einen Brocken hingeworfen, doch jetzt schwieg sie wieder.

Warum?

Wieso hatte Entheete dieses Täuschungsmanöver veranstaltet? Was steckte für ein Sinn dahinter? Er erhielt keine Antwort.

Aulden sah sich zu Djerid um. Sie marschierte ebenso wie er selbst hinter Entheete her, blickte nicht nach rechts, nicht nach links, sondern starr geradeaus. Es gab keinen Zweifel. Sie stand unter dem Bann Entheetes. Djerid hatte jeglichen freien Willen verloren, während er selbst wenigstens noch zu klaren Gedanken fähig war. Der Argonom konnte an Djerid nichts mehr von der Meurg erkennen, die er kennen gelernt und die ihm so entscheidend geholfen hatte.

Er erinnerte sich an die Worte Sherwojns, des Agenten, der ihn vor sieben Jahren aus dem Bau der Enthee befreit hatte. *Sie haben meinem Volk einen großen Gefallen getan, indem Sie Entheete getötet haben. Damit ist die wichtigste Bedrohung für unser Fortbestehen beseitigt. Ich hätte nie gedacht, dass ich das eines Tages erleben darf.* Entheete war für die Meurg ein Gefahrenherd gewesen, die größte Bedrohung, die es für dieses Volk überhaupt gegeben hatte. Mit ihrem Tod fühlten sich die Meurg weitaus weniger in Gefahr. Doch es war ganz anders gewesen: Entheete hatte ihren eigenen Tod nur vorgetäuscht, nicht nur um Aulden zu narren, sondern vor allem auch, um die Meurg in Sicherheit zu wiegen.

Warum?

Aulden schaute wieder auf die Frau, die nur zwei Schritte hinter ihm ging.

»Djerid«, sagte er.

Sie zeigte keine Reaktion.

Entheete hat auch Mazarin unter ihre Kontrolle gebracht. Einen Menschen. Und jetzt sogar ihn, Aulden, den Argonomen. Wieso nicht auch eine Meurg? *Oder ... alle Meurg?*

Ihm schwindelte. War das der Plan Entheetes gewesen? War sie nach ihrem vermeintlichen Tod nach Meurglys gekommen, um hier im Verborgenen und in aller Ruhe daran zu arbeiten, ein ganzes Volk geistig zu unterjochen?

Wie hatte es Djerid ausgedrückt? *Unser Volk stirbt. Langsam, aber unausweichlich.* War Entheete dafür verantwortlich? Konnte das sein?

Der Argonom schüttelte den Kopf. Das waren lediglich Spekulationen. Oder doch nicht? Entheete hatte sich in Meurglys eingeschlichen, als niemand mehr mit ihr rechnete. Und dann hatte sie langsam und vorsichtig zuerst die Meurg und ihre Gehirne analysiert und dann die Macht über sie übernommen. Die Menschen waren offensichtlich schon vorher eine leichte Beute für die Herrscherin der Enthee gewesen. Zumindest der Konsul, vielleicht aber auch viele andere.

Und ich? Wie passte er selbst in dieses Puzzle?

Chrom kam ihm in den Sinn, seine Artgenossin, die Frau, wegen der er überhaupt erst hierher gekommen war. Was war mit ihr geschehen? War sie ebenfalls in die Falle getappt und unter Entheetes Kontrolle geraten? Lebte sie möglicherweise noch?

Sie lebt, sagte sich Aulden. Aber innerlich fühlte er nur Leere. *Sie lebt*, wiederholte er, als könne er es damit beschwören. *Chrom lebt.*

Er wurde aus seinen trüben, sinnlosen Gedanken gerissen, als sie eine riesige Halle erreichten. Vermutlich ein Raumschiffhangar, den die Menschen hier unter der Oberfläche angelegt hatten. Menschen wie auch Enthee waren überall zu sehen. Und Raumschiffe in großer Zahl, die sich dicht an dicht aneinander reihten. Keine großen Schlachtkreuzer, sondern kleine wendige Jäger und natürlich wuchtige Fähren, die einzig und allein dem Zweck dienten, ihre Passagiere auf eine Welt und wieder von dieser weg zu bringen.

Aulden stockte der Atem. In der Ferne tauchte eine vertraute Silhouette auf. Er musste zwei Mal hinsehen, um es wirklich glauben zu können: Die Fähre, ein lang gestreckter Quader, auf dem eine kleine, aber gut sichtbare halbkreisförmige Kuppel saß, stammte von der *Heim*. Von seinem Schiff.

Jemand hat sich retten können, durchzuckte es ihn. *Sie sind nicht alle tot.*

Diese Gedanken waren ein schwacher Trost. Wer auch immer damals der Vernichtung durch die Lotsen entkommen war, stand heute mit Sicherheit ebenfalls in Diensten Entheetes oder hatte zumindest das Schiff an sie verloren. Trotzdem brannte jetzt die Sehnsucht in Aulden, die Hoffnung, wenigstens einen Überlebenden seiner alten Mannschaft wiedersehen zu dürfen. *Nicht Hetman*, dachte er. Der Coparr hätte die *Heim*, die ihm der Argonom anvertraut hatte, niemals im Stich gelassen. Hetman war tot, untergegangen mit der *Heim*, mit ihr zu Atomen zerstoben. Vielleicht einer der anderen Coparr, vielleicht einer der Guer.

Aulden fühlte Schmerz. Paz Nadir, Magister Dahn, Draban, auch Crefeldt – jeder, der ihn nach Enthee begleitet hatte, war aller Wahrscheinlichkeit nach tot. Er würde keinem von ihnen jemals wieder begegnen. Genauso wenig wie Il Shandt und seinen Männern, die so sinnlos gestorben waren.

In die Schiffe.

Der Befehl tauchte plötzlich in seinen Gedanken auf und er konnte sich ihm nicht entziehen. Ohne es wirklich bewusst zu wollen, lenkte er seine Schritte genau auf die Fähre zu, die einst zur *Heim* gehört hatte. Auch Entheete stieg in dieses Schiff, zusammen mit anderen Enthee, einigen Menschen, darunter auch Konsul Mazarin. Und ihm, Aulden. Djerid kletterte ebenfalls durch das Schott, das sich vor ihnen geöffnet hatte. Ehe auch der Argonom hindurchging, sah er, dass in dem riesigen Hangar überall Menschen und Enthee in die Schiffe eilten.

Im Inneren der Fähre fühlte er sich – beinahe – zu Hause. Das hier war sein Schiff. Gewesen. Vieles daran war ihm heute fremd, obwohl sich nichts verändert hatte. Es war … ein Gefühl. Womöglich lag es an den Beschränkungen, die der Körper des Rezips mit sich brachte. Aulden wollte … nach dem Schiff greifen, es umschlingen, eins mit ihm werden. Doch er blieb an diese verfluchte Hülle gebunden, gefangen darin, und er konnte nichts tun.

Das ist …

Er fand keine Worte. Die Fähre hatte Kurs auf den einzigen Mond des Planeten genommen, wie Aulden recht schnell feststellte. Sämtliche anderen Schiffe folgten ihr.

Die Bilder, welche die Holoschirme vom Mond zeigten, verschlugen Aulden den Atem. Er traute seinen Augen nicht. Denn die Fähre steuerte auf etwas zu, von dem er nicht geglaubt hatte, dass er es jemals wiedersehen würde.

Die *Stern*. Chroms Schiff. *Sie lebt noch.*

Und die *Heim*. Es gab keinen Zweifel. Die gigantische Pyramide ließ selbst die *Stern* klein erscheinen. Kein anderes Schiff im bekannten Universum erreichte diese Größe. Das war *sein* Schiff, das dort auf der Mondoberfläche stand. Unversehrt. Startbereit.

Die Heim *ist nicht zerstört worden.* Aulden murmelte diesen Satz wieder und wieder vor sich hin. Trotzdem fiel es ihm schwer, daran zu glauben. *Die* Heim *ist nicht zerstört worden.* Aulden fühlte plötzlich Hoffnung in sich aufkeimen. Er war damals lediglich ein weiteres Mal getäuscht worden. Sein Schiff existierte noch. Vielleicht auch sein Körper. Dann war doch noch nicht alles verloren.

Die Fähre landete direkt zwischen der *Stern* und der *Heim*. Er griff sich einen Schutzanzug, den ihm ein Enthee gebracht hatte, und legte ihn an. Dann ging er nach draußen. Sein Herz sagte ihm, dass er den Weg zur *Heim* einschlagen musste. Entheete, in deren Bann er noch immer stand, hinderte ihn nicht daran. Ein Zugstrahl ergriff Aulden, hob ihn nach oben und setzte ihn schließlich gemeinsam mit drei Enthee in einer Schleuse ab. Das äußere Schott schloss sich, das innere glitt auf.

Zu Hause.

Er war auf die *Heim* zurückgekehrt. Nach sieben langen Jahren, in denen er das Schiff vernichtet geglaubt hatte. Aulden erschauerte. Das Glücksgefühl drohte ihn zu überwältigen.

Wie selbstverständlich schlug er den Weg zur Zentrale ein. Er bemerkte erst jetzt, dass Djerid nicht mehr an seiner Seite war. Der Argonom zuckte mit den Schultern. Er würde die Meurg vermutlich niemals wiedersehen. Und er konnte nichts daran ändern.

Und Entheete? Wo ist sie?

In der Zentrale der *Heim* erwartete ihn die nächste Überraschung. Hinter den Kontrollen stand … Hetman. Der Coparr lebte. An seiner Seite befanden sich Draban, Frimang und einige weitere bekannte Gesichter. Guer waren jedoch keine zu sehen. Aulden vermutete, dass sich die Kämpfer noch im Tiefschlaf befanden. Womöglich waren im Fall der Guer aber auch Entheetes Experimente gescheitert und sie hatte keinen von ihnen mit ihren geistigen Kräften übernehmen können.

Paz Nadir kam auf ihn zu. Der Mann bewegte sich steif, wie eine Marionette, die an den Fäden eines Puppenspielers hing. *Auch er*, dachte der Argonom. *Auch Nadir steht unter Entheetes Einfluss.*

»Nadir. Du lebst«, sagte er dennoch, erfüllt von einem unlogischen Hochgefühl der Erleichterung. Hinter Nadir sah er auch Magellan Crefeldt, den Senso-Tech. Der kleine Mann hatte also ebenfalls überlebt.

Nichts an Nadir ließ erkennen, dass er noch über einen Funken freien Willens verfügte. Doch dann ließ er für einen winzigen Moment die starre Maske fallen. Aulden bemerkte das kurze Zwinkern.

Er ist noch nicht vollständig unterjocht.

Aber Aulden bezweifelte, dass er daraus einen Nutzen ziehen konnte. Denn er selbst war noch immer in Entheetes Bann.

Er entdeckte seinen Körper. Seinen wahren Körper. Er existierte tatsächlich noch. Schlaff und leblos saß er im Kommandantensessel, an eine Vielzahl von Geräten angeschlossen.

Der Argonom handelte instinktiv und blitzschnell. Mit Macht zerrte er an den Fesseln, die ihm der Körper des Rezips auferlegte, und wollte seinen Geist hinüberschicken in seinen wahren Körper. Schmerz durchflutete ihn.

Es geht nicht.

Er konnte kaum noch atmen.

Es geht nicht.

Er wankte.

Der Weg ist versperrt.

Zusammengekrümmt lag er jetzt auf dem kalten Boden, zitternd, mitten in der Zentrale seiner *Heim,* und Tränen liefen ihm über die Wangen, während der Schmerz in ihm tobte.

Entheetes Lachen erklang in ihm und gleichzeitig wurde das Lied der Mutter lauter und drängender.

Narr. Hast du geglaubt, es würde so einfach sein?

Er gab keine Antwort.

Ich brauche dich, Aulden. Noch brauche ich dich. Ich werde dir nicht erlauben, mir wieder zu entkommen.

Erneut das Lachen. Dann herrschte Stille in seinem Geist, abgesehen vom ewigen Lied der Mutter.

Sie braucht mich? Wozu?

Aulden kam nur mühsam wieder auf die Beine. Niemand achtete auf ihn. Hetman beschäftigte sich immer noch mit den Kontrollen, Nadir stand abseits und starrte ins Leere.

Ein Holo entstand mitten im Raum. Es zeigte die Zentrale der *Stern.* Entheete. Und hinter ihr, bewegungslos, in einem Fesselfeld gefangen, Chrom.

Sie lebt. Chrom lebt.

Es tat so gut, sie zu sehen, selbst in so einem hilflosen Zustand. Aulden schaute noch einmal genau hin. Er hatte sich nicht getäuscht. Chroms Augen verrieten ihm, dass sie nicht unter Entheetes Einfluss stand.

Sie ist frei. Geistig frei.

Es war Entheete also nicht gelungen, Chrom ebenfalls zu überwinden.

Die Herrscherin der Enthee lächelte kalt, als hätte sie seine Gedanken gelesen. »Aulden, du bist mein Arm an Bord der *Heim*. Meine Anwesenheit auf der *Stern* ist erforderlich, da deine Artgenossin leider nicht bereit war … mit mir zu kooperieren. Ich werde die *Stern* daher selbst steuern. Und ich werde dich und damit auch die *Heim* steuern. Wir brechen auf. Zum Wurmloch. Dann wird das Universum meine Macht zu spüren bekommen.«

Es war unmöglich, im Körper des Rezips ein Schiff wie die *Heim* durch das Wurmloch zu lenken. Wusste Entheete das?

»Natürlich«, sagte Entheete. »Ich erlaube dir, in deinen Körper zurückzukehren.« Ihre ellipsenförmigen Augen wurden zu schmalen Schlitzen. »Aber glaube nicht, dass du deshalb gegen mich aufbegehren kannst. Meine … Stellvertreterin wird auf der *Heim* alles überwachen.«

Der Argonom entdeckte jetzt eine Enthee, die Entheete zum Verwechseln ähnlich sah und sich hinter seinem wahren Körper aufgebaut hatte. Ein weiterer Ersatzkörper, genau wie der, der im Trümmerregen des explodierenden Roboters vor sieben Jahren gestorben war. Auch in ihm steckte Entheetes Geist.

Doch das störte Aulden im Augenblick nicht. Er hatte die Erlaubnis in seinen Körper zurückkehren zu können. Das war es, was jetzt zählte.

Nichts stellte sich ihm diesmal entgegen, nichts hielt ihn im Körper des Rezips zurück. Der Übergang erfolgte sanft und problemlos.

Aulden sah den Rezip, sieben lange Jahre seine körperliche Hülle, in sich zusammensinken. Und dann merkte er erst, dass er das mit seinen *eigenen* Augen sah. Er war zurück. Zurück auf der *Heim* und jetzt auch zurück in seinem wahren Körper.

Das Blatt wendet sich, dachte der Argonom. Doch sein Versuch, sich aus dem Sessel zu erheben, scheiterte.

»Du stehst unter meiner Kontrolle«, sagte Entheete aus dem Mund ihres Ersatzkörpers. »Mach dir keine Hoffnungen, Argonom.«

Im Moment steuerte noch Hetman das Schiff, das jetzt ebenso wie die *Stern* von der Oberfläche des Mondes abhob. Aulden wurde noch nicht gebraucht. Erst, wenn sie das Wurmloch erreicht hatten.

Chrom ist frei, dachte er. Was Entheete bei ihm gelungen war, hatte bei Chrom nicht funktioniert. Warum?

Er lauschte in sich hinein. Täuschte er sich oder war das Lied der Mutter in seinem Kopf leiser geworden?

Aulden, hörte er eine Stimme. *Hilf mir. Du musst mir helfen.*

Chrom rief nach ihm. Sie drängte das Lied aus seinen Gedanken.

Du bist zurück in deinem wahren Körper. Sie hat kaum mehr Macht über dich. Kämpfe.

Er reagierte, ohne lange nachzudenken.

Er kämpfte.

Und er befreite sich.

Aber er konnte nicht aufstehen. Unsichtbare Fesseln hielten ihn fest.

Nadir, dachte Chrom in seinem Kopf. *Er wird dir helfen.*

Aulden schaute sich um. Paz Nadir stand nur wenige Schritte von Hetman und den anderen Coparr entfernt. Regungslos, als warte er nur auf einen Befehl Entheetes. Der Argonom erinnerte sich an das Zwinkern Nadirs.

Was soll ich tun?

Chrom schickte ihm in rascher Folge eine Flut von Bildern. Aulden verstand. Er begriff, was geschehen war und was noch geschehen musste.

Ich will das nicht, dachte er. *Nicht so.*

Wir haben keine Wahl.

Chroms Bilder hatten ihm alles gezeigt. Von ihrer Ankunft auf dem Planeten Enthee über ihre Begegnung mit Entheete bis hin zu ihrer Gefangennahme. Den langen Kampf, den sie ausgefochten hatte. Entheete hatte sie nicht beugen können. Nur deshalb war er selbst jetzt hier. Die Herrscherin der Enthee brauchte ihn, um die Macht der Argonomen, die ihr mit Chroms Schiff in die Hände gefallen war, für ihre Zwecke missbrauchen zu können. Sie hatte den Köder ausgeworfen: Crabb, der Aulden nach Enthee gelockt hatte.

Seine eigene Flucht aus Entheetes Bau mit Hilfe von Sherwojn war ebenfalls gesteuert gewesen. Entheete hatte die sieben Jahre, die er und auch sie selbst in Meurglys verbracht hatten, genutzt, um die Übernahme seines Geistes vorzubereiten. Gleichzeitig hatte sie die Meurg unterworfen, die Entheete für tot hielten und nicht ahnten, dass ihre größte Widersacherin mitten unter ihnen weilte. *Und alles für den großen Moment vorbereitet.* So war es gewesen.

Der große Moment. Der Flug mit den beiden Schiffen hinaus aus dem System, hinaus durch das Wurmloch. Wie die Menschen schienen auch die Lotsen nur Figuren in Entheetes Spiel zu sein.

Was kommt dann? Wie unersättlich war Entheetes Gier nach Macht?

Chrom wird es nicht so weit kommen lassen. Aulden fühlte eine Gänsehaut.

Gibt es keinen anderen Weg?

Wieder war er zum Statisten degradiert, aber trotzdem fest dazu entschlossen, dieses eine Mal das Richtige tun. Auch wenn es schmerzte.

Aulden lauschte in sich hinein. Das Lied der Mutter war verstummt. Er hatte die Kontrolle über seinen Geist zurückgewonnen. Allerdings konnte er sich noch immer keinen Zentimeter rühren. Ein Fesselfeld, wie auch Chrom in einem gefangen war.

Auldens geistige Fühler tasteten vorsichtig nach Paz Nadir.

Ich bin bereit.

Nadir würde nicht zögern zu tun, was zu tun war. Auch wenn er das mit seinem eigenen Leben bezahlen musste.

Jetzt.

Chroms Signal löste das Chaos aus.

»Nein.« Der Schrei, der durch die Zentrale gellte, mochte von Entheete oder von ihrem Ersatzkörper stammen. Doch das spielte keine Rolle mehr, denn Aulden hatte jetzt anderes zu tun. Er griff nach seinem Schiff und übernahm mit einem Schlag die vollständige Kontrolle über jede einzelne Funktion der *Heim.* Genau wie Chrom auf der *Stern.* Sie drängten Entheete zurück. Es ging erstaunlich leicht. Mit einer derartigen Attacke hatte sie wahrscheinlich nicht gerechnet. Nicht mehr zu diesem Zeitpunkt, an dem die Erfüllung ihrer Pläne so nahe lag.

Aulden hatte die *Heim* wieder fest in seinem Griff.

Ein verdammt gutes Gefühl.

Er sah mit tausend Augen gleichzeitig. Den Weltraum, die *Stern*, den Mond unter ihnen, jeden einzelnen Ort im Inneren der *Heim.* Und er sah Paz Nadir, der einen der Soldaten ansprang, ihm die Waffe entriss, anlegte und schoss. Der Energiestrahl fand sein Ziel. Ohne einen weiteren Laut stürzte der Ersatzkörper Entheetes zu Boden.

Nadir hatte allerdings keine Gelegenheit, seinen Triumph auszukosten. Konsul Mazarin, Hetman, zwei Enthee – sie alle hatten gleichzeitig ihre Waffen gezogen und feuerten jetzt auf Nadir. Die Energiestrahlen durchbohrten ihn. Er war sofort tot. Von seinem Körper blieb nicht genug übrig, als dass noch eine Revitalisierung möglich gewesen wäre. Dieser Tod war endgültig.

Aulden trauerte um den Gefährten. Doch blieb ihm dazu kaum Zeit.

Chrom hatte die absolute Kontrolle über die *Stern* wiedergewonnen. Trotz Entheetes Anwesenheit an Bord. Jetzt tat Chrom genau das, was ihr als einzige Möglichkeit geblieben war, um die übermächtige Gegnerin auszuschalten.

Die *Stern* raste dem Mond entgegen. Sie würde dort unten zerschellen. Niemand konnte einen derartigen Aufprall überleben. Auch Entheete nicht.

Leb wohl, Aulden.

Er war zu keiner Antwort fähig.

Chrom würde ebenso sterben wie Entheete.

Seine Gedanken griffen nach der Steuerung des Schiffs. Schützende Energie flammte rings um die *Heim* auf. Gerade noch rechtzeitig. Ein gigantischer Glutball loderte dort, wo die *Stern* auf den Mond gestürzt war. Und eine geistige Druckwelle peitschte von der Absturzstelle durch das Sonnensystem.

Entheetes Abschiedsgruß.

Selbst Aulden spürte es. Einige der Männer und Frauen in der Zentrale der *Heim* wankten, andere wurden ohnmächtig. Ohne den Schutzschirm, da gab es für ihn keinen Zweifel, wären sie alle unter der Wucht dieses Impulses gestorben.

Wie mochte es im Rest des Systems aussehen? Auf Enthee?

Er fühlte sich unendlich müde.

Entheetes mentaler Todesschrei hätte tatsächlich alles Leben an Bord der *Heim* ausgelöscht, wäre der Schutzschirm nicht rechtzeitig aktiviert worden. Das ergaben seine Messungen. Enthee hatte diesen Schutz nicht gehabt. Dort gab es kein Leben mehr.

Ist dieses Opfer nicht zu hoch?

Der Argonom wischte den Gedanken beiseite. Nicht, weil er ihm lästig war, sondern weil er sich um andere Dinge zu kümmern hatte. Die überlebenden Enthee, die jetzt erstmals in ihrer Existenz eigenständig denken und handeln konnten, wollten zurück auf ihre Heimatwelt. Aulden gewährte ihnen diesen Wunsch. Es waren nur einige hundert, die sich auf der *Heim* befunden hatten. Zu wenige für einen echten Neuanfang.

Auch Konsul Mazarin, kleinlaut und schuldbewusst und noch bleicher als sonst, verlangte nach einem Schiff. Aulden gab es ihm.

Ein Boot, mit dem die überlebenden Menschen sogar das Wurmloch ansteuern konnten, falls sie auf Enthee weder Überreste ihrer Garnison noch Ausrüstung fanden.

Er ließ sie alle ziehen.

Die Enthee, die Meurg und die Menschen – sie alle waren ihm letztendlich egal.

Chrom. Nadir. Il Shandt.

Sie hatten ihr Leben gelassen. Ihnen galt seine Trauer.

Aber Entheete war vernichtet, die Bedrohung beseitigt, die von ihr ausgegangen war. Die Bilder vom Mond zeigten Tod und Zerstörung, aber kein Leben. Dort war nichts mehr. Entheete war Geschichte.

»Du solltest dir keine Vorwürfe machen«, sagte er zu Hetman.

»Ich war ein Diener Entheetes.« In Hetmans Stimme schwangen keine Gefühle mit. »Seit meinem Tod.«

»Seit deinem Tod?«

»Vickers hat mich damals getötet. Crabb hatte ihn mit Entheetes Saat infiziert. Crabb war der Lockvogel für dich, gleichzeitig hat er Entheete in unsere Reihen getragen. Erst war Vickers an der Reihe, dann, nach meiner Revitalisierung, auch ich.«

»Die Schlacht gegen die Lotsen …«

»… hat nie stattgefunden. Entheete gab ihnen den Befehl, sich wieder zurückzuziehen. Ich habe auf ihre Anweisung das Schiff zum Mond geflogen. Dort stand bereits die *Stern*. Seither haben wir beide Schiffe für den großen Moment bereitgehalten.«

Der Coparr schwieg einen Moment. »Das hätte nicht geschehen dürfen«, sagte er dann.

»Ich weiß«, sagte Aulden. »Aber dich trifft keine Schuld. Die muss ich auf mich nehmen. Und mit ihr leben.«

Hetman schob Rechts- und Linksdaumen beider Hände gegeneinander. Aulden hatte auch keine Zustimmung erwartet. Er hoffte, dass sich der Coparr wieder fangen würde. Er brauchte ihn.

»Dahn. Was ist mit Magister Dahn?«

»Er ist spurlos verschwunden«, antwortete Draban, der fast ebenso schuldbewusst wie Hetman wirkte. »Damals, vor sieben Jahren. Kaum hattet ihr den Schutzschirm passiert, stand ich auch schon unter dem Einfluss Entheetes. Ich hatte keine Chance, mich zu wehren. Wir haben später nach Dahn gesucht, aber nicht den kleinsten Hinweis auf seinen Verbleib gefunden.«

Aulden schaute nachdenklich auf die Bilder, die ihm die Holos von Enthee lieferten. Die Wüste wirkte jetzt noch lebloser als zuvor. Nur der ewige Regen war dieser Welt geblieben.

»Ob er noch dort unten gewesen ist?«

Draban fuhr sich mit dem Linksdaumen seiner rechten Hand über den mittleren Kinnhöcker und spreizte den Rechtsdaumen im Neunzig-Grad-Winkel ab. Er wusste es ebenfalls nicht. Wahrscheinlich würden sie es nie erfahren.

Ein Coparr betrat die Zentrale. In seiner Begleitung befand sich eine Meurg, die sich in der für sie unsagbar fremden Umgebung neugierig und unerschrocken umblickte.

»Sie wollte nicht mit den Enthee zurück«, sagte der Coparr.

»Djerid. Du lebst.«

Ihre Stimme zitterte. »Sie sind alle tot, nicht wahr?«

Aulden nickte. »Ich fürchte, du bist die letzte deines Volkes.«

»Was wirst du tun?« Ihre Stimme klang rau.

Darüber hatte er noch nicht nachgedacht. Dennoch gab es eigentlich nur eine Entscheidung.

»Ich werde nach Hause fliegen«, sagte er. »Mein Volk muss erfahren, was hier geschehen ist. Und von Chroms Tod.«

Sie nickte. Wieder eine dieser menschlichen Gesten, die er schon mehrfach bei ihr beobachtet hatte. Sie hatte sich entschlossen, mit ihm zu kommen. Er hatte nichts dagegen.

»Kurs Wurmloch«, sagte Aulden.

»Werden die Lotsen keine Schwierigkeiten machen?«, fragte Hetman.

»Damit rechne ich nicht. Aber sei es, wie es sei: Wir lassen uns nicht aufhalten. Wir fliegen in die Heimat, zurück nach Argona.«

Noch ist Zeit für Träume: von einem Neuanfang auf einem fremden Planeten, der Wiedergeburt längst ausgestorbener Tiere oder dem Durchbrechen genetischer Standesschranken.
Aber was ist, wenn sich der Traum als Alptraum erweist?
Wenn jeder Tag bis ins Detail vorgeplant ist, man seltsame Botschaften in der eigenen Handschrift findet, ohne sich zu erinnern, oder die jüngste Arbeitsmarktreform einen zur Arbeit als Enzym in einem außerirdischen Magen zwingt?

Rößler, Jänchen [Hg.]
Tabula rasa
SF-Erzählungen
Taschenbuch
ISBN 3-938065-18-4

Das All ist unendlich.
Oder kommt uns das nur so vor?
Haben wir Nachbarn?
Und wenn ja – was tun wir, wenn sie auf unsere Kontaktversuche plötzlich reagieren?

Hat der Mensch eine Überlebenschance?
Oder wird er wegen der ständig sinkenden Spermienqualität aussterben?
Kann man mit Gentechnik das Immunsystem verbessern?
Und was verbirgt sich hinter dem Pacem-Projekt?

Armin Rößler [Hg.]
Golem & Goethe
SF-Erzählungen
Taschenbuch
ISBN 3-938065-13-3

Überschuss ist das Problem von Morgen:
Zu viele Alte, Kranke und Arbeitslose belasten den Sozialstaat, aber neue Technologie ermöglicht eine billige Zwischenlagerung des Humankapitals.

Die Zukunft ist gefährlich:
Das Raumschiff Titan droht in die Sonne zu stürzen, eine fremde Intelligenz reagiert mit tödlichem Hass auf alle Annäherungsversuche und Robot-Engel bedrohen eine Raumstation.

Nominiert für den Deutschen Phantastik Preis 2006 und 2 Nominierungen für den Kurd Laßwitz Preis 2006

Armin Rößler [Hg.]
Überschuss
SF-Erzählungen
Taschenbuch
ISBN 3-938065-08-7